斗破苍穹

⑮ 加玛起风云

天蚕土豆 著

图书在版编目（CIP）数据

斗破苍穹. 15 / 天蚕土豆著. -- 杭州：浙江文艺出版社, 2025.3. -- ISBN 978-7-5339-7795-5

Ⅰ. I247.5

中国国家版本馆CIP数据核字第2024W8P785号

策划统筹	许龙桃　周海鸣
责任编辑	徐　旼
营销编辑	宋佳音
封面设计	嫁衣工舍
版式设计	吕翡翠
责任印制	吴春娟

斗破苍穹15

天蚕土豆　著

出版发行	浙江文艺出版社
地　　址	杭州市环城北路177号
邮　　编	310003
电　　话	0571-85176953（总编办） 0571-85152727（市场部）
制　　版	杭州天一图文制作有限公司
印　　刷	浙江新华数码印务有限公司
开　　本	710毫米×1000毫米　1/16
字　　数	191千字
印　　张	13.5
插　　页	2
版　　次	2025年3月第1版
印　　次	2025年3月第1次印刷
书　　号	ISBN 978-7-5339-7795-5
定　　价	49.00元

版权所有　侵权必究

目录

001 第一章 离别

009 第二章 建立炎盟

021 第三章 闭关之念

029 第四章 青山

038 第五章 再遇故人

048 第六章 山谷一月

057 第七章 赫家赫乾

069 第八章 闭死关

080 第九章 出谷

090 第十章 加玛大乱

103	第十一章	三兽蛮荒诀
115	第十二章	迎战慕兰三老
127	第十三章	毒宗宗主
138	第十四章	帝国英雄
148	第十五章	大战休止
159	第十六章	准备反击
170	第十七章	拜访蛇人族
181	第十八章	兵分两路
191	第十九章	以寡敌众
203	第二十章	丹塔

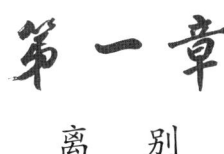

第一章
离 别

　　一出萧府，纳兰嫣然便冲着城外飞掠而去，萧炎微皱眉头，紧跟其后。

　　飞出帝都，纳兰嫣然不减速度，而是直接向着云岚山所在的方向掠去。萧炎见状，略一沉吟，再度跟上。以他如今的实力，根本不必担心纳兰嫣然会捣鬼。虽说她也有斗王巅峰的实力，可真要交起手来，萧炎仍有十足把握在十回合内将她打败。

　　一路追星赶月般地飞掠过庞大的平原，直插云霄的云岚山出现在了两人的视线中。萧炎微微加快速度，片刻后，便已紧跟在纳兰嫣然身后，出现在云岚山上空。此刻的云岚宗已经没有往日的喧哗，庞大的宗门不见半个人影，秋风刮过，广场之上一片狼藉，显得格外荒凉。

　　纳兰嫣然怔怔地望着下面，半晌方叹息一声，忍不住愤怒地转向萧炎，沉声道："事情搞到这个份儿上，你才满意吗？"

　　萧炎冷淡地瞥了眼有些激动的纳兰嫣然，平淡地说道："你若是看见当日我萧家被云岚宗差点儿杀得鸡犬不留的景象，是否还会这么说？"

纳兰嫣然一愣，无话可说。这段时间听了老师说的情况，她才知道这些年云岚宗所做之事是如何的蛮横与血腥。不过她此刻看见以往人声鼎沸的宗门，现在却变得如此荒凉，心中难免有些不好受。

纳兰嫣然看着萧炎那张清秀平和的脸，眼中有些波动。比起三年前，他似乎变得成熟与冷厉了许多，想必这三年，他经历的也不少。望着面前的黑袍青年，纳兰嫣然有些恍惚，她突然想起几年前那件改变了两人关系的事。

那一天，她倚仗着云岚宗之威，将少年那因丧失斗气而所剩无几的尊严，狠狠地践踏在脚下。如今，她依然能够清晰地记得，当年少年眼中的那股愤怒和他所说的那一句句看似幼稚的狠话，而今却已经完全兑现。想到此处，纳兰嫣然唇角溢出一抹苦涩，自嘲道："其实对于当年的那件事，我现在的确很后悔，我若是不任性地前去萧家，萧家与云岚宗恐怕都会好好的。"

"可惜世上并没有后悔药可吃。"萧炎深深地吸了一口气，有些烦躁地挥了挥手，道，"带我去见云韵。那些事情已经发生了，无论如何都改变不了，所以就不要再提了。"

见到萧炎这般模样，纳兰嫣然嘴角的苦涩更甚。这也算是自己酿的苦果吧，如今吃起来，果然是苦到内心深处。

"我也并非想让你忘记当年的那些事，只不过是想说，我纳兰嫣然，当年的确鼠目寸光，今日这般结局，也算是自讨苦吃。"一丝苦笑之后，纳兰嫣然便转身向着后山飞掠而去。

望着前方那曼妙的倩影，萧炎眼波微微闪烁。片刻后，他振动着背后的火翼，迅速跟了上去，沿途穿过一片密林，最后在一处陡峭的山崖前停了下来。

"老师便在崖上，你自己去吧。待此间事了，我与老师就会离开加玛帝国，日后说不定很少回来。"纳兰嫣然指着山崖，轻声道。

"离开？"萧炎闻言一怔，旋即沉声道，"去哪儿？"

"还不知道。斗气大陆这么大，我也早想出去历练了，这次陪着老师走，说

# 离　别

不定以后，我们也没有机会再见了。"纳兰嫣然有些惆怅地叹了一声，转身行下山。

萧炎脸色微沉，望着纳兰嫣然的背影，咬了咬牙，向着山崖之上掠去。那里，一名身着白色衣裙的女子正优雅站立，一头乌黑柔顺的青丝顺着香肩垂落，轻风拂过，衣袂飘飘，宁静脱俗。

"你来了。"似是听见了细微的脚步声，女子突然幽幽一叹，低声道。

"你要离开加玛帝国？"萧炎的脸色有些不太好看，他缓步上前，沉声道。

女子缓缓转过身来，露出那张绝美容颜，这自然是云韵。她轻瞥了一眼萧炎，道："云岚宗已经不存在了，我留下来也没有任何意义。我在这加玛帝国困了这么多年，能够出去走走，倒也还好。"

"斗气大陆强者众多，十分危险，你一个女子，出去历练岂非自讨苦吃？这加玛帝国虽然没外面的世界精彩，但是能保你安全。"望着那眉宇中总是带着一丝黯然的云韵，萧炎劝说道。

听了萧炎的话，云韵倒是展颜一笑，刹那间的笑容虽是昙花一现，却令人目眩神迷。

"我怎么说都有斗皇巅峰的实力，又岂是手无缚鸡之力的弱女子？"云韵微微摇头，明亮的眼睛看着萧炎，轻声道，"你将云岚宗弄成现在这般模样，我知道这是复仇。云岚宗差点儿将萧家灭族，你如今让云岚宗败落，算是因果报应吧。所以我并不恨你，虽然连老师都死于你之手。"

"那你为何还要离开？"萧炎皱了皱眉，迟疑了一会儿，道，"我现在身旁缺少实力强的帮手，你若真不恨我，那就留下来帮我。"

云韵亮晶晶的明眸紧盯着萧炎，直到后者的脸有些发红时方才移开视线，轻柔地说道："我的确不恨你，但我始终是云岚宗的宗主……即便如今云岚宗已经不存在了。"

萧炎紧握拳头，眼中涌现一缕怒火。他知道云韵的意思，她的确不恨自己

毁掉云岚宗，可她那特殊的身份，却使她不可能留在他身旁。

"以我的身份立场，原本应该竭尽所能报仇，但你知道，即便我有那实力，也下不了手……既然如此，还是离开的好。"云韵幽幽地道。

萧炎脸色阴沉：这个女人总是如此顽固！

"听说你想要在加玛帝国组建自己的势力，这里面有云岚宗这些年的收藏，如今对我却已经没有太大的作用了，便送给你吧。"望着萧炎那脸色，云韵轻轻一笑，缓步走上前，带起一股香风，将一枚深青色的纳戒放入萧炎手中。

紧握着纳戒，萧炎死死地盯着面前这个当年他出门历练时遇见的第一个令他记忆深刻的女人，沉声道："非走不可吗？"

云韵近距离地看着这张清秀的年轻面孔，明眸中再次浮现一抹柔情。与三年前相比，他少了几分稚嫩，多了几分成熟。

"小家伙，你真是长大了……现在云岚宗成了这般模样，我也想出去走走，或许什么时候想开了，就会再回来。到时候你若是还希望我留下来帮你，我应该不会再拒绝。"云韵缓缓伸出玉手，温柔地抚摸着萧炎的脸，柔声道。

感受着脸上传来的柔软触感，萧炎的脸色也逐渐柔和起来。对于面前的女子，他不可能没有一点儿感觉。

"有时我在想，若是当年在山洞中，你胆子再大一些，不理会我的威胁，说不定现在……"盯着萧炎，云韵突然轻笑道。

萧炎眼中光芒闪烁，突然一伸手，搂住那纤细柳腰，紧紧地圈进怀中，低声道："你是在暗示什么？"

被萧炎强行搂住，云韵如雪般白皙的脸上浮现一抹淡淡的绯红，她轻轻挣扎了一下，可却被萧炎搂得更紧了。

挣扎无果，云韵也只得放弃，玉手一翻，一套深蓝色内甲出现在手中。她将内甲轻轻地放在萧炎胸前，柔声道："这是当年送给你的第一样东西，本来已经破碎，不过后来被我细细修补好了。即使现在它对你已经没什么作用，你也得好好保管。日后等我回加玛帝国，你拿不出这东西，可别怪我翻脸。"

萧炎怔怔地望着胸前的内甲，往事犹如潮水般闪现在脑海中。目光微垂，萧炎望着那动人的美眸中所蕴藏的柔情，心头猛地涌上一阵冲动。他强行握住云韵略显瘦削的雪白下巴，然后在对方惊愕的目光中，对着那娇艳欲滴的红唇吻了上去。云韵只来得及发出一道惊呼声，纤手在萧炎胸前推了推，却柔弱无力，没有丝毫劲道。

罢了，反正都要离开了，便依这小家伙一次吧……心中一声轻叹，云韵缓缓闭上眸子。

在山崖的一处转角，纳兰嫣然用纤手轻扶着石壁，心情复杂地望着远处相拥的男女，片刻后幽幽一叹，悄然退开。

云韵离开，萧炎没阻拦，因为他心中清楚，云韵虽然并不恨他毁灭了云岚宗，但是她始终都是云岚宗的宗主，云岚宗的毁灭，不可能不在她心中留下芥蒂。她或许想留在萧炎身旁为其尽一点儿力，可她的内心深处，却隐隐地有着一点儿抗拒。这份抗拒，来自她对云岚宗的情感，来自云岚宗对她多年的培养。

云韵此次离开加玛帝国，或许也有着想用时间来将心中的那丝抗拒彻底化解的考量。或许也正如她所说，若是她哪一天能够将云岚宗深深地放进心底而不去掀起，那么她就能够回到他身边来。

以萧炎如今的实力，想要强行留下云韵并不难，但是他不想将之拴在身旁。对于云韵，他有着一种特殊的情感，所以为了让云韵自己化解心中的那份心结，他并未阻拦。

萧炎在云岚山上停留了三天时间。三日之后的清晨，云韵终于不再拖延，她害怕继续留在萧炎身边，会令自己好不容易生起的离开的念头随之消散，所以趁着萧炎闭目修炼，她带着纳兰嫣然悄然离开。

然而，转身的一刹那，萧炎却缓缓睁开了眼睛。他温柔地望着那动人身影，

却并未出声阻拦,任她腾空而去,最后迅速地消失在视野之中。他的脸色一黯,伸手取过整齐地叠在一旁的深蓝色内甲,其上还残留着淡淡幽香。

手指划过内甲边缘处的那些细微裂缝,萧炎眼中的柔情更盛。当年这件内甲几次救了他的命,掉落了不少碎片。在他离开加玛帝国后,云韵默默地将其苦寻回来,一些实在难以寻回的,则都被她用同样形状的物体代替,并细心缝补。虽说这内甲当年是云韵的贴身之物,彼此有着细微的联系,但想要在庞大的帝国中找寻那小小的碎片,也要付出极大的心血,因此,光是这一点,便足以令萧炎放下以往的任何芥蒂。

将内甲郑重地收入纳戒,萧炎深深一叹,站起身来望向云韵消失的方向,半晌,喃喃道:"一路保重。"

沉默片刻,萧炎肩膀微微一颤,碧绿色的火翼浮现身后,再轻轻一振,便向着帝都的方向掠去。在这三日中,萧炎的伤势出人意料地完全康复,而且斗气几次在经脉流淌间,都令他隐隐感觉到斗皇阶别的那一层障壁。但这只是感觉,真正的突破并没有出现。

想要突破到斗皇阶别,其难度远超萧炎所料,即便他经历了与云山的那一场生死大战,也依然有一些距离。不过萧炎对此并不焦急,因为他能模糊地感觉到,离自己晋入斗皇已经不远,或许只需要一个小小的契机,突破便会水到渠成般地到来。

"斗皇……"身形如闪电般地飞掠过天空,留下一道淡淡的黑影,萧炎微眯着眸子,袍袖中的拳头却紧紧地握了起来。以他此刻的战斗力,若是在全力之下施展除了三色火莲之外的所有斗技,他能够与斗皇巅峰强者一战且胜算颇高;若是施展三色火莲,便能够击杀斗皇巅峰强者,甚至连三星以下的斗宗强者都会受不轻的伤。若对方如云山那般被打得措手不及,那么,接下来所受的攻击更是致命的。

但后一种情况的概率并不大。萧炎当日若非借助几分运气,也决然不可能将云山击杀，而自己只是身受重伤。这之中，有着一些以命搏命的味道。毕竟萧炎的真实实力不过才到斗王巅峰而已，与斗宗强者差了太多。若非萧炎掌控着好几种威力不凡的斗技，根本不可能在一名斗宗强者手中坚持二十回合。

但若萧炎成功突破到斗皇阶别，那么凭借体内玄妙的焚诀功法和一干不弱的斗技，若非特殊情况，斗皇阶别中，应该是难寻敌手，甚至遇见了斗宗强者，就算不使用三色火莲这个撒手锏，他也能够凭借双翼叠加的恐怖速度与之周旋，然后寻找机会逃跑。也就是说，萧炎只要达到斗皇阶别，日后他在斗宗强者手中就有逃生的可能。萧炎敢施展三色火莲用命一拼，也有将三四星以下的斗宗强者击败的概率。这种概率当然有太大的冒险性，一旦杀不了对方，恐怕那时候就将是萧炎的死期。

魂殿的一个护法便有着斗宗的实力，也不知道他们究竟有多少这样的强者。我想要将父亲与老师救出来，看来至少得达到斗皇巅峰乃至斗宗初期方才有可能，不然的话，即便强行前去，也只是自投罗网，那可就真正全完了……狂风在耳边呼啸，下方景物飞一般地向后闪掠，萧炎心中也是念头飞转。

薰儿走前也说过，在未达到斗宗实力时，不能去寻她，想必她那族的实力也不会逊色于魂殿，唉……这路，可还远着呢……心中一声轻叹，萧炎的脸色逐渐坚毅。他从当年的家族废物一步步地走到如今整个加玛帝国强者都要仰视的地步，个中付出，常人难及。万事开头难，既然如今他已经度过了最为艰难的时期，后面的阻碍，已经不能令他有丝毫的退缩与畏惧。现在的他，已经不再是当年那个年少无知的倔强少年了！

"父亲，老师，薰儿，等着我吧，萧炎不会让你们失望的！"

深吸一口气，萧炎肩膀一颤，碧绿火翼变得浓郁许多，速度也暴增，最后化为一道黑色闪电，径直向着那已出现在视线之内的庞大帝都飞掠而去，片刻后出现在了萧府上空，身形一拐，便迅速闪掠而下。

在萧炎身形刚落进萧府半空时，府中一些阴暗处，人影陡然闪动，泛着寒

芒的武器在手中闪烁，散发着森冷光泽。

然而这些黑影刚刚冲出黑暗，准备对这不速之客进行拦截时，一股雄浑气势却从天而降，一道淡淡的声音也传进众人耳中："不要慌，是我。"

听得这熟悉的声音，那些黑影方才顿下身形，单膝跪地，对着悬浮半空的黑袍青年行了一礼，旋即再度如鬼魅般缩进黑暗之中，继续守卫整座萧府。

"二哥培养的这些属下果然不错，虽然血腥气太重，但是战力非凡，有他们守护萧府，寻常强者怕是难以潜入。府中还有美杜莎、紫妍等人，更强者一旦进入定然也会被察觉。"目光微闪，望着那些缩回身形的黑影人，萧炎喃喃道。

提到紫妍，萧炎却突然想到那日在云岚宗，这个妮子竟然帮自己抵挡住了吞噬云山灵魂后实力大涨的鹫护法的一击，可真是不同凡响！要知道，那种状态下的鹫护法的一击，恐怕连海波东、加刑天这样的斗皇巅峰强者都不敢轻易接下，而这个妮子接下之后，除了身体有些虚弱外，并未受太大的伤害。

看来这妮子的本体果然如老师所说，颇为不凡！等我晋入斗皇阶别，对炼制化形丹便有了一些把握，到时候定要给她炼制一枚，让我看看她的本体究竟是何物，居然有此能耐……萧炎这样想着，落进了萧府，顺着小道来到客厅外。其中隐隐传来萧鼎等人的谈话声，他微微一笑，推门而入。

突然进来的萧炎令萧鼎、萧厉二人一怔，随后他们便高兴地迎了上来。

"你若是再不回来，我们就得请海老去云岚山找你了。"萧厉拍了拍萧炎的肩膀道。

萧炎笑了笑，并未说这三日所发生之事，转向萧鼎："大哥，明日便可以将法老和几大家族的族长邀请来。保护我萧家的势力，到组建的时候了。"

闻言，萧鼎眼中掠过一抹惊喜，道："你伤势痊愈了？"

萧炎含笑点头，望着两人欣喜的目光，心中喃喃道：萧家将会超越云岚宗，成为这加玛帝国的主宰！父亲，您的愿望，我一定会完成！

第二章
建立炎盟

翌日，当温暖的阳光逐渐笼罩整个帝都时，那坐落在帝都中心位置的萧府，陆续迎来了帝国中实力最强的几大势力。许多人远远看着在大门外停靠的马车上挂的徽章，皆有种感觉：这加玛帝国，似乎又要发生大事了。

整座萧府，今日防御异常森严，任何行走于其中的外人，皆会立刻引来暗处几十道目光的注视，只要来人现出丁点儿不轨之意，就会引来众多攻击。

萧府中央耸立着一座规模不小的议事大厅，众多守卫站立在大厅周围百米之内，森冷的目光不断地来回扫视着。

议事厅内，气氛倒并不如想象中那般凝重，能够进到此处的只有寥寥数人而已。黑袍青年坐在首位，时不时与身旁的海波东轻声笑谈着。在他左侧，坐着俏脸冷漠的美杜莎与不断东张西望的紫妍二人。

萧炎与海波东谈了一会儿，见人员已基本到齐，目光缓缓扫过全场，旋即停在老者与一名女子身上，含笑道："没想到加老与大公主殿下今日也来了，当真是贵客。"

闻言，加刑天嘿嘿一笑，道："这等大事，我皇室自然也是要来凑凑热闹的，看看加玛帝国的第二代'云岚宗'如何建立。"说话时，他的目光也扫了扫萧炎身旁的美杜莎与紫妍，眼中掠过一抹深深的忌惮。

萧炎笑了笑，缓缓站起身来，目视全场，大厅内的窃窃私语悄然减弱，一道道视线汇聚在他身上。

"既然大家都已经到齐，那我们就开始谈正事吧。"

听了这话，众人连忙凝神。

萧炎轻呼了一口气，直入主题："云岚宗已经消失了，云山的野心也随之破灭。不过诸位应当知道，以往就算是有云岚宗这等势力，我加玛帝国在这大陆西北地域的地位可高不到哪里去。现如今云岚宗覆灭，虽说除了一个心腹大患，可加玛帝国在西北地域的地位也将会严重下降，诸位身为加玛帝国之人，想必并不乐意见到这种局面吧？"

众人闻言，纷纷点头，不过视线依然放在萧炎身上。这种局面，从很早前就已经出现过。他们加玛帝国在这西北地域，地位一直不高，连带着从帝国内出去的人都会受到他国的一些不平等待遇。也正因此，几大家族的产业始终都被限制在帝国内，根本发展不出去。

"想必诸位也知道我的打算，帝国内拥有着强大的势力，也将会使所在国的地位提升。如今云岚宗瓦解，那么我萧炎，就要建立一个比它更为强大的势力！"萧炎的目光陡然变厉，沉声道，"而今日我将诸位找来，便是希望你们也能够加入这个联盟，日后，你们的地位与所获，远非现在可比！"

萧炎的话音落下，大厅中有些寂静。片刻后，木辰轻咳一声，率先道："萧先生的意思，是想将我们几大家族整合成一个大势力？"

虽说萧炎的志向远大，可听其话里意思，似乎是让他们几个家族入其麾下，这一点，貌似和当初的云岚宗没有太大的区别。

"呵呵，这话还是我来说吧。三弟的意思，是想邀请大家加入，从而形成一个联盟。这个联盟，有保护盟内成员的义务，所谓一荣俱荣，一损俱损。说句不客气的话，帝国三大家族，在这加玛帝国的确有着几分威势，可在整个西北地域，却根本没有半点话语权。而这个联盟形成之后，你们三大家族必然会比以往任何时候都要强大。二弟的提议，并非一人得利，你们也能够从中得到以往得不到的东西。"萧鼎微微一笑，轻声道。

听了萧鼎的话，众人的脸色稍缓。如果真是这样的话，加入这所谓的联盟，倒也并无坏处。

萧炎与萧鼎对视了一眼，萧鼎轻笑道："联盟形成后，会组建一个专门用来培养联盟强者的宗堂，这将是日后联盟最为重要的机构，将会为联盟提供源源不断的能量。而你们身为联盟成员，便可以将族内天赋优秀之辈推举出来。在那里，他们能够得到最为完善的训练与培养，那里的功法、斗技，绝非你们家族能够提供的，他们日后的成就，必然会超出你们的预料。"

闻言，木辰、纳兰桀等人眼睛都一亮。说了半天，这个福利才是最令他们心动的。

"呵呵，不知道若是加入联盟，我们需要付出什么？"纳兰桀笑了笑，颇为客气地问道。

"凡是加入联盟，日后不能以家族自居，而是必须将联盟视为家族，维护其一切利益。"萧鼎淡淡说道。他这话说起来简单，可想要做到却需要付出极多。

听着萧鼎这轻描淡写的话语，纳兰桀等人都是微微一怔，旋即犹豫起来。他们自然能够听出意思：若是加入联盟，那么这家族形式就不复存在，他们以后必须以联盟为家族，为它奉献一切。

"诸位，联盟并非谁独有，联盟将设长老院作为最高决策机构，即便是盟主，也只能听从。如今始创，诸位均为创建人。这长老院中，各家族皆有一席之地，但日后想进长老院就决不会再有今日这般容易。"萧鼎微笑道。

听得这话，纳兰桀等人的犹豫方才稍减，但一时依然难以做出决定，毕竟

这所要付出的可是整个家族。

"呵呵,我米特尔家族没有什么意见,这长老院的第一位长老,便由老夫来当吧。"在众人犹豫时,海波东朗笑道。

闻言,众人撇了撇嘴:你米特尔家族如今与萧家都穿同一条裤子了,加入联盟,他能亏待你们吗?

众人迟疑间,一道冷漠的目光突然扫过来,纳兰桀等人察觉到那目光中所蕴含的些许森然,心头微寒,抬起头来,却见到那坐在萧炎身旁的美杜莎正盯着他们。纳兰桀等人的喉头滚动了一下,脸色有些发白。到现在他们才明白一件事:以萧炎如今的势力,足以强行要求他们加入联盟,然而他却并未选择那样做,而是好言相劝,以利诱之,这或许便是他与云山之间的最大差别。

不过差别再大,两者也有一个共同点:他们都有着轻易毁灭几大家族的强悍势力,他们永远都占据着这种商讨的主动权。

一声暗叹,木辰苦笑了一声,抬头道:"既然海老都同意,那我木家也同意加入联盟,希望日后萧先生能善待我木家。"

"加入联盟,便是一家人,谁敢动木家分毫,就得先问我萧炎是否同意。"萧炎沉声道。

眼见三大家族中的两家都选择加入,纳兰桀也只能苦笑一声。这个时候他若是不同意,恐怕日后下场不会太好,本来萧炎就对他们不太感兴趣,若是再得罪他,恐怕……"既然如此,我纳兰家族也同意加入。"

见到三大家族皆同意,萧鼎与萧炎也松了一口气。不到万不得已,他们并不想用强。

萧炎的目光从纳兰桀等人身上移开,转向了从开始谈事后,便一直选择沉默的法犸,淡笑道:"法老,不知道您有何意见?"

听得萧炎的话,法犸感觉心中发苦:还是轮到自己了啊,果然逃不掉。

"我们炼药师公会与家族不同,公会并没有太过严格的限定,很多炼药师都拥有自由身，炼药师公会不能替他们做选择，所以……"法玛叹息道。

萧炎虚眯着眼，直视法玛。即便他知道法玛所说并无虚假，他也没打算放弃炼药师公会，因为这个势力方才是他最看重的，所以无论如何，他都必须将炼药师公会纳入联盟，有了这些炼药师，日后联盟的实力将会飞涨！

炼药师，是斗气大陆上最为重要与稀少的职业，所以，不能放过炼药师公会，这是重中之重！

在萧炎的注视下，法玛脸上的无奈之色更浓，可并未开口。萧炎所说的联盟的确挺诱人，可这炼药师公会在加玛帝国所拥有的声望仅次于当初的云岚宗，而且从某一个方面来说，连云岚宗都对他们略有忌惮，毕竟炼药师所拥有的号召力是非常大的。

法玛作为炼药师公会会长，其声望连丹王古河都略有不及，帝国不少强者都与他保持着良好关系。因此，想让他平白无故地加入萧炎所建立的这个联盟，没有能够令他首肯的好处，怕也是难以让他答应。

随着萧炎和法玛的沉默，大厅中的气氛顿时变得紧绷了许多，众人面上不动声色，心头却已经飞快地转着念头：看法玛这老家伙的模样，似乎并不愿将炼药师公会融入联盟，而以萧炎的性子，应该也不会放任这号召力极强的势力独立其外，看来今日是少不得一番麻烦了。

加刑天与夭夜从一开始便保持沉默，冷眼旁观局面的发展，即便是法玛话语中隐有拒绝之意，他们也没有任何言语。虽说如果帝国中出现了一个实力强大的联盟，对他们在西北地域的地位提升应该会有着不小的好处，可他们也有些担心，一旦联盟实力太强，将会有暗中侵蚀皇室权力之事发生。所以对于萧炎想要组建联盟之事，他们虽并未强行反对，可也不打算大力支持。一切，都看萧炎的能耐。

"法老，一旦炼药师公会加入联盟，那么公会中所有炼药师的消耗，都将获得联盟的支持，这对他们提升炼药师等级有着莫大的好处。至于您所说的公会

内大部分炼药师皆是自由身之事，也无须多虑，只要您首肯，我相信，绝大部分人就会安心加入联盟。"半响，紧绷的气氛终于被萧炎开口打破。

眼芒闪烁，片刻后，法玛再度苦笑着摇了摇头，叹息道："这事我做不了主，得回去与一些长老商谈后方才能够下决定。"

"法老，不知道如今炼药师公会拥有几名五品炼药师？"萧炎淡淡一笑，突然问道。

法玛闻言一怔，随即有些疑惑地道："不超过五位。不过老夫在五品巅峰已多年，近年略有所感，或许不久也能达到六品！"

见法玛说话时目光闪烁，萧炎笑了笑，轻声道："法老可真有信心达到六品？"

炼药师的等级提升异常困难，最主要的便是必须使灵魂力量变得更加雄浑。但灵魂力量的提升极为困难，一般来说，只有在斗气等级提升时，才有可能达到。法玛如今年岁已不小，实力也达到斗皇阶别，但想要再次有所提升，却是相当难。毕竟不是所有人都像萧炎一样，不仅天生灵魂力量强大，而且还有着焚诀、异火这等对灵魂有着修炼作用的奇物。

听得萧炎这话，法玛稍稍收敛脸上的笑容，紧皱着眉头，不肯言语。他自然最清楚自身的情况。

"只要法老首肯加入联盟，萧炎在此许诺，十年内，将令公会五品炼药师达到十人之数，而您老人家，也将会在这段时间中，踏入六品之阶。"见到法玛这般模样，萧炎一笑，缓缓地丢下一剂对法玛来说不亚于重磅炸弹的猛药。

萧炎话音刚刚落下，便不出意外地在大厅中引起了一片倒吸冷气的声音，即便是海波东，也一脸惊愕地望着微笑的萧炎。

法玛目瞪口呆地望着萧炎，好半响方才缓缓回过神来，神色古怪地道："萧炎小友，你这话虽然让我极其心动，但未免太不切实际了吧？"

"我十三岁接触炼丹，如今七年过去，却已至六品之阶，凭这，想必你们不会认为我是信口雌黄吧？"萧炎轻声道。

众人眼瞳微微一缩，法犸的脸上更是涌现一抹惊骇之色。七年时间从对炼药术一无所知的少年，成为如今的六品炼丹人师……如果是真的，那这种速度实在是太可怕了。不过他的老师是那位老前辈，以其实力，能够教导出这般优秀的弟子，也还在情理之中，或许他真能够做到他所承诺的……想到此处，法犸的眼中不由得涌现一抹火热。他毕生最大的心愿，便是让自己在炼药师的路上走得更远，但由于资质和年龄，他已经很难再有所精进，若萧炎真的能够让他在十年中突破至六品炼药师，那么将炼药师公会纳入联盟，也未尝不可。

心中念头飞转，许久，法犸长长地舒了一口气，直视萧炎，沉声道："若是萧炎小友真能令我炼药师公会十年内拥有十名五品炼药师，那老夫就能应诺，将公会纳入联盟！"

闻言，萧炎轻笑点头。自己跟在药老身边这么多年，已经学会了大半精湛的炼药经验，他有信心在十年内培养出一些杰出的炼药师，虽说令法犸突破至六品会有些难度，不过也并非毫无办法。

"呵呵，恭喜萧炎小友了，将炼药师公会纳入联盟，想必这联盟的潜力将无可估量。"加刑天笑眯眯地道，心中却是一声暗叹。他并非不知道炼药师公会在加玛帝国的地位，以往皇室也是想尽办法欲拉拢他们，可这些性子高傲的家伙却始终不肯买账，没想到如今被萧炎捡了这么大的便宜。

萧炎微微一笑，瞥了一眼眼中透出些许羡慕的木辰等人，淡笑道："三大家族只要日后为联盟尽心尽力，我就一并承诺，十年后，你们族中必将会拥有三名乃至更多的斗皇强者，我想，这应该比培养十名五品炼药师更加容易。"

闻言，木辰、纳兰桀等人先是一怔，继而满脸狂喜，急忙起身拱手道谢。

萧炎笑着摆了摆手，道："既然大家加入了联盟，那么自然都是一家人。强者越多，联盟实力就越强，这亦是我分内之事。"

加刑天与夭夜也同样被萧炎许下的诺言震撼了，十年内培养出至少三名斗皇强者，这话若是放在别人嘴中，他们定然只会嗤之以鼻，可对于面前这个以二十岁之龄便能够击败斗宗强者的青年，他们心中的怀疑已经被压制到了最低。

想到此处，两人心中都隐隐有些艳羡：皇室培养多年，却只有为数不多的斗王强者。而斗皇阶别，整个皇室除了那头幽海蛟兽，便只有加刑天一人——这也正是加刑天最为焦虑的地方，一旦日后他不幸陨落，那么失去了他守护的皇室，震慑力岂不是会大减？

加刑天心中一声暗叹，与兲夜对视了一眼，皆是眉头微皱，轻叹一口气。加刑天沉吟了片刻后，仿佛下了某个重大决定般，猛地站起身来，对着萧炎拱手道："呵呵，萧炎小友，不知道若是皇室今日也加入这联盟，是否今后也能够令我皇室十年中多几位斗皇强者？"

加刑天的话也令众人一惊：难道皇室也想加入联盟？

兲夜同样被加刑天的话语一惊，旋即默然。她也知道，如今的皇室能够在加玛帝国屹立，大半都是源于这位太爷爷的震慑。但尽管皇室竭力培养，可始终未曾有新的与加刑天同等分量的斗皇强者前来顶替，因此所有人都担心，一旦加刑天逝去，皇室的地位将会遭受极大威胁。

在斗气大陆上，真正的强者是凌驾于任何帝国之上的斗皇强者。一名斗皇强者足以匹敌一支普通的数万人军队，强大的破坏力决定了他的地位。而在加玛这种实力有些偏弱的帝国中，一名斗皇强者足以主宰一场战争的胜负。

萧炎略感诧异地望着加刑天，对方的举动也有点儿出乎他的意料，没想到自己对三大家族的承诺也打动了这个老家伙。萧炎诧异了片刻，笑着点了点头，道："加老有这念头，萧炎自然是欢迎之至。只要皇室能够选出真正具有天赋的人，萧炎就必将竭尽所能，而日后，联盟与皇室祸福相依！"

闻言，加刑天朗笑一声，心中隐隐松了一口气：或许只有这样，才会令皇室的地位更加稳固吧。

"呵呵，既然联盟已成，不知如何取名？"

萧鼎微微一笑，与萧炎对视了一眼，轻声道："联盟之名，唯有两字，我们称之为……炎盟！"

"炎盟？"加刑天细细地念叨了一下这个名字，转向一旁微笑的萧炎，"好名字，日后这炎盟的地位，恐怕将远远超过云岚宗。希望到时的西北地域，能够有加玛帝国的一席之地。"

萧炎含笑点头，轻声道："萧炎自然将竭尽所能。"

"呵呵，既然这联盟已经成立，自然需要一位统率全局的盟主……"法犸站起身来，笑道，"看来这位置，非萧炎小友莫属了啊。"

听了法犸的话，木辰、纳兰桀等人也连忙笑着附和。萧炎费了这么大的功夫来促成联盟，这联盟之主的位置已成其囊中之物，自然没有不开眼的人在这种场合提出任何反对意见。而对于此，萧炎也并未矫揉造作地推辞，起身朗笑道："炎盟非萧炎一人所有，日后成就，还得依靠在座的诸位长老！"

见一切都是按照计划进行，萧鼎笑着点点头，挥了挥手，一旁的侍女连忙将早已斟好的酒水送到诸人面前。

"今日联盟建立，算是一件大事，为了炎盟，大家满饮一杯！"举起酒杯，萧鼎含笑道。

"哈哈，干！"

在一阵笑声中，加玛帝国最为庞大的联盟势力终于悄然形成。不久之后，这个新生的势力将被每一个加玛帝国人记住，这个势力将会彻底取代云岚宗！而至于这个新势力是否能比云岚宗走得更远，便要看其指挥者有何能耐了。

随着商讨的结束，众人陆续离开大厅，凝重的气氛也缓和下来。

将最后一人送出萧府，萧炎长长地吐了一口气，一屁股坐在椅上，叹道："终于定了，日后我萧家，也算是有了让人放心的安全保护。"

"以你如今的实力，直接强行命他们加入不就行了，偏要如此麻烦，当真是自讨苦吃。"一直沉默到现在的美杜莎，终于瞥了萧炎一眼，冷声道。

　　萧炎闻言，翻了翻白眼，懒得与她讲理。在这个性子狠辣的女人心中，一切事情都是武力至上。

　　"炎盟刚刚成立，便囊括了帝国最强的势力，潜力非凡。以后我会令炎盟的情报网布满加玛帝国的每一个角落，谁敢对萧家不利，我们将第一时间掌握情况。即便是那魂殿想再动我萧家之人，也不会再像以前那般容易。"萧鼎无视两人的争辩，淡淡一笑道。

　　"这炎盟，会不会给予长老的权力有些大了？长老院的权力可超越盟主，弄不好这日后可是个麻烦。"萧厉皱了皱眉道。

　　"放心，现在只是为了稳住他们的心，待时间久了，他们心中的家族观念淡了，自然要开始学会以联盟为主。而我也会暗中使些手段，令长老院中的大多数人都是我萧家和绝对支持萧家的人，日后，只要三弟有决策，就绝不会有人反对。"萧鼎用手敲了敲麻木的双腿，随意笑道。

　　萧炎笑了笑，伸了一个懒腰，道："如今联盟已经顺利建立，接下来的事情，便交给大哥与二哥去办吧，我不擅长这个。"

　　"你这小子……"见到萧炎现在就开始推卸责任，萧鼎顿时无奈地摇了摇头。

　　"对了，二哥，我让你寻找的药材，都找到了吗？"萧炎突然问道。

　　"这几日米特尔家族将这些药材信息下发到了旗下所有拍卖场中，药材倒是找齐了，不过只够炼制两枚丹药的量，若是再失败的话，怕至少要花费两个月时间，才能再次凑齐。海老说了，这些药材太稀罕，连他们米特尔家族都所藏不多。"闻言，萧厉一怔，不露痕迹地看了看萧鼎，旋即道。

　　"两枚的量，应该能够炼制成功一枚吧，等会儿你将药材送进我密室。"萧炎略微迟疑了一下，开口说道。两份药材的确不保险，不过如今萧厉所剩寿命已不多，容不得他再拖延。

　　萧厉微微点头。

对于两人所说的药材之事，萧鼎倒是未起什么疑心，萧炎身为炼药师，炼制丹药是极为正常的事。萧鼎在两人谈话完毕后，瞥了一旁俏脸冰冷的美杜莎一眼，旋即对萧厉使了个眼色，让他推着轮椅，朝大厅之外缓缓行去。

瞧着两人的举动，萧炎摇了摇头，将目光投向美杜莎，沉默了片刻，轻声道："多谢了。"这自然是感谢她肯来此压阵。想要震慑这些老家伙，美杜莎是最好的人选。不过她性子太冷，萧炎请她帮忙时做好了会被拒绝的准备，没想到她答应得如此干脆利落。

"我只是想来杀人，可惜你没能让我如愿。"对于萧炎的谢意，美杜莎却淡淡地回应。不过或许连她自己都没察觉，此刻她那冰冷的眸子，稍稍柔和了一点儿。

"萧炎，你给我的药丸早就没了，你如今伤势好了，就赶快给我炼制！"一直跟在美杜莎身旁的紫妍，此刻却嘟囔道。

萧炎笑着上前，揉了揉紫妍的脑袋，微笑道："好，等会儿就给你炼制，你这小馋虫。"

"你要快点，我感觉到我似乎又要变强了，需要很庞大的能量，不然的话就要沉睡了。"紫妍皱着眉头说道。自从在云岚山强行接下了那鹫护法的一击，她最近隐隐有一些莫名的感觉，迫切地需要大量的能量。

萧炎闻言，与美杜莎皆是一怔，旋即奇怪地望着紫妍。片刻后，他们对视了一眼，惊异地道："难道是要晋阶了？"

当年萧炎在内院第一次遇见紫妍时，她已经是斗王阶别，按照魔兽等级，便算是五阶魔兽。这几年她又吃了那么多天材地宝，晋阶倒是理所当然的事。

"魔兽晋阶需要异常充足的能量，所以都会预先寻找各种天材地宝。这丫头这么多年吃了无数宝贝，现在才晋阶，所需要的能量怕是极为丰富，真不知道她的本体是何物……"美杜莎的语气中透着一抹惊异。一般说来，晋阶所需要的能量越多，便说明魔兽越强，而紫妍……需要的能量似乎多得有些过分了。

"放心吧，不管需要多少能量，我都会帮她找到。这小家伙跟着我从内院跑出来，总不能让她有所损伤，不然的话，日后难以向苏大长老交代。"萧炎捏了捏紫妍那粉雕玉琢般的小脸蛋儿，看着她不断甩着脸躲避的可爱模样，不由得柔声笑道。

感受到萧炎在此刻展现出来的温柔，美杜莎一怔，旋即淡淡道："这小家伙与我很亲，你要敢让她有损伤，我也不会答应。"

萧炎并未将话题深入，而似是想起了什么，抬头直视着美杜莎，轻声道："再过一两个月，我们俩那一年约定的日子便到了。"

替紫妍顺着紫发的玉手微微一僵，美杜莎刚刚尚还有点儿柔和的俏脸缓缓变得冰冷，充斥着妖异魅力的双眸瞥着萧炎，声音淡漠地道："你应该知道一旦我服下复魂丹，你绝对是第一个死在我手上的人。难道你以为，凭你现在的实力，就能与我抗衡了？"

萧炎苦笑了一声，道："这我自然知道。约定尚在，我不会毁约，而且看你四处寻找药材，似乎对这很期待，难道我还能置之不理？"

美杜莎冰冷地瞥了萧炎一眼，拉着紫妍的小手，转身朝着大厅外行去，走到门口时，她方才一顿脚步，淡淡地道："那些药材已经全被紫妍吃了，你若真着急炼制丹药，不必大费周章，直接与我说就好，我能送你一掌。不过，你不要以为本王心意有所改变，我只是想让你多活一段时间而已。"

看着那撂下话后便行出大厅的美杜莎，萧炎眼中尽是惊愕，脸上也布满古怪之色："这女人……"

第三章
闭关之念

炎盟的建立，不出意外地在加玛帝国立刻引起了巨大的轰动，无数人都为这众强齐聚的联盟感到惊愕。帝国三大家族，外加炼药师公会和皇室，谁都没想到，萧炎竟然能够将这些连云岚宗都未曾办到的事情，悄无声息地完成得妥妥当当。他们都隐隐感觉到，日后，这加玛帝国恐怕便是炎盟的天下了。云岚宗，已经真正地被取而代之。

在外界将炎盟建立的消息传得沸沸扬扬时，萧炎却两耳不闻窗外事，安静地守在密室之中，准备炼制能够延长二哥寿命的丹药。他盘坐于石床之上，一尊赤红色的药鼎立于面前。在一侧的石板上，整齐地摆放着各种药材，浓郁的药香飘散而出，如烟雾般将整个密室缭绕。

"青冥寿丹……"萧炎微闭着眸子，嘴中轻声念叨着丹药的名字，脑海之中不断地翻腾着这丹药的种种炼制方法和一些需要注意的地方。如此思索好一会儿后，他才缓缓睁开双眼，紧盯着药鼎，轻声自语道："这两份药材，必须保证能炼制出一枚青冥寿丹。二哥所剩时间已不足两月，若是药材全部被毁，想要

再次寻齐，怕是又要大费周章，万一时间不够，那后果……"

想到此处，萧炎紧皱眉头，轻呼了一口气，眸中隐现坚毅之色。无论如何，今日都必须将一枚青冥寿丹炼制成功！

说做便做。萧炎深呼吸几次，迅速将脑中杂念去除，屈指一弹，一缕碧绿色的琉璃莲心火便出现在其手指处。指尖一抖，火焰闪掠而出，蹿进面前的药鼎之中，转瞬间化为熊熊火焰。即便有药鼎隔绝，炽热的温度也依然渗透而出，令密室中的温度缓缓升高。

萧炎眼睛眨也不眨地紧盯着药鼎，片刻后，手一招，一枚青色带刺、隐隐间散发出一股浓郁香味的果实落入手中。

瞥了一眼这作为炼制青冥寿丹主材料之一的青冥果，萧炎能够从其中感受到那浓郁的生命力。片刻后，萧炎屈指一弹，毫不犹豫地将之弹射进药鼎之中。一进入药鼎，青冥果便迅速被那熊熊碧绿火焰席卷包裹。

灵魂力量从眉心扩散而出，最后侵入药鼎，萧炎全神贯注地控制着火候的变化，关注着青冥果的动静。

在琉璃莲心火这等双异火融合的新生异火之下，再坚硬的药材都会在最短的时间内缴械投降，青冥果也不例外。虽然它依靠着自身所蕴含的生机之力将异火阻挡了片刻，但是萧炎心神一动，火焰呼啸，乳白色的汁液便缓缓地从青冥果之内溢流而出，最后在其下方形成半个巴掌大小的液体团。

约莫半个小时后，萧炎手印一变，药鼎之中火焰渐缓，其中的青冥果已彻底消散，取而代之的是一团散发着勃勃生机的乳白色液体。

萧炎松了一口气，屈指一弹，火焰陡升。而在那暴涨的炽热温度下，巴掌大小的乳白色液体正在以肉眼可见的速度逐渐缩小，颜色也越来越纯，到最后，宛如一颗白色的珍珠。

见到炼制青冥果并未出什么意外，萧炎没有丝毫停顿，手掌一挥，又将一株药材投入药鼎。

　　随着时间的推移，一株株药材被萧炎接连不断地投入药鼎。越来越多的精纯药力开始出现，而萧炎的神情也越发凝重，灵魂力量席卷而出，将药鼎内的每一丝药力都牢牢包裹，控制在所需要的不同的温度之下，缓缓地提炼着。

　　提炼约莫持续了三个小时，一直有条不紊的药鼎之中突然爆发出一阵强烈火芒。虽说萧炎已经竭力压制，最后却依然有三种辛苦提炼出的药液在高温下生生蒸发，这次炼制只得以失败告终。

　　萧炎紧皱着眉头望着药鼎中残余的一些药液，无奈地摇了摇头，将药液取出。在分析了先前失败的原因后，萧炎方才再度凝神，将状态调整到最佳，没有丝毫迟疑，手掌一挥，身侧石板上的众多药材，顿时再度被接二连三地投入到药鼎之中。

　　这一次，萧炎的精神异常集中，外界的任何异动都被他抛到脑后，此刻在他眼中，只有药鼎和熊熊燃烧的火焰。他的手掌舞出道道残影，在他的操控下，药鼎之中的火焰温度时高时低，烦琐的变化足以令众多炼药师目瞪口呆：想要将火焰操控到这种地步，需要何等庞大的灵魂能量方才能够办到？

　　药材在熊熊的碧绿火焰之下，纷纷化为萧炎所需要的药粉和药液。

　　所幸第二次炼制并未出什么岔子，在经过将近一天一夜的烦琐炼制后，药鼎之内终于开始出现一枚表面凹凸不平的丹药雏形，一股浓郁的生机也自其中扩散而出。萧炎轻吸了一口，眉宇间的疲惫缓缓淡去。

　　不愧是能够延长寿命的奇丹！萧炎在心中暗赞一声。这类丹药，即便是放眼整个斗气大陆也极为稀少。除非真正将斗气修炼到巅峰境界，不然谁都会有寿命将尽的那一刻。若是在这之前能够突破，自然寿命会随之延长一些，可若是突破不了，那么不管你是斗皇还是斗宗，最后还是得乖乖入土为安。而彼时若是服用了这类丹药，说不定就能够在延长的几年生命中，再进一步。

　　因此，在斗气大陆，能够延长寿命的丹药受人追捧的程度，丝毫不逊色于一些能够直接提升实力的丹药，甚至从某方面来说，还要比提升实力的丹药更

加珍贵。毕竟能够提升实力的丹药并不少见，但是能够延长寿命的丹药却异常稀少。整个大陆，手中拥有能够延长寿命的丹药药方的人，恐怕也是凤毛麟角。

在萧炎心中念头翻转间，那枚凹凸不平的丹药雏形，在碧绿火焰的缓缓熏烤下，也逐渐变得圆润，一股浓郁的丹香从中散发而出。

终于要成功了吗……望着那在火焰中缓缓翻滚的乳白色丹药，萧炎心中泛起一抹细微的激动，却不敢有丝毫放松。他继续加强灵魂力量，注视着丹药的任何变化。若是在这种时候因为一点儿意外而导致丹毁，那么他真的是连哭都没地方哭去了。

在萧炎小心翼翼的维持下，那枚乳白色丹药表面的光泽越来越浓郁。约莫半个小时后，丹药猛然一颤，一股强大的能量涟漪凭空浮现，如水波般四下扩散，撞击在药鼎的内壁上，发出一道道清脆的钟吟声响。

"这药鼎可真结实。若是换作寻常药鼎，恐怕早就在这种能量的撞击下破裂开来了。"望着那仅仅细微颤抖了几下的药鼎，萧炎忍不住暗赞。照他所料，这从韩枫那里得到的赤红药鼎，恐怕都能够与药老的黑魔药鼎相媲美。说不定，这通体绘满各种各样魔兽咆哮图纹的药鼎，也是那天鼎榜中的一物。

钟吟声逐渐减弱，药鼎之中的那枚乳白色丹药猛然释放出刺眼的强光，随即在一道白光包裹下，居然强行冲开药鼎，在严实的密室中来回飞撞了半天。

"这青冥寿丹果然不凡，一出生就想逃跑。"见到这丹药的举动，萧炎也是一怔，旋即笑着摇了摇头，向身后一招，一股吸力直接将四处乱飞的白光强行收进手中。萧炎取出玉瓶，将丹药塞了进去，丹药这才安静下来。

见状，萧炎满意地一笑，深吐了一口气，这次炼丹消耗了他不少的精力。他将玉瓶塞进纳戒，手掌突然微微一颤，微闭着眸子，似是在感受着什么。半晌，他才缓缓睁开眼来，喃喃道："又感觉到了斗皇的那层障壁，看来真是要突破了……"

萧炎沉下心神，细细地品味着那种奇异的感觉，如此好一会儿，才缓缓睁开双眸，轻吐了一口气，目光闪烁。

"有所感，可始终难以真正突破那层障壁。看来一旦此间事了，得寻一处幽静之地好好闭关一次，若是拖得久了，反而不利。"萧炎低声喃喃道。虽然他已经不止一次隐约触摸到那层神秘障壁，但始终都是差之一线。

沉吟了片刻，萧炎静下心来，手掌一挥，碧绿色火焰再度涌入药鼎之中。他屈指一弹，十来个玉盒便自纳戒中浮现，最后落在身旁。

青冥寿丹已经炼制成功，接下来萧炎还需要为紫妍炼制一些药丸。这个妮子最近似乎也突破在即，需要异常庞大的能量来完成晋阶，所以萧炎毫不犹豫地将夭夜当日送来的一些珍稀药材全部拿了出来。

这些药材虽然珍稀，但与紫妍的晋阶相比无疑显得不值一提。如今身为斗王阶别，紫妍便能够与寻常斗皇强者抗衡，甚至即便是萧炎，也不敢轻易挨上她那股恐怖的怪力。若是让她顺利晋入斗皇阶别，其实力恐怕将会再度暴涨，到时，说不定都能与斗宗强者抗衡一二。

此刻萧炎身边最需要这等强者，魂殿这个神秘的诡异势力给予了萧炎极大的压力，当日若非美杜莎出手相救，说不定连他都会被那鹫护法擒获，若真如此，萧家就真的完了。

一想到若是自己被擒，萧家所面临的局面，萧炎的脸色便变得异常难看。他紧握着拳头，低声道："看来必须尽快达到斗皇阶别，日后就算是再次遇见那鹫护法，也有了一拼之力。萧家还需要我的守护，所以我不能出丝毫意外！"

萧炎咬了咬牙，心中已经打定主意，只要将二哥的事情解决，他就立刻进行深层闭关，不晋入斗皇阶别，誓不罢休！

心中有了定计，萧炎也不再拖沓，手掌一挥，将玉盒里那散发着淡淡清香的药材掠进药鼎之中，药材马上被碧绿火焰包裹……

炼制药丸与炼制丹药比起来，几乎是天与地之间的差距。萧炎炼制丹药或许需要漫长的时间，可这药丸对于他来说，不过是举手之劳，不到一个小时，

他便将玉盒中的药材尽数炼制成了拇指大小的药丸。而且考虑到紫妍那小妮子不喜欢苦味，萧炎还在其中加上了些许特殊调料，将之做得跟糖丸一样。

将整整三大瓶药丸收入纳戒，萧炎深吐一口气，整理了一下密室，然后便缓步向着密室之外走去。等他来到前院，却见到此处簇拥了不少人。他目光一扫，发现连林焱、柳擎等人都在，当下有些愕然。这些平日皆在外厮混的家伙，居然都凑在了这里。

院中一大群人也在第一时间发现了萧炎的身影，皆笑着迎了上来。

"嘿嘿，萧盟主，这称呼可真唬人啊！"林焱冲着萧炎戏谑地大笑道。

萧炎无奈地摇了摇头，目光扫了扫林焱、林修崖、柳擎三人，拱手微笑道："一直都还没有机会对三位说声感谢。"

"我们也只是想跟着你历练一下，而且似乎也没帮多大的忙。对付那些真正的强者，靠我们，可是没半点作用。"林修崖苦笑了一声。当日云岚宗大战，他们除了帮忙拦截了一下云岚宗长老，真正的战斗一直轮不到他们。

"那些云岚宗的长老修炼了那么多年才有这般成就，你们可还年轻，等到了他们那年岁，恐怕早就到了斗宗阶别。"萧炎笑道。以三人的天赋，日后若有机缘，达到这种地步并非不可能。

闻言，林修崖三人倒是一笑，他们对自己同样充满着信心。他们最宝贵的便是年轻，还处于人生状态最为巅峰的时刻，只要给予他们足够的时间，成就必然不凡。

"虽然没参加真正的大战，但是我们这段时间也有不小的收获。前几天，我们三人皆先后提升了一星实力，虽然肯定不及你的修炼速度，但也算是很不错的进步了。"林修崖满意地笑道。

萧炎的目光在三人身上扫了扫，惊讶地发现，三人的气息果然比当初离开内院时强横了一些，看来这段时间，三人的实力都略有精进。

"你们三个似乎还从未服用过斗灵丹，这次趁我闭关时，替你们一人炼制一枚，服用后，也能令你们提升一星实力，呵呵，就当是我对你们此次相助的酬谢。"萧炎略微沉吟，旋即轻笑道。

三人闻言一怔，不禁满脸欣喜，并未开口拒绝。斗灵丹对于斗王强者来说，的确拥有莫大的吸引力，这一点，连他们都不能免俗。

院中一些人听得萧炎的话，皆不由得对林焱三人投去羡慕的目光。

"呵呵，萧门主，那个……"院中的阴骨老、铁乌、苏媚三人，嘴巴动了动，对视了一眼，干笑道。

萧炎看着他们那副欲言又止的模样，自然知道他们想说什么，当下一笑，道："放心吧，三位，半月之内，三枚皇极丹会准时送达各位手中。"

"嘿嘿，萧门主的信誉，我们自然是信得过，只是如今离开黑角域也有几月时间了，我们担心黑角域的老窝不知会混乱成什么样，您也知道……"听得萧炎这话，三人皆松了一口气，那阴骨老苦笑道。

萧炎微微点头，含笑道："此次回黑角域，我二哥也会回去掌管萧门，到时候，还要请三位多多照料，我会经常去的。"

闻言，三人连忙点头，笑着道："这是自然，如今我们与萧门也算是联盟，定然会全力相助。"

望着一脸恭敬之色的三人，萧炎微微一笑，心中也松了一口气。有了这三人的支持，想必二哥也能少一些麻烦。萧炎虽然不能完全信任他们，但并未太过担心，毕竟自己还有内院雄厚实力的支持。

在黑角域，只要不是其中大多数势力联合起来，单一的势力根本就不敢与内院相抗衡，萧门有内院的支持，定然会安然无忧。

"你要闭关了？"

幽静的房间中，萧鼎与萧厉听得萧炎所说，皆有些惊讶。

"嗯，我已经隐隐有几次突破至斗皇的感觉，却始终差之一线，此次闭关，

一定要真正达到斗皇阶别！"萧炎点了点头，沉声道。

萧鼎沉吟了片刻，缓缓道："你提升实力的事，自然是最为重要，既然如此，那就随你吧，炎盟中的事，交给我与你二哥便好。"

萧炎微微点头，看了萧厉一眼。在这之前他便将青冥寿丹给了二哥，而且对其药效也做了详细介绍，想必能够暂时免除那噬生丹的危害。

"二哥，等阴骨老三人回黑角域时，你也要跟着回去。你在黑角域要多加小心，记得，尽可能地提升实力，最好在十年中突破至斗皇，这次我在给他们炼制皇极丹时，也会替你炼制一枚斗灵丹。"萧炎轻声道。

萧厉点了点头，他也知道，即便是有这枚青冥寿丹相助，可他依然未能完全摆脱噬生丹的药力，除非他能在这延长的寿命中突破至斗皇阶别，不然的话，依然还是会因为寿命的告竭而身亡。

"对了，你要在何处闭关？"萧鼎望向萧炎，突然问道。

萧炎沉默了一会儿，轻声道："魔兽山脉。当年我在那里找到过一处生长着无数珍稀药材的山谷，此次闭关，我将会去那里。至于闭关的时间，我也不太确定，不过肯定不会短。"

"魔兽山脉……需要人保护吗？"萧鼎微皱着眉头，道。

"不用，我会把紫妍带上。"萧炎摇了摇头，望着萧鼎，道，"我走后，炎盟的事便交给大哥了。若出现了什么重大变故，你可派人来我闭关之处，我在安顿好后，会让人通报与你。"

萧鼎微微点头，轻拍了拍萧炎的手臂，微笑道："你便安心闭关吧。萧家有如今的威风，全部都是建立在你的实力之上，所以你的实力至关重要。对了，何时出发？"

萧炎笑了笑，轻呼了一口气，轻声喃喃道："现在。"

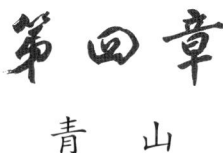

青　山

　　萧炎此次没有丝毫拖沓，在将事情向萧鼎二人略微交代了一下后，便在府中寻到紫妍，带着她悄然离去。

　　出了帝都，萧炎刚欲使用斗气双翼赶路，身旁的紫妍却扯了扯他的袖子，小手指向前方，声音清脆地笑道："彩鳞姐在那儿呢。"

　　听得这话，萧炎顿时一惊，连忙望过去，果然看见美杜莎那妖娆的倩影。此刻，她正慵懒地斜靠着一处树干，一双美眸盯着他们二人。

　　"你怎么在这儿?"萧炎惊愕地道。

　　"别想单独将紫妍带走，我不放心她跟着你。"美杜莎淡淡道，随即缓步走来，不顾萧炎愕然的目光，拉起紫妍的手。

　　萧炎见状，无奈地摇了摇头，只得道："好吧好吧，你也跟来吧。我是去闭关，又不是去游玩，带上紫妍，也是因为她晋阶需要庞大的能量，而我所去的地方又很适合她罢了。"

　　嘴中这般说着，萧炎肩膀一颤，碧绿色的火翼便自背后缓缓延伸而出，最

后化为丈许宽的华丽火翼。

"你带着紫妍跟上来吧。"萧炎对着美杜莎说了一句,双翼一振,身形便拔升上空,向着遥远的魔兽山脉飞掠而去。

美杜莎冷艳的俏脸上悄悄掀起一丝不可察觉的淡淡弧度,旋即拉着紫妍,身形一闪,便出现在天空中,脚尖一点虚空,迅速跟上。

在离开前,萧炎顺便拿了一幅加玛帝国的地图。他按照记忆之中的路线,向着帝国的东北地域飞掠而去。

当年那片小山谷,就在魔兽山脉的深处。那里距帝都极远,若是寻常飞行兽,至少也要五天的时间才可能到达。但如今萧炎不再是当年的那个小小斗者,以他现在的速度,即便是来回穿行整个加玛帝国,也不过耗费一日光阴罢了。

按照地图路线所指,萧炎三人马不停蹄地赶了半天,终于在日落时分,出现在临近魔兽山脉的一座山峰之上。

身形缓缓地从半空落下,萧炎站在山顶,目光带着一丝回忆地望着这熟悉的地方。他还能清楚地记得,当年,他曾经被一个名为狼头的佣兵团追杀,逃亡进魔兽山脉深处,而在那里,他第一次遇见了化名为云芝的云韵。

萧炎沉浸在回忆之中,许久之后,方才一声轻叹。几年过去,已经物是人非!

目光顺着山峰下移,最后停留在了山脚处的那座小镇。萧炎依稀记得这座小镇名为青山镇,是他当年从乌坦城离开后的第一个历练地点。也是在这里,他结识了可以说是人生中的第一个朋友,那个名为小医仙的善良女孩。

脑海中回闪过那一身白裙,温柔地坐于药铺之中为那些受伤佣兵疗伤的女孩的场景,萧炎有些感慨。一晃经年,不知道她如今怎么样了?她那连药老都有些忌惮的厄难毒体,可是发作了?一想起那善良的女孩需要整日服毒来维持身体机能,萧炎就有异常心痛的感觉。

片刻后,萧炎一声轻叹,偏头望了望身旁的美杜莎与紫妍,微笑道:"走吧，先去小镇。"语罢，他身形一动，便犹如风中的一片落叶，轻飘飘地向着山脚闪掠而去，美杜莎与紫妍紧跟其后。

以几人的速度，眨眼间，他们便出现在了小镇之外。望着小镇入口处那有些古朴的字，萧炎神情恍惚，喃喃道："青山镇，好久不见……"

犹记得那一年，少年离家历练，步伐艰难地背负着那硕大的黑尺，满头大汗地行至此，望着小镇，稚嫩的脸上露出如释重负的笑容……

"这里是我当年第一次历练的地方。当时的我，还只是一个刚进入斗者阶别的小家伙。"萧炎微微一笑，冲着身旁两人道。

闻言，紫妍与美杜莎一怔。紫妍不禁偷笑道："没想到这才几年不见，当年的斗者小家伙，便已经强大到了这种地步，是不是有种物是人非的感觉啊？"

萧炎笑着拍了拍紫妍的脑袋，抬头四顾，发现如今这青山镇的规模明显比当年扩大了许多，连带着人流都增加了许多倍，小镇入口不断有路人和一些准备前往魔兽山脉猎取魔兽的佣兵经过。

一路行进小镇，碎青石铺就的道路令萧炎的心情悄然放松，这是他许久都未有过的感觉。离开加玛帝国后，他便一直在争分夺秒，与时间赛跑，没日没夜地修炼。

缓步走过一条街道，萧炎再度转身，半晌，缓缓地在一处占地极大的药铺外停下脚步，恍惚地望着这依稀带有几分熟悉的场景。当年，他与小医仙的第一面便是在此处相见。如今的药铺，虽然规模比当年更大，但是少了那温柔善良的笑容……轻叹了一声，萧炎突然有些意兴阑珊，挥了挥手，偏头对着身旁的两人道："算了，走吧，今日便进入魔兽山脉。"

美杜莎与紫妍没有意见，当下微微点头。萧炎见状，也就不再拖沓，转身便欲向着小镇通向魔兽山脉的街道行去。然而，就在此时，不远处的街道却突然间混乱起来。只见两道人影冲破人群，仓皇逃来，刚刚冲过街道，另外几道人影从一旁的房屋之上闪掠而下，将两人拦截住。

"哈哈,想跑?今日你血战佣兵团,一个都逃不掉!"一名脸上有一道刀疤的中年汉子缓步走出,冲着那被拦截的一男一女狞笑道。

被围在中间的两人,男的是一个中年人,身子壮硕,沉稳的脸此刻却带有一分苦涩之意。他身旁的女子倒是年轻,娇躯窈窕,模样也颇为秀美,只不过此时,那张娇美的脸却异常苍白。

"你快走,我来拦住他们!"中年人反身一掌打在那女子身上,一股劲力将她推得退后十几米,催促道,"苓儿,快逃!进魔兽山脉!"

刀疤男子冷冷地望着中年人的举动,冷笑一声,手一挥:"杀!"

听得命令,几道人影立马应和,握着武器对着那中年人冲杀而去。

街道口,萧炎望着这突然出现的变故,本来对于这种仇杀事件他没有丝毫的兴趣,可那刀疤男子嘴中说出的血战佣兵团,却勾起了他的一些回忆。他望向中年人和那女子,眉头微皱:"苓儿?"

在萧炎沉思间,那个本就负伤的中年人,不敌对面几人的狂攻,终于被一掌击退,当下便喷出一口鲜血。他转头望着那一脸淫笑对着女子行去的刀疤男子,一声惨笑,眼中涌现绝望。

"卡岗大叔!"见到中年人被击伤,那被称为苓儿的女子终于忍不住泣声喊道。听得她的喊声,街头的萧炎一声轻叹,终于从记忆之中翻出了当年那在魔兽森林之中的偶遇。

"嘿嘿,叫什么也没用了,苓儿小姐,乖乖跟着我回去吧……"刀疤男子淫秽一笑,大手直直对着女子抓去,而此刻的苓儿似乎也没有什么反抗之力,只能眼睁睁地望着那越来越近的大手,眼中露出一抹绝望的凄惨之色。

"畜生!"望着那刀疤男子的举动,被称为卡岗的中年人顿时怒骂道。而骂声刚刚落下,一道人影便一脚踹在他的胸膛上,将他踹倒在地,他再次喷出一口鲜血。

刀疤男子冷笑着瞥了卡岗一眼,手臂陡然一探,就欲直接将面前的女子抓住。然而，就在他的手掌距离女子还有半尺时，身体却诡异地顿住了，旋即一道雄浑劲气破空而来，狠狠地砸在他的胸膛之上。

突如其来的重击直接令刀疤男子脸色煞白，仰天喷出一口鲜血，身体如死狗般落地，在街道上飞了十几米方才止住。

这般突发变故令街道瞬间安静了下来，无数人惊愕地望着那突然间便被打倒在地的刀疤男子，脑子有些转不过弯来。

苓儿微张着小嘴，望着那在地上不断哀号的刀疤男子，片刻后，似是有所感应地猛然转头，一袭黑袍缓缓映入她的眼中。她在那黑袍上略微停顿便迅速上移，看见了一张布满平淡之色的清秀的年轻面孔。不知为何，她总是觉得有似曾相识的感觉，只不过无论她如何回忆，依然想不出来在哪里见过。

被打倒在地的卡岗趁机爬了起来，冲上来护住苓儿，抬头对着面前的萧炎感激地说道："多谢这位先生出手相救！"

此刻街道上的众人也缓缓回过神来，惊异地望着这看上去颇为年轻的黑袍青年，虽然对他竟然能够将身为三星斗师的刀疤男子一击击退感到很讶异，但是不少人眼中皆流露出些许怜悯：这个毛头小子，难道不知道蛇巢佣兵团在青山镇是何等嚣张跋扈吗？有着黑岩城赫氏家族的支持，即便放眼这魔兽山脉方圆千里，也无人敢招惹蛇巢佣兵团，只因为赫家有一名货真价实的斗王强者！

那几个蛇巢佣兵团的人在见到刀疤男子被打伤后，皆赶紧跑去将他扶起，然后将恶狠狠的目光投向了萧炎。

"呸！"刀疤男子艰难地站起身来，脸色惨白，吐出一口鲜血，恶毒地望着脸色平淡的萧炎，怒骂道，"好小子，当真是有胆识啊，居然敢在这青山镇招惹我们蛇巢佣兵团！你难道不知道我们团长是赫家的女婿吗？"

萧炎淡淡地瞥了刀疤男子一眼，摇了摇头。所谓的赫家，他还真没听说过。

"这位先生，您的大恩，卡岗感激不尽，不过您还是尽快离开吧，蛇巢佣兵团中的强者一旦过来，您想走就难了。"望着刀疤男子，卡岗也是一声轻叹，将

苓儿推向萧炎，低声恳求道，"请先生将苓儿带出青山镇，若是嫌麻烦，出了小镇就可让她离开，我来拦住他们！"

"我不走！要死一起死，反正血战佣兵团肯定也活不过今天了，我活着也没什么意思！"苓儿闻言，却是不动，紧咬着嘴泣声道。

一旁的萧炎有些哭笑不得地望着这二人，摇了摇头，轻笑道："卡岗大叔，放心，今日有我保你们，这加玛帝国，还无人敢动你。"

对于萧炎这有点儿熟悉的称呼，卡岗先是一怔，旋即苦笑道："先生好意，我心领了，不过这蛇巢佣兵团并非你能够与之抗衡的，我与苓儿拦住他们，你还是快走吧。"

"嘿嘿，走？打伤大爷就想走？哪儿有这么好的事？"对面那刀疤男子的脸上顿时露出一抹狞笑，快速从怀中掏出一只火筒，然后一扯，一枚信号弹便飞掠上天，最后爆炸开来。

"整个青山镇的出口都被我蛇巢佣兵团把守着，你们想走到哪儿去？"刀疤男子望着脸色瞬间惨白的卡岗两人，狞笑更甚，手一挥，冷声喝道。

听得他的命令，那刀疤男子身后十几人顿时分散开来，从腰间抽出锋利武器，身上缭绕着虚薄的斗气，不怀好意地望着萧炎。

萧炎面无表情，缓缓前踏一步，语气平静地说道："再上前一步，死！"

这般话语换来的只是那十来人的冷笑，他们自然没有停下脚步。见状，萧炎双目微垂，眼中掠过淡淡凶芒，指尖处，无形之火，悄然升腾。

噗！噗！火焰浮现间，诡异的一幕便在这街道之上悄然出现。只见那对着萧炎冲杀而来的十来人的身形骤然凝固，旋即，在周围一道道惊骇的目光中，噗的一声，便毫无预兆地化为一地灰烬！

有些喧哗的街道，在这一刻猛然寂静。所有人都睁大眼睛，惊恐地望着那团灰烬，有一些人甚至只是眨了眨眼，待再次睁开眼时，便只见刚刚尚还完好的一干人等，已在瞬间消失……诡异的一幕令人们心底涌现出一股寒意，虽然

此刻烈日当空,但是冷汗依然止不住地顺着他们的额头滑下。

那个一脸凶相的刀疤汉子,嘴巴在此刻张得如鸭蛋一般,眼中充斥着惊骇,好一刻后方才回过神来,身体急忙后退,脚步一个踉跄,瘫倒在地,骇然道:"你……你究竟干了什么?"在刚才萧炎动手的那一刻,他没有感到丝毫的斗气波动,可那十几人却已诡异地化为灰烬。

卡岗与苓儿也从震惊中回过神来,望着面前的黑袍青年,眼中逐渐显现一分狂喜:没想到这个年轻人居然有如此可怕的实力,看来今日他们是有救了。

萧炎淡漠地望着那踉跄后退的刀疤男子,缓缓举起手掌,遥遥对准他,无形之火在掌心中陡然闪现。

噗!又是一声沉闷声响,刀疤男子脸上连丝毫表情都还未来得及展露,那从其体内出现的熊熊心火,便在瞬间将之焚烧成了一团灰烬。

众人不由得又吸了一口凉气,惊骇地望着萧炎,纷纷忍不住后退了几步。看那模样,似乎生怕后者会突然将那死亡之手指向他们一般。此刻,他们明白了,这个年轻人并非逞强出头,而是真正地有着俯视蛇巢佣兵团的实力与资格。

随手将这些人解决,萧炎轻拍了拍手掌。这些人一身凶煞之气,明显也不是什么好人,对他们不必有丝毫内疚。

萧炎转过头来,望着卡岗与苓儿,轻笑了一声,缓缓道:"卡岗大叔,这么多年没见,没想到你们还在这青山小镇。"

原本目光中充斥着敬畏的卡岗,听得萧炎这话,顿时一愣,小心翼翼地打量着萧炎的脸,心中却嘀咕着自己什么时候结识了这等强者。

在卡岗疑惑时,苓儿也紧紧地盯着那张似曾相识的脸,片刻后,突然低声喃喃:"卡岗大叔,他好像和几年之前灭掉狼头佣兵团的萧炎有些像。"

听得苓儿此话,卡岗身体猛地一震,不可思议地望着萧炎,埋藏在岁月之下的记忆也迅速被翻开,最后,当年那有过一面之缘的少年的稚嫩面孔缓缓地与面前的萧炎重合起来。

"萧炎小兄弟，真的是你？"眼中震惊之色渐浓，卡岗失声问道。当年的萧炎只不过是一名斗者而已，然而如今，他举手投足间便令十几名斗者和一名斗师灰飞烟灭，这般强者之态，哪儿是当年的稚嫩少年可比的？

瞧见萧炎微笑点头，卡岗脸上瞬间布满惊喜，随即略微迟疑，猛地一咬牙，直接跪下，哀求道："小兄弟，血战佣兵团遭遇大难，恳请您出手相救，事后卡岗愿意做牛做马！"

卡岗身后，芩儿也呆呆地望着面前的萧炎，心绪翻滚。谁能想到，当年她年少不懂事，几次三番出言讽刺的少年，如今居然有了这般恐怖的实力……她心中念头翻滚，也急忙跪下，因为只有面前的青年才有可能拯救血战佣兵团。

他的名字倒是与最近传得沸沸扬扬的炎盟盟主相同，不过听说那炎盟之主可是有着能够与斗宗强者相战的实力，看来应该只是同名吧……芩儿目光闪烁，在心中低声道。在偌大的加玛帝国，使用萧炎这名字的多达上千人，而且那炎盟之主实在是太过耀眼，乃至连她都不敢往此处想，只以为是名字相同。

萧炎袍袖一挥，用一股柔力将二人扶起，轻声道："是那蛇巢佣兵团吗？他们团的实力如何？"

卡岗闻言，连忙点头，说道："他们的团长是六星斗灵强者，实力极强，在这青山镇中，无人能与之匹敌，不知道萧炎小兄弟能否……"

"六星斗灵……"萧炎略微沉吟，淡笑道，"卡岗大叔，我此行还有要事进入魔兽山脉，不能在此耽搁太久。"

听得萧炎这话，卡岗的眼神顿时黯淡下来，身体也犹如被抽去了所有力量。他身后的芩儿紧握玉手，惨然自嘲：即便人家与自己当年有些交情，可也的确没到能够为他们得罪一名斗灵强者的地步。

"你将这五个瓶子收好，遇见那蛇巢佣兵团团长，就用斗气催动它，然后投一个出去，危局自解。另外，这玉牌可联系我一次，若是以后真有生死攸关的大事，可将之捏碎，我便会现身一助。"萧炎屈指一弹，五个小玉瓶与一个玉牌

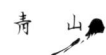

便飞向卡岗,每个玉瓶中都装有一个极小的火莲。

怔怔地接过玉瓶,卡岗有些愕然:凭这些小玉瓶,就能将蛇巢佣兵团团长击杀?

"今日我还有事,便先告辞,日后若是有机会,应该还能再见。"萧炎微微一笑,不待卡岗回神,身形一颤,便在周围一道道惊骇的目光中诡异消失。

咕!卡岗的喉咙滚了滚,低头看了看手中的玉瓶,猛地双腿跪地,对着萧炎消失的地方使劲磕了三个头,然后拉起苓儿,向着血战佣兵团所在的方向奔掠而去。直觉告诉他,只要按照萧炎的话去做,此次危机必解!

第五章
再遇故人

狂风将茫茫林海吹出道道海浪,轰隆隆的呼啸声传遍整座山脉。

林海之上,破风声突然响起,三道黑影自远处闪掠而来,最后身形一顿,停在了天空上,目光不断扫过下方。

多年未曾回到此处,由于地形的一些变化,小山谷的方位似乎也出现了一些偏差,让萧炎浪费了不少时间。他将目光缓缓地从密林扫过,忽然眼中一亮,背后火翼一振,便向着一处位于几座山峰夹缝处的地带飞去,美杜莎与紫妍四下打量了一下后,也紧跟而上。

片刻之后,萧炎出现在山峰中间的天空上,视线往下一扫,顿时松了一口气。只见在山峰的包裹下,在葱郁树林的遮掩下,一个没有通道的山谷出现在了萧炎的视野中。他深吸了一口气,即便隔着这般遥远的距离,他也依然能够清晰地嗅到一股浓郁的幽香。

"这里的药味比当年更浓了,果然是个宝地!"萧炎欣喜地望着山谷,偏头对着美杜莎二人挥了挥手,然后振动火翼,向山谷之中飞去。

身形缓缓地落在山谷四周的峭壁之上，萧炎刚欲继续往下飞，一道腥风却夹杂着尖锐劲风暴射而来。他屈指一弹，一道雄浑的碧绿斗气便自指尖暴掠而出，最后重重地与那道影子碰撞在一起。

叽！那道黑影发出一声凄厉鸣叫，旋即后退。萧炎定睛一看，原来是一只通体漆黑、背生双翼的魔兽。魔兽虽然被萧炎击退，但是并不愿意就此离去，而是徘徊在天空中，对着萧炎发出阵阵充斥着威胁的尖厉鸣叫。

"没想到这里竟然出现了四阶魔兽，难道是被谷中这些珍稀药材吸引而来的？"抬头望着那在空中盘旋的魔兽，萧炎喃喃了一声，便摇摇头，不再理它，向着山谷之内继续飞去。盘旋在天空中的魔兽见到萧炎这般举动，顿时双眼通红，双翼一振，直挺挺地对着他再次冲击而来。

"滚！"脚掌轻轻踏在地面上，萧炎紧皱眉头，一挥袍袖，雄浑劲气破体而出，最后狠狠地砸上那头魔兽，顿时将它身上的羽毛震落了不少。

叽！遭受重击，那魔兽也惊慌起来，赶忙振翼高飞，却依然不愿意离开，而是不断地在高空盘旋。

叽！萧炎将那烦人的魔兽惊退后，缓缓地扫视山谷，然而山谷中又猛然传来阵阵低吼声，只见一道道敏捷的身影闪动，一头头通体碧绿、长相极为凶恶、浑身散发着凶煞之气、类似豹子的魔兽闪掠而出，转瞬间便将萧炎团团包围。

"竟然是四阶魔兽风豹兽，它们不能飞天，如何能进入这山谷？而且还有这么多……"萧炎眉头微皱地望着将自己包围的凶煞魔兽，疑惑地道。小山谷这些年究竟发生了什么事？

在萧炎沉吟间，两道身影闪掠而下，出现在他身旁。

"嘿嘿，这里真是好地方，没想到这么一块小地方，居然有这么多的天材地宝……而且这里的能量的浓郁程度，也比外面高了好多哩。"紫妍宝石般的眸子四下扫视，满脸艳羡地嘿嘿笑道。对于这些拥有雄浑能量的珍稀药材，她有着特殊的感应力，连萧炎都不具备这种能力。

目光淡淡地扫过周围,在四周的那些风豹兽身上略一停留,美杜莎一蹙黛眉,冷声喝道:"滚开!"

冷喝声夹杂着一股异样的压迫力扩散而出,凡是被波及的风豹兽,赤红的眼中便会出现些许恐惧。魔兽挣扎了好一会儿,愤愤地发出低吼声,再度不甘心地看了几人一眼,才缓缓地退了下去。

"这些四阶魔兽在受我威压之后竟然还能坚持一瞬,似乎有些古怪啊……"美杜莎望着那些退开的风豹兽,有些疑惑地低声道。以她斗宗阶别的实力,就算是五阶魔兽,也会在她的威压之下狼狈而逃,而这些风豹兽却是在挣扎了一瞬后,才选择离开。

"这里以前并没有魔兽,没想到几年没来,倒变成一处凶地了。"萧炎笑了笑,心中虽然为这小山谷突然多了这么多魔兽感到惊讶,但是并未深想,抬腿向着山谷深处行去。在记忆里,那里有一间小茅屋。

美杜莎与紫妍缓步跟上。美杜莎不断地扫视四处,不知为何,这里总是让她感觉有点儿不太对劲。

在谷中走了约莫十分钟,萧炎三人便瞧见了那间小茅屋。萧炎有些感慨,轻叹了一声,几年前在此处发生的事情历历在目,然而那一身白裙的女孩却已经不见踪影。

片刻后,萧炎平复心绪,缓步走向小茅屋。而随着他逐渐走近,怒吼声再度从山谷中响起,紧接着,一道道魔兽身影闪掠而来,最后将小茅屋团团围住。

萧炎脸上的笑容缓缓淡去,终于感觉到有些不对劲了。谷中的这些魔兽不像是在此觅食,倒更像是被什么人圈养在此处,霸占着小山谷。

难道此处已经被别人发现了?萧炎心中闪过一个念头,紧皱着眉头。

"这些小家伙还真是烦人,让我来!"紫妍皱着小脸望着那些不断发出威胁吼声的魔兽,冷哼了一声,大步走出,眸中紫光大盛,一股异样威压陡然散发而出。这股威压与美杜莎那种依靠实力散发出来的威压并不相同,反而更像是从其血脉与灵魂之中涌出一般。萧炎与美杜莎对视一眼，皆从对方眼中看出了一抹惊讶。

在紫妍的威压下，那些眼中充斥着凶狠的魔兽顿时呜咽了一声，如遇见猫的老鼠般夹着尾巴，毫不犹豫地四下逃窜，再也不敢在此停留。见状，紫妍顿时得意地冲着萧炎扬了扬小脸。萧炎一笑，紧盯着小茅屋，缓步走近，隐藏在袍袖中的手掌处，碧绿火焰若隐若现。

"小心点。"身后，美杜莎低声道。

萧炎微微点头，一步步走向小茅屋，片刻后，便行至屋前。他眼中掠过一抹疑惑，刚欲伸手推门，美杜莎却脸色微变，闪身上前，一把将他的手抓住。

萧炎一怔，偏头望向俏脸有些冰寒的美杜莎。

"门上有剧毒！"美杜莎狭长的美眸眯起。她本人便擅长用毒，因此，对于这些东西的感觉比萧炎要敏锐得多。

萧炎闻言，脸色一变，急忙后退，目光惊异地四处扫动，脸色越加阴沉。看来真如他所料，这个山谷已经换主人了。

美杜莎微垂着眼，修长的玉指处，七彩能量缓缓升腾，做好随时应对各种变故的准备。

"小心！"萧炎将紫妍拉在身旁，低声道。他抬头望着小茅屋，微眯着眼，袍袖一动，一股狂猛劲风便倾泻而出，将房门直接震开。

萧炎目光一扫，却发现小茅屋之内空空荡荡的，没有半个人影。

"不要进屋，这里的人似乎擅长使毒，而且毒性极强，一旦沾染上，即便是你，也相当麻烦。"美杜莎缓缓道。

萧炎微微点头，目光四处扫动，片刻后，猛然冷笑道："阁下若是再不现身，我现在就将这山谷毁掉！"

冷笑声在山谷之中回荡，山壁的回音让声音显得更加洪亮。然而预料中的人影却没有出现，萧炎脸色阴沉，碧绿火焰陡然在掌心浮现。

就在这一霎，一个嘶哑的声音在山谷之中突然响起："毁了此处，今日你三人，也便永远留在此处吧！"

萧炎与美杜莎陡然转身，眼瞳微微一缩。

远处的山壁之上，一个全身都笼罩在黑色斗篷之下的人影诡异浮现，那近乎漠然的目光自斗篷中射出，毫无感情地望着谷中三人。

萧炎微眯着眸子望着那道黑影，灵魂力量闪电般地扩散而出，然而片刻后他却微皱起眉头，因为他惊异地发现，灵魂力量在离黑影尚有几米远时，便再也难以探查丝毫，这可是多年来他首次遇见的情况。

"留下？可还没有人够资格对本王说这种话！"美杜莎迅速回过神来，当下脸上便浮现一抹冷笑，眸中杀机暗酝，玉指猛然一弹，一缕七彩能量匹练自指尖暴射而出，最后如闪电般划破虚空，直射黑影。

斗篷之下，那人漠然地瞥了一眼掠来的七彩匹练，衣袍无风自动，一股浓郁的灰色烟雾自其体内涌出，周围的杂草竟然开始以肉眼可见的速度枯萎，转瞬间便彻底变得枯黄，生机尽失。萧炎就此知晓，此人果然擅长用毒，甚至体内的斗气都蕴含着剧毒。

灰色烟雾涌出，在黑影面前缭绕，那七彩匹练瞬间便闪掠而进。然而这股令寻常斗王强者都不敢随意接下的一击，在进入灰色烟雾之后，却极其诡异地开始分解。眨眼间，七彩能量居然化为虚无。

"速速离开山谷，否则，死！"

随着七彩能量的消失，美杜莎眸中掠过一抹惊异，待听到黑影的声音，她脸上的冷意更甚，磅礴的气势自其体内盛涌而出。

"今日不管你是走还是留，你这条命，本王都要定了！"一声冷笑，美杜莎偏头对萧炎与紫妍低声道，"你们离远一点儿，这人满身剧毒，沾上就麻烦了！"

萧炎紧皱眉头，心中念头飞转：这神秘黑影究竟是谁？他拥有如此强悍的实力，不可能是帝国中的籍籍无名之辈，可为何以前从未听说过此人？

就在萧炎沉思间，山壁之上黑影的眼神顿时变得森冷，袍袖一挥，浓郁的灰色烟雾铺天盖地地暴涌而出，直接对着山谷中侵蚀而来。

"找死！"见状，美杜莎眸中寒光涌现，身形一动，陡然出现在半空，玉手一握，七彩能量蛇剑凝现。她脚尖一点，便化为一道细线，直射向黑影。

对美杜莎的实力，那神秘黑影在刚一接触时便略有所感，可他依然没有丝毫退意，而是漠然地望着闪掠而来的身形，袍袖猛然一动，露出一双异常苍白、略显修长的手。掌心中，灰色烟雾急速翻滚，最后迅速凝缩，眨眼间，深灰色便转为灰紫色，一股异样的腥味自其中散发而出。灰紫雾团涌现，黑影屈指一弹，雾团便悄无声息地对着美杜莎暴掠而去。

刺鼻的腥味从雾团中扩散而出，美杜莎轻轻吸进一丝，神色微变，手中印结一变，七彩能量在面前急速凝结，最后直接化为一条七八丈的七彩能量巨蛇。巨蛇巨嘴一张，便直接将那团灰紫毒雾吞进嘴中。灰紫毒雾一被吞噬，就在瞬间爆炸，片刻后与那能量巨蛇同时消失。

"好烈的毒！"狭长的眸子微眯，美杜莎那冷艳的俏脸上露出一抹凝重。她并非没有遇见过使毒的人，可能够将毒用得如此出神入化的，她平生还是第一次遇见。

心头一动，一层七彩能量膜自美杜莎体内缓缓渗透而出，最后将身体包裹，旋即身形一闪，她便站在了山壁之上。美杜莎一声冷笑，手中蛇剑带起凌厉劲风，直射黑影的喉咙。

面对着美杜莎的狂猛进攻，黑影步伐诡异地一阵轻踏，刚好将美杜莎的剑势闪避开去。而在闪避之时，他手掌一握，那灰色雾气便在掌心凝聚，最后也化成一柄灰色长剑。长剑之上透着一股淡淡腥味，这上面显然有剧毒。

锵！锵！双剑闪电交错，人影飞掠，山壁之上碎石横飞，火花暴射间，一道道细小的裂缝迅速从山壁上蔓延开来。

然而或许是因为忌惮黑影的剧毒，美杜莎在施展了绝大部分实力的情况下，

依然难以将此人拿下，而且局势甚至有些僵持。

此人究竟是谁？居然能够与美杜莎打得难分上下……望着山壁之上闪掠的两道人影，萧炎眼中逐渐涌现一抹凝重。要知道，即便是云山，也要比美杜莎的实力差许多，没想到这神秘黑影居然能够与她抗衡。

"这个家伙好强，居然能和彩鳞姐打这么久，而且他身上的味道，闻了后头真晕。"紫妍微蹙着眉头，用手掌抚着额头，有些眩晕。

闻言，萧炎一怔，使劲一嗅，惊骇地发现，空气中不知何时有了一丝极淡的异味。

"屏住呼吸！"萧炎沉着脸，迅速从纳戒中取出一枚丹药，然后塞进紫妍嘴中。这毒真是可怕，才这么一会儿，便能让紫妍感到眩晕，若是吸得多了，恐怕连命都要留在此处。

不能让他再继续散发毒气了，不然这山谷里的所有生物都得被毒死……萧炎在心中沉吟了片刻，随即袍袖一挥，碧绿色的火焰陡然自掌心涌现，一股高温迅速扩散，空气开始变得异常干燥起来，其中的异味缓缓消散。

"紫妍，待在这里不要乱动！"萧炎将异味消除后，抬头望着天空中的战斗，眼中寒芒一闪，偏头对着紫妍嘱咐了一句，背后火翼缓缓延伸而出，猛然一振，身形暴掠升空，径直冲向那处战场。

两道黑影闪掠交错，七彩能量与诡异的灰雾四处涌现，旋即碰撞在一起，在爆发出低沉闷响的同时，也弥漫出一股刺鼻的味道。

双剑再次交击，火花暴射，美杜莎与黑影刚欲后退，一道身影便陡然自下方闪掠而来，泛着炽热劲风的拳头直接对着黑影砸了过去。

突如其来的劲风，并未让黑影有半分慌乱。他身体诡异地一扭，便避开了萧炎的攻击。

一击无果，萧炎闪电般后退，瞬间便出现在美杜莎身旁，目光略带着一分阴沉地望着面前的黑影，缓缓道："阁下究竟是谁？"

黑影身形轻轻后飘了一段距离，斗篷之下的淡漠目光望向不远处的萧炎，微微一怔，脸上浮现一抹挣扎，片刻后又再度变得冷漠："离开此地！"

"这位朋友，在下萧炎，此地是当年我与一位好友寻找到的，主人可不是你！"萧炎冷笑道。

"萧炎……好友……"斗篷之下的目光再度闪烁，那弥漫在身体四周的灰色烟雾稍稍变淡了一些。

"跟他废话什么，这毒物虽然诡异，但是本王要杀他并不难！"美杜莎冷声道，眸中的杀意颇为浓郁。

萧炎不为所动，再度拱手，声音客气了一点儿："不知道阁下名讳？或许我还听说过呢！"

黑影只是径直望着萧炎的脸，片刻后，轻轻闭上眼睛，身形居然缓缓向后退去。

萧炎皱着眉头望着这突然变得莫名其妙的黑影，心中却暗自警惕。在黑影逐渐退出山谷时，其身形突然一顿，手掌一扬，一物便向着萧炎飞掠而来。

萧炎见状，脸色微变，身形忙退，用一股柔劲接住那飞来之物，定睛一看，竟然是一个玉瓶。

"你二人实力强横，或许不惧毒雾，可下方那小女孩却不行。这是解药，能解她体内之毒。"丢出玉瓶之后，从黑色斗篷中缓缓传出异常嘶哑的声音。

萧炎闻言一怔，与美杜莎对视了一眼。

"此地既然是你与你朋友找到的，那么就还给你吧。"黑影缓缓转身，身形一闪，向着山脉之中闪掠而去。

萧炎惊愕地望着这就要离开的黑影，眉头紧皱，眼芒闪烁。片刻后，他心头灵光一闪，猛然抬头，对着那即将消失的黑色影子大喝道："小医仙？是你吗?！"

萧炎的喝声如雷鸣般在这片山峦轰然响彻，而那即将消失的黑影也因此一

顿。萧炎远远地看着那个身形，更加肯定了心中的猜测。没想到，这么多年后，他依然还能在这里见到她，只不过，为什么现在的她与以前完全不一样了？难道……难道她那所谓的厄难毒体已经彻底爆发了？

萧炎想也不想，背后火翼猛然一振，身形便直接向着那道黑影追去。

似是感觉到萧炎的举动，黑影身形一颤，却没有回头。浓郁的灰色雾气自其体内暴涌而出，旋即，在一道细微的闷响中，灰雾爆开，而其身影则诡异地凭空消失了。那团爆开来的灰雾也迅速消散，片刻后化为虚无。

萧炎的身形划过天际，而当他追过去时，黑影已经消失不见，他只得紧绷着脸，紧握拳头，低声骂道："这个家伙……为什么不敢见我？"

美杜莎迅速跟了上来，目光谨慎地在这片天际扫过，微微皱眉，道："你认识刚才那人？"

"如果猜测不假的话，应该是我多年前的一个朋友，只不过……"萧炎苦笑了一声，想了想，却并未将小医仙厄难毒体的事情说出来。

"这人一身毒功诡异莫测，不过与其交手时发现他精神波动很大，时而清醒时而迷茫……他不见你，或许是这缘故吧。"美杜莎对此也并未追问，而是转开话题，沉吟道。

萧炎紧绷着脸，有些不甘心地在四处寻找了一圈，可依然无果，当下只得轻叹了一口气。看这般情况，当年在离别时她所说的最糟情况已经出现了。

"他已经走了，回去吧，紫妍还在山谷里。"美杜莎道。

萧炎只得点点头，转过身，迟疑了一会儿，又转回来，望着那茫茫林海，沉声道："小医仙，我不知道这些年你究竟发生了什么事，但我当年便说过，不管你变成什么样，我萧炎依然视你为朋友，这承诺至今未曾有过丝毫动摇！"

萧炎的声音在斗气的夹杂下在这片山脉滚滚翻腾，许久之后才逐渐消散，却依然没有得到任何回应。他苦笑一声，只得转身与美杜莎向着山谷中掠去。

一座怪石林立的山峰之上，一道黑影遥遥地望着萧炎的身影，苍白的手紧

紧地扶在一旁的巨石之上，使得那巨石开始冒出阵阵白雾。直到萧炎回到山谷，黑影方才缓缓松开手掌，而那巨石上已经留下了一个寸许深的黑色掌印。

黑色斗篷之下，那道漠然的目光涌现些许茫然。片刻后，埋藏在记忆深处的一幕幕悄然升腾，而那个叫作萧炎的少年慢慢闪现在眼前。

"萧炎……"斗篷下传出来一个带着久远回忆的女子清脆的声音，与先前那难听的嘶哑声音截然不同。显然，那是她为了隐瞒身份故意发出的。

"没想到会再次遇见你……我每年都会来这里待半月，但既然你已出现，那以后，我不会再来了……"她缓缓掀开斗篷，苍白如雪的发丝顿时如瀑布般倾泻而下，一张苍白且略显瘦削的脸暴露在了空气之中。

这张脸依稀有着当年的轮廓，却失去了当年那暖人心扉的柔和笑容和空灵气质，眼睛呈灰紫两色，看上去，妖异中透着丝丝冷漠无情。此刻，这张被出云帝国视为"死神之脸"的人脸上，却隐隐噙着一丝苦涩。

"别怪我狠心不见你，我只是想让你心中永远记着那个善良的小医仙，而并非如今手中沾满无数鲜血的天毒女。只是没料到，当年所说之话，如今已尽成现实，希望我们日后不要再碰见。我的命运便是如此，在厄难中生，在厄难中终结……"

灰紫眼睛遥遥地望着那座小山谷，当年的美好回忆翻上脑海，令她那已经保持了几年冷漠的脸，缓缓露出一抹温柔的笑容。在这笑容中，还能隐约看见当年那被青山镇无数佣兵视为心中仙子的小医仙的影子。

笑容如昙花般，持续了短短一会儿便消失殆尽。她缓缓闭上眼，片刻后再度睁开时，眼中已恢复了漠然。她再一次看向山谷，迅速戴上斗篷，不再有所留恋，身形化为一片灰色烟雾，悄然消散。

第六章
山谷一月

萧炎二人回到小山谷时,发现紫妍的小脸蛋儿变得有些紫红。两人一急,没想到小医仙的毒竟然如此恐怖,紫妍不过吸入少许,便出现了这般症状。毒师的确是一个令人又惧又厌的职业。

紫妍虽然脸色紫红,但是神志依然清醒,见到两人回来,赶忙迎了上来,但呼吸明显比以往粗重了许多。

抓住紫妍的手臂,萧炎将一丝斗气探进她的体内,寻了一圈,却没有找到丝毫毒气的痕迹,当下脸色微沉:没想到,自己炼制的解毒丹竟然对这毒气没有多少效果。

"怎么样?"美杜莎忙问道。

"找不到不对劲的地方,看来那毒气隐藏得极深,就是不知道毒性如何。"萧炎摇头道。

"连我都有些忌惮那家伙的一身毒性,更何况紫妍。现在怎么办?"美杜莎脸色难看地说道。

萧炎略一迟疑，手掌一翻，先前那被小医仙抛过来的玉瓶便出现在其手中。美杜莎见状却紧皱眉头，拦住道："你想用他的东西？谁知道这种诡异之人给的是否真的是解药，万一出了意外，害了紫妍，谁来负责？"

萧炎无奈地摇了摇头，没想到美杜沙对紫妍已经爱护到如此地步，当下只得道："虽然不知道她发生了什么事，但是我相信她不会骗我。而且若不使用这个解药，你难道还有其他办法？中毒可拖延不得。"

美杜莎闻言，迟疑了片刻后，只得点了点头，毕竟并无其他办法。

"若是解药有问题，不管他是什么人，我都会取他性命！"瞧着萧炎从玉瓶中倒出一枚赤红丹药，美杜莎依旧有些不太放心地冷声道。

萧炎无奈地点了点头，将丹药塞进紫妍嘴中，紫妍乖乖地将之吞进肚中。不过这丹药似乎味道不怎么样，她小脸都皱了起来。

丹药虽然难吃，但是明显效果不错，紫妍小脸上的紫红色顿时以肉眼可见的速度消散下去，仅仅片刻便彻底消失。

见到这一幕，萧炎与美杜莎皆大大松了一口气。萧炎抹了把冷汗，苦笑了一声。没想到小医仙随便一点儿毒气便让自己没有半点办法，虽说各自精研方向不同，可毒药与丹药毕竟是有些相通之处的。

唉，真不知道这些年她究竟经历了什么，不仅实力猛涨到连美杜莎都不得不慎重对待的地步，而且这毒术也变得如此诡异莫测……萧炎在心中轻叹一声，望向那间小茅屋。

当年在他修炼时，她便偷偷地躲在此处吞服毒药。一想到那么善良可爱的女孩却要整日吞食剧毒，萧炎就忍不住地鼻头发酸。她是他这些年中见过的命运最为坎坷的女子。

不过，与小医仙实力、毒术大涨相比，最让萧炎心头不安的还是那她冷漠到麻木的眼神，难以想象那种眼神会出现在当年那个温柔善良的女孩身上。

萧炎将脑中的思绪抛开，缓步走向小茅屋。反正不管如何，还是得先将自

己的实力突破至斗皇阶别再说。至于小医仙，他有预感，日后，或许还能再见到她……只不过就是不知道见面之时，又将会是何种场面。

随着小医仙的离开，小山谷之中各处隐藏的剧毒也如同受指挥般迅速消散，这倒令要在其中闭关的萧炎暗自松了一口气。

他也知道，如今的小医仙已经并非当年的那个善良女孩，那一身毒功更是诡异莫测。虽然他心中依然相信她并不会真正对自己下杀手，但是一旦被这些剧毒沾染上，也是一件麻烦事。当年帮助纳兰嫣祛毒的萧炎，最清楚这一点。

在小山谷中安定下来之后，萧炎便发了一只传信鸟回帝都，告知自己所在的方位。紧接着，他将这座小山谷仔细探索了一番。他没想到，这面积不大的小山谷里居然长出了如此多的珍稀药材，这消息若是传出去，恐怕不知道会令多少炼药师眼红。对于炼药师来说，珍稀药材的吸引力，不比药方、药鼎弱。

至于山谷之中的那些魔兽，萧炎本意是将它们清除出去，但被紫妍拦住了。她知道萧炎将要闭关，而这些魔兽将会是她这段时间最好的玩伴。

既然紫妍喜欢，萧炎便随她去了，而且这些在寻常人眼中已经算得上极强的魔兽，足以将一些误打误撞进入山谷的人吓退。

萧炎在山谷深处开辟了一个面积不小的山洞，又收集了将近三天的药材，方才带着沉甸甸的纳戒进入山洞。他此刻并非闭关，而是为炼制丹药。除去答应当作阴骨老三人报酬的三枚皇极丹，还有给萧厉、林焱几人的斗灵丹。这些丹药皆不是普通丹药，炼制程序不仅烦琐，而且颇耗时间。

在进入山洞之前，萧炎嘱咐紫妍与美杜莎尽量少外出，山谷中的能量比外界浓郁许多，修炼起来有事半功倍的效果，加上还有众多灵药，若紫妍突然开始晋阶，这里能给她提供最大的能量保障。

对于萧炎的嘱咐，一大一小两名女子嘴上自然是应诺的，但她们心中究竟如何想，萧炎便不得而知了。不管怎样，有着美杜莎的保护，萧炎还是颇为放心的。虽说这魔兽山脉实力强悍的魔兽众多，可都对美杜莎没有太大的威胁。

虽然知道这两人都是不安生的主儿，但萧炎还是放心地进入山洞，开始了那寻常炼药师连看一眼都会脸色发白的超负荷炼丹任务。

略显阴凉的山洞之中，萧炎盘膝坐于一块青石之上，身旁还有一方光滑如镜的石台。石台上整整齐齐地摆放着众多药材，这些药材皆用玉盒盛装，浓郁的药味从中渗透而出，最后汇聚在一起，弥漫整个山洞。

手一招，赤红色的药鼎便轰然出现在面前，最后重重落在地面上，震得山洞都有些颤抖。

萧炎略一沉吟。相对来说，炼制斗灵丹要轻松一些，而且成功率也高。至于皇极丹这种货真价实的六品丹药，即便是以他如今的实力，也没有超过五成的把握。但这次他准备充分，不仅从米特尔家族收获了大量药材，还在这山谷之中搜寻了不少。即便成功率不高，这分量也足以炼制出三枚皇极丹了。

权衡一番后，萧炎选择先炼制斗灵丹。还是先炼制比较容易的为好，虽说准备充分，可这些药材极为珍贵，若是平白浪费了，确实令他心痛。

心中打定主意，萧炎深吸了一口气，抛去脑中的杂念，然后屈指一弹，一缕碧绿火焰便自指尖闪掠而出，最后蹿进药鼎之中，化为熊熊火焰升腾而起。

山洞内的温度变得炽热起来，不过这对萧炎没有丝毫影响。他紧紧盯着药鼎，半晌，神色变得肃穆，将一株株药材夹在指间，依次投入药鼎内。

萧炎此次的艰辛炼制，正式宣告启动！

在萧炎进入山洞后，紫妍与美杜莎便很少进去打扰他。起初两人都还好，不过随着时间的推移，性子好动的紫妍便有些坐不住了，特别是在将那些魔兽训练得如宠物般听话之后，她更是变得异常无聊起来。某一日，紫妍终于成功怂恿美杜莎，两人偷偷地溜出了山谷。于是，这片魔兽山脉顿时变得骚乱起来。

借助着对能量浓郁的天材异宝有特殊感应的天赋，紫妍每一次都专注于那

些有着众多实力强悍的魔兽守护的宝贝。借助着美杜莎的威风，这些宝贝大多都能够顺利到手，随后引来魔兽的疯狂追杀。而在这一大一小两个魔女的捣鼓下，这片一直都略显沉寂的山脉，每日都是咆哮声不断，充斥着无限生机。

随着时间的推移，越来越多的天材地宝落进紫妍手中，毫无例外地被她当作糖果吃进肚中。这般大肆掠夺自然极容易引起众怒，魔兽山脉中不乏实力强悍的魔兽，它们的灵力并不比人类低，因此，在吃了好几次亏之后，它们开始汇聚在一起，一个异常庞大的阵容悄然成形。

这支由数量众多的魔兽组成的队伍，在第二日，便与紫妍、美杜莎相遇。顿时，澎湃的怒火陡然爆发！紫妍与美杜莎望着如潮水般涌来的无数魔兽，不禁有些头皮发麻。美杜莎一把拉住紫妍，迅速逃掠。

魔兽的疯狂反攻令魔兽山脉变得异常沸腾，好在美杜莎非常谨慎，并未直接飞回山谷，而是带紫妍绕着山脉转了几个大圈，待确定将那些魔兽全部甩掉后，才赶回山谷。

此事过后的好几天时间，美杜莎和紫妍都不敢再随意外出。若是让那些疯狂的魔兽发现了此处，恐怕会打扰正在炼丹的萧炎，而一旦出了什么意外……

想到这点，紫妍也只得吐了吐舌头，安静地待在山谷之中逗玩着那些已被她驯服的魔兽。而见到她安静下来，美杜莎也松了一口气。若真出了什么意外，恐怕那家伙会发疯的。

就在两人安静地在谷中待了五六天后，一向活泼的紫妍开始不对劲了。起初是话语渐少，后来连脸色都变得异常红润，身体如火炉般滚烫。

紫妍的变化令美杜莎大惊失色。她并不了解这些，因此给不了紫妍半点帮助。而就在她犹豫是否要将萧炎叫出来时，紫妍却突然陷入沉睡，浓郁的紫色光芒从其体内涌出，化为一个丈许宽的紫色光茧，将其身体包裹起来。

美杜莎在怔了怔之后，终于松了一口气。看来这并不是什么不对劲，而是小妮子这段时间吃了太多的天材地宝，体内凝聚的能量已经足够她晋阶了！

绿荫葱郁的山谷暗蕴幽香，偶尔有身形矫健的魔兽闪掠而过，突然响起的低吼声令山谷内充满生机。

山谷深处，紫光浓郁，而在那紫光之中，有一个丈许宽的巨大光茧。虽然看不清茧中之物，但是其内所蕴含的磅礴能量，却显示出这东西并非寻常之物。

光茧体表的紫色光芒时明时暗，犹如心脏跳动般，极有节奏。若是有感知敏锐的人在此，便能够察觉到：每当光芒转换的一刹那，山谷之中的天地能量也会出现一阵细微的波动，旋即那庞大的能量便会被吸进光茧之中，令茧身的光芒更加明亮。

在光茧旁边不远处，美杜莎盘坐在一块巨石之上，密切注意着光茧的动静。许久，她才略微放松，目光一转，瞥向山壁下的那个飘逸出浓郁丹香的山洞，无奈地摇了摇头。

萧炎进入山洞炼制丹药，至今已经有一月时间，然而看这模样，似乎依然没有结束的迹象。而紫妍在三天之前化为光茧之后，也没有其他反应。光茧每日不断地吸纳着周围的天地能量，本身却没有丝毫变化。看这情况，似乎紫妍晋阶所需要的时间并不短。

一人炼丹，一人化茧晋阶，如此一来，便只有美杜莎一人守护这个山谷，她自然略显无聊。但此刻萧炎与紫妍皆不能分心，万一受到打扰，后果不堪设想，所以她也只能整日守护在山谷中，即便偶尔外出，也必须尽快赶回来。这种枯燥的守护，让她很是无奈。

这种情况在持续了约莫五天时间后，终于被山洞中传来的异动打破。

此日，美杜莎一如既往地闭目修炼，修炼之时，她自然也分了一丝心神在光茧之上。那一直安静的山洞中，却陡然响起一道惊天动地的爆炸声，整个山谷都跟着颤了颤。美杜莎惊愕地睁开眼，望向山洞，瞧着那从里面不断冒出来的浓烟。稍后，一道有些狼狈的身影从中缓步走出，然后开始一阵剧烈咳嗽。

　　萧炎走出浓烟弥漫的山洞，那从天际倾洒而下的刺眼的阳光令他习惯性地遮了遮眼睛，片刻后略感适应，方才睁开双眼，低头看了一眼自己破烂的衣袍，不由得苦笑了一声。这皇极丹药性太过霸道，炼制间充斥着狂暴的药力，稍有不慎便会引发丹药自爆。爆炸的威力不弱，相当于一名斗王强者的全力一击。萧炎前几次炼制此丹时，一旦出现药力不稳的迹象，他就迅速散火，虽然如此一来这炉药材都被毁了，但是至少能保证自己的安全。在这般极度谨慎的处理下，几次炼制皇极丹，萧炎也并未出现太大的岔子。

　　而就在前几日，萧炎所需要的三枚皇极丹已被其悉数炼制成功。为了炼制这三枚皇极丹，萧炎所准备的药材已经所剩无几。不过此次的目的算是已经达到，萧炎在松了一口气的同时，看见了那些剩余的药材，心头一动，也想替自己炼制一枚。而问题就出现在这里，因为所剩药材只够炼制一枚皇极丹，所以当丹药再次出现暴动时，萧炎就舍不得眼睁睁看着这最后一份药材被浪费，便强行出手，谁知竟引发了惊天动地的爆炸。

　　若非因为有那尊明显不凡的赤红药鼎抵御了大部分冲击力，恐怕萧炎就不光是衣衫破碎的问题了。想到此处，萧炎有些庆幸。他当时的防御并不强，若正面被这股庞大的劲力击中，恐怕身体又要旧伤添新伤了。

　　萧炎用袍袖擦了擦脸上的灰，目光在谷中一扫，然后愕然地停在了最为引人注目的硕大的紫色光茧之上。片刻后，他方才将目光转移到一旁的美杜莎身上，问道："这是什么？"

　　瞧得萧炎那副狼狈模样，美杜莎也是一怔，不禁嫣然一笑，轻声道："这是紫妍所化。"

　　萧炎愣了愣，片刻后，惊喜道："她要晋阶了？"

　　"应该是。不过她已经化茧好几日了，到现在都没有半点异动，看来这晋阶所需时间不短。"美杜莎点了点头，道。

　　萧炎笑了笑，对此并不意外。魔兽晋阶所需要的时间大多都不短，更何况紫妍本体不是凡物，进化自然要更加艰难一些。

"你的丹药炼制成功了？"在萧炎身上扫了扫，美杜莎问道。

"嗯。"萧炎点了点头，苦笑道，"不过就是贪心了点，不然也不会弄成这副模样。"

"你气息也是越来越虚浮不定了，时强时弱，体内斗气更是隐隐有外逸的迹象，看来应该快要突破斗王了。"美杜莎的目光顿在萧炎身上，感受着从他体内弥漫而出的雄浑斗气，惊讶地道。

"快了，这次炼丹对我有不少好处。按我所料，十天之内，突破便会到来。"萧炎笑了笑，目光中也含着欣喜。

"斗王与斗皇之间的差距极大，一般说来，即便有了突破的实力，也得需要半年乃至一年的时间，方才能够真正地蜕变成功，看来接下来，你需要闭关了。"美杜莎微垂眼睛，缓缓道。

萧炎微微点头，他也知道，这次闭关恐怕所需时日不短。

"此次炼丹持续了一个月，想必大哥他们派的人已经到了我指定的地方，等我将丹药送出去之后便回来闭关，不达斗皇绝不出关！"萧炎淡笑道，轻轻地摸了摸额头之上的白色火印，感受到火印依然散发着淡淡温度后，方才松了一口气，心中喃喃：老师，等着我，弟子会尽快提升实力将您与父亲解救出来！

望着那眼中掠过些许阴寒的萧炎，美杜莎点了点头，随意地说道："放心吧，我在照看紫妍时，也会顺便替你护法。"

萧炎闻言一笑，对着美杜莎微微拱手，轻笑道："既然如此，那就多谢了。我先将丹药送出去，回来略做休息便开始闭关。"

"嗯。"美杜莎看向光茧，回应道。

萧炎也不多言，绕着光茧转了转，未发现有何不对，才放下心，腾身向着山谷之外飞去。待出了山谷，萧炎辨明方向，背后火翼一振，便化为一道流光，向着北方天际闪电般地飞掠而去，半晌后停在了一座山峰上，那里隐隐有人迹

闪动。

"出来吧。"萧炎瞥了一眼某处，淡淡地说道。

山顶上顿时传出一阵骚动，只见几十道身影闪掠而出。领头的一名老者望着萧炎，老脸涌出一抹惊喜，连忙跪下，恭声道："见过盟主。"老者身后的几十人也整齐地跪在地上。

萧炎的目光扫过这些人，最后停留在他们的胸口处。那里，每人都佩有一枚碧绿徽章，徽章上绘着一朵精美的火莲。

萧炎淡淡地问道："你们是大哥派来的人？"

老者闻言，连忙躬身上前，从纳戒中取出一卷卷轴，双手奉上，恭声道："盟主，老头子名为百里盛，如今是炎盟执事，正是萧大长老派我来的。"

接过卷轴，萧炎缓缓看过，这才微微点头，若有深意地微笑道："那便麻烦你们了，我还有事不能回帝都，所以东西便由你们护送回去。那里面有我的灵魂印记，若是中途不幸被劫，我也自有办法寻回。"

"请盟主尽管放心，如今这加玛帝国，可还没有人敢动我们炎盟的东西。"百里盛连忙点头，他自然清楚萧炎话中之意，当下回答道。

"嗯，既然如此，那你们就速速动身吧。回去的时候告知大哥，我将闭关半年或者一年时间，这期间，炎盟之事，由他做主。"萧炎挥了挥手，道。

"是！"百里盛恭声应道，随后缓缓后退，待得退出十几米后，方才一挥手，带着几十名身手不凡的人，训练有素地掠回森林，在林海的掩护下，飞速出山。

目送着这支护送队伍离开，萧炎微微点头。他们之中实力最高者便是那名处于斗灵巅峰的老者，不过整体来说，这支队伍的实力还是让萧炎颇为满意的。

"既然丹药已经解决，那么接下来就要回去闭关了。"萧炎喃喃道，身形缓缓升空，刚欲回山谷，突然一声轻咦，目光扫向百里之外的地方，那里，有一道他留下的灵魂印记被发送了出来。

"那里是……"目光微微闪烁，片刻后，萧炎低声道，"青山小镇……"

第七章
赫家赫乾

血战佣兵团一直以来都是青山镇乃至方圆百里内颇为闻名的大佣兵团，而且他们能够在靠近魔兽山脉这等地域依然保持着这种地位，也足以说明其实力的强悍。然而，这种局面，却在一年之前蛇巢佣兵团进驻青山镇后便开始产生了翻天覆地的变化。

蛇巢佣兵团也是魔兽山脉周边地域势力颇强的一个佣兵团，实力与血战佣兵团不相上下。本来按照正常情况，双方交火应该是谁也奈何不了谁，但血战佣兵团吃亏就吃在后台不硬。

众所周知，蛇巢佣兵团背后的势力是黑岩城的赫家。赫家即便是放在帝国的东北地域，也能够算作一个名门望族。虽然赫家在声势上比不上帝国三大家族，但是也不容人小觑。这之中最大的原因，便是如今赫家的家主是一名四星级别的斗王强者！

斗王，这个在加玛帝国分量极重的等级，足以让很多人敬畏，这个阶别已经能够算作真正的强者。

　　斗灵与斗王，是斗气修炼中分水岭最大的两个阶别。在偌大的加玛帝国，不敢说斗灵强者如沙漠中的沙粒般人数众多，可说一抓一大把并不过分，然而斗王恐怕不会超过百位数，这便极为明确地代表了斗灵与斗王之间的差距。

　　血战佣兵团的团长是一名七星斗灵强者，蛇巢佣兵团的团长也只是一名八星斗灵强者，两者相差不多，打起来也是难分高低。但在这一年之中，两大佣兵团多次交锋，却都是蛇巢佣兵团占上风，这是因为蛇巢佣兵团能够从赫家借来不少强者助战。蛇巢佣兵团的团长是赫家的女婿，颇受赫家家主喜欢。因此，这种借族内强者来对付对手的事，赫家家主也就是睁只眼闭只眼。一个小小的佣兵团而已，灭了就灭了。

　　上一次萧炎遇见卡岗与苓儿，正是血战佣兵团生死攸关之时。蛇巢佣兵团的团长从赫家请来了两名实力在六星斗灵阶别左右的强者，在强者数量上，一下子便压倒了血战佣兵团。而见到首领战败，血战佣兵团自然是士气低落，再难以抵挡蛇巢佣兵团的攻势。若非中途出现了萧炎，恐怕血战佣兵团就得彻底消失在青山镇了。不过萧炎在解救了卡岗与苓儿之后，并未亲自出面解围。毕竟在他看来，他与血战佣兵团并没有什么交情，出手相救也只是因为当年与卡岗有过一面之缘而已，所以事后给了卡岗五个自制的火莲瓶。五个火莲瓶对付一些斗灵阶别的佣兵，已经足矣。

　　也的确如他所料，在得到了萧炎所赠的五个火莲瓶之后，卡岗挽救了血战佣兵团。三个火莲瓶造成了赫家强者和蛇巢佣兵团的团长两死一伤，直接令局面顷刻间翻转，蛇巢佣兵团大败。

　　劫后余生，血战佣兵团也因此声望大涨，在短短一个月内，就将蛇巢佣兵团的人全部驱逐出了青山镇。他们也知道此事必然会惊动赫家，会传到赫家家主耳中。女婿和族中两名斗灵强者落得如此凄惨下场，赫家绝不可能无视。

　　但知道归知道，血战佣兵团也不愿意轻易抛弃自家这么多年的打拼，因此团内意见分歧颇大。就在即将分出结果时，他们脸色煞白地发现，赫家强者已经到了青山镇。而最令他们绝望的是，那位实力在斗王阶别的赫家家主也来了！在这位斗王强者的恐怖实力下，血战佣兵团的所有防御都被摧枯拉朽般地摧毁，整个佣兵团充斥着绝望与无奈。而在这种时候，心中抱着一分侥幸的卡岗，偷偷地将萧炎当日送给他的玉牌捏碎了。虽然并不清楚萧炎究竟能否是这位赫家家主的对手，但是到了此时，萧炎已经成了血战佣兵团唯一的救命稻草。

原本充斥着笑骂声的血战佣兵团驻地，此刻却异常安静。几百名成员和家眷都被赶至平日训练的广场上，在周围那些赫家护卫阴寒目光的注视下，即便是孩子，也只能紧咬着嘴唇，不敢发出丝毫哭泣声。

广场阶梯上摆放着一把铺垫着柔软毛皮的大椅，椅上坐着一名身着华服、脸色略显阴沉的老者。他手中此刻正紧握着一个玉瓶，目光如毒蛇般在广场上缓缓扫动："你们就是靠这个东西，重伤我女婿、击杀赫家两位强者的？"

广场上一阵骚动，站在最前面的卡岗动了动嘴唇，上前一步，声音嘶哑地道："这玉瓶是我弄来的，你若是要杀，我就随你处置。但还请您大人有大量，放过血战佣兵团的这些妇孺，他们什么都不知道。"

站在卡岗身后的是一名脸色苍白的中年人，从衣着来看，他似乎在团内拥有不低的地位，然而他此刻也只能惨淡一笑。虽然他有着斗灵阶别的实力，但是在老者面前，根本就不堪一击。他刚才已经被对方一掌直接打成了重伤。

"二叔，你没事吧？"中年人身旁，苓儿双目通红地扶着他，哭着问道。

"没事。"中年人苦涩道，"可下场也唯有血溅此处。"

"不会的……只要萧炎能来，我们就一定会没事的。"苓儿赶忙摇了摇头，咬着嘴唇低声道。

"萧炎？就是那个给你们火莲瓶的神秘人吗？呵呵，名字倒是与如今帝都内实力最强大的炎盟盟主的名字相同，但这等强者，怎么可能会是你我结识的？"中年人自嘲地摇了摇头，并没有将希望放在这上面。

苓儿嘴唇动了动，可并未说出什么话来，毕竟那坐在台上的赫家家主是一

名举手投足间便能令血战佣兵团毁灭的斗王强者，再想想萧炎的年龄，她的心也沉了下去。

在苓儿与中年人谈话时，赫家家主一握手掌，玉瓶之上裂缝密布。片刻后，他突然一眯眼，将手中玉瓶陡然投出，随即爆炸声响起，一个足有丈许深的深洞出现在了广场上。赫家家主的眼睛微微一亮：没想到这小小的玉瓶火莲竟然有着这等破坏力，若是能够多收集一些，十几个一起丢出去，即便是斗王阶别的强者，也是要暂避锋芒的。

"这东西，你是从哪儿弄来的？"目光转向卡岗，赫家家主阴冷地说道。

"在山中猎取魔兽时，偶然所得。"卡岗目光微闪，旋即道。看这情况，似乎老家伙对火莲瓶有些贪念，他不想将萧炎供出来，担心会给萧炎惹来麻烦。

卡岗虽然回答得颇快，但是眼中的闪烁依然未能逃过老奸巨猾的赫家家主的眼睛。他当下一声冷笑，手掌随意一挥，一股劲气便暴掠而出，重重地砸在卡岗身上。卡岗遭受重击，顿时喷出一口鲜血，身体贴着地面滑了十几米方才止住，两名赫家护卫再冲上来一把抓住他，狠狠地丢了回去。

"再给你一次机会，说了，我可以放过你。"赫家家主在袍袖上擦拭了一下手掌，淡淡地道。

"我已经说过了，这是我在魔兽山脉之中得到的。"卡岗脸色惨白，嘴角不断地冒出鲜血。他趴在地面上，抬起头，死死地盯着赫家家主，艰难地道。

赫家家主脸上逐渐涌上一片阴森，他缓步走下台阶，来到卡岗面前，冷漠地望着那垂死挣扎的卡岗，嘴角涌现一抹狞笑。只见他高高抬起脚，对着卡岗的脑袋狠狠踩了下去。看这力道，若是被踩中，恐怕卡岗的脑袋会立马如落地的西瓜般爆裂。望着这一幕，广场之上顿时响起道道尖叫声。

就在赫家家主的脚掌距离卡岗的脑袋仅有寸许远时，一个平淡的声音悄然在广场之上响起："这脚踩下去，你便用你的脑袋来偿还吧！"

赫家家主的脸色微微一变，对方话语中的那份不客气令他冷哼了一声，但脚掌并未再落下去，而是缓缓收回。他环顾四周，沉声道："不知是哪位朋友在此，这是我赫家之事，还请不要多管闲事。"

然而令他心头微沉的是，他竟然发现不了刚才说话之人的踪迹。

"你是在找我？"就在此时，一阵细微的雷鸣声突然从天际响起，旋即一道黑影如鬼魅般，缓缓地出现在训练场上，冲着赫家家主淡笑道。

赫家家主眼瞳微微一缩：这般速度……他的视线缓缓上移，最后停留在了一张年轻的脸上，顿时愣了愣——来人的年龄也出乎他的预料。

见到现身的黑袍人影，脸色惨白的卡岗眼中顿时散发出狂喜，挣扎着想要爬起来，却因为伤势过重未能成功。

卡岗的举动顿时在训练场上引起骚动，血战佣兵团的人都用欣喜的目光望着那道黑袍身影。他们之中大多数人都听说了，前一次血战佣兵团能够幸免被灭，便是因为有这位神秘强者相助。

"他便是那位神秘的萧先生？"脸色苍白的中年人惊异地在那道黑袍背影上扫了扫，低声对着身旁一脸惊喜的苓儿道。

"嗯！"苓儿重重地点了点头，眼睛眨也不眨地停在那道背影之上。随着黑影的出现，她绝望的心又涌现了些许希望。不知为何，对于这个并没有太深交情的青年，她有着莫名的信心。

"不过似乎有些太年轻了啊……"中年人在这个方位刚好能够看见萧炎的侧脸，当下不由得低声道。

"人家年轻是年轻，可实力很强呢！"苓儿撇了撇嘴，很不赞同中年人用年龄来衡量对方的实力。

中年人不禁发出一声苦笑。他自然希望这个黑袍青年的实力越强越好，可凡事都要讲实际，那赫家家主能够达到现在的实力，不知道修炼了多少年；而看这位黑袍青年，恐怕也就二十岁出头，这般修炼时长，唉！

不提血战佣兵团等人的窃窃私语，那赫家家主自从萧炎出现后，阴沉的目

　　光便顿在了萧炎身上。以他的实力，自然还看不出萧炎的深浅，但是刚才萧炎所展现出来的速度，却令他有些忌惮，不然的话，他会在第一时间动手。

　　萧炎将卡岗从地上拉起来，望着他那惨白的脸色，微微一皱眉头，然后将一枚丹药塞进他嘴中，心中暗自冷笑：这人下手还真是不轻啊！

　　咽下丹药，卡岗那本来很苍白的脸出现了些许红润。他手掌颤抖地抓着萧炎的袍袖，因为过度激动，竟然连一句完整的话语都说不出来。

　　萧炎挥了挥手，冲着卡岗微微一笑，轻声道："卡岗大叔，放心吧，今日这血战佣兵团，不会再有一人伤亡。"

　　"嘿，好大的口气！阁下究竟是何人？今日之事，难道你真打算插手不成？"闻言，一旁的赫家家主顿时一声冷笑，周围那些赫家护卫将手中锋利的武器立马指向了萧炎，眼中杀意流溢。

　　感受着周围陡然紧绷的气氛，那些血战佣兵团的人心头顿时一紧。赫家家主给予他们的威压实在是太强了，乃至他一声冷笑便能令他们胆战心惊。到了这一步，他们也只能祈祷这位神秘的年轻人真正具备与赫家家主相抗衡的实力。不然的话，今日不仅血战佣兵团无人幸免，恐怕连这位年轻人都要沦为池鱼。

　　"你对我制造的那些火莲瓶很感兴趣？"无视周围那一道道森冷的目光，萧炎瞥了一眼不远处的那个深洞，淡笑道。

　　闻言，赫家家主的脸色微变，忍不住地惊声道："那东西是你制造的？"

　　见萧炎微微点头，赫家家主脸上顿时流露出一抹贪婪笑容，指着训练场上的众多血战佣兵团团员阴笑道："你想救他们？"

　　萧炎一笑，在众多血战佣兵团团员的殷切注视下，再次肯定地点头。

　　"可以，用那火莲瓶来换，一瓶换一条命。"赫家家主嘴角挑起一抹阴沉笑容，缓缓道。

　　萧炎目光在训练场之上扫过。这血战佣兵团的团员加上家眷，怕是有四五百人之多，这以一换一，便是说他得拿出四五百个火莲瓶来，这个老家伙的胃口还真是大啊。

"怎么样?"见到萧炎的举动,赫家家主皮笑肉不笑地道。

"不怎么样。"萧炎微微一笑,吐出来的话语却令赫家家主的脸色瞬间阴冷起来。那些血战佣兵团的人脸色灰白,心中的期望缓缓破灭。

"既然如此,就请阁下离开吧,虽然老夫也知道你不是寻常人,但是我赫家也并非无名之辈,你若真要与我赫家作对,恐怕对你没多少好处。"赫家家主冷笑道。若非有些顾忌萧炎的实力,恐怕赫家家主早就强行出手将他擒住,然后关押起来,每日强迫他制造这种威力不弱的火莲瓶。

"十分钟之内,你们离开青山镇,我可以当此事未曾发生过。"无视赫家家主的冷笑,萧炎自顾自地缓缓道。

闻言,不仅赫家家主一阵冷笑,就连一旁的赫家护卫也忍不住哄笑起来。这小子难道是傻子不成?竟然敢在一名斗王强者面前说这等狂妄话语。

"这么多年,你是第一个敢如此对我赫家说话的人,当真是后生可畏!"赫家家主缓缓地收敛笑声,眼瞳之中凶光闪掠。

萧炎轻叹一声,缓缓地摇了摇头。这个世界上,自我感觉良好的人总是这么多。他缓缓举起手掌,对着那嘴角噙着冷笑的赫家家主,然后微眯起眼,衣袍无风自动,澎湃的斗气猛然自体内毫无保留地暴涌而出。训练场上犹如刮起了龙卷风,以萧炎为中心,地上一道道裂缝如蜘蛛网一般蔓延而出——萧炎如今已经处在突破斗王巅峰的阶段,这个时刻,他的气势波动最是剧烈。

这股磅礴斗气一出,整个训练场上的人,包括那赫家家主,脸上都涌现一抹惊骇:这股气势已经远远超过了斗王阶别!

赫家家主被那股磅礴斗气震得退后了十几步方才稳住身形,此刻他的脸色有些苍白,眼中的冷笑已经彻底消失。他没有想到,面前这个二十岁出头的青年,居然会是一名斗皇阶别的强者!

喉咙滚动了一下,赫家家主咽了一口唾沫,心中暗自叫苦:没想到这次不

过是来找一个小小佣兵团的麻烦，竟然会惹来这等恐怖人物。

卡岗、苓儿等人此刻也目瞪口呆地望着那浑身衣袍无风自动的萧炎，即便是相隔着一段距离，可在那股压迫之下，他们体内的斗气也变得极为滞塞。

与赫家家主的惊骇相比，他们所受到的冲击无疑更要强上无数倍。因为他们清楚地知道，在几年之前，这个黑袍青年只是一名斗者而已，如今却一跃成为能够与帝国之内的巅峰强者一较高低的人物，这种修炼速度当真太厉害了！

血战佣兵团的中年人也目瞪口呆地望着黑袍人，片刻后，心中涌上狂喜：血战佣兵团今日有救了！

赫家家主体内斗气狂涌，努力对抗着那来自萧炎的压迫，目光不断地在那张平淡的年轻面孔上扫过，心头却翻起了惊涛骇浪。这帝国中，什么时候出现了如此年轻的斗皇强者？

心中念头翻转，某一瞬间，赫家家主的身体陡然一颤，突然想起了前不久帝国之内发生的那场改变格局的惨烈大战。而那场大战之中的主角，便是一名极为年轻的黑袍青年！想到此处，他眼瞳微微一缩，手脚冰凉，连声调都因为惊骇而变得异常尖锐起来："你是炎盟的盟主，萧炎?！"

听得那从赫家家主嘴中传出的惊骇尖叫声，萧炎微皱眉头，并未说话，只不过那从其体内席卷而出的澎湃斗气未有丝毫减弱，眼中也有淡淡的凶芒闪过。

萧炎的这副默认姿态令赫家家主的手脚更加冰凉，他现在当真是有一头撞死的冲动，招惹谁不好，偏偏要来招惹这加玛帝国最为恐怖的家伙。以如今炎盟在加玛帝国的声势，一个指头便能碾死赫家十几回。

赫家家主的脸色变幻不定，片刻后，感应着那愈加雄浑的气势压迫，他浑身一个劲地哆嗦，急忙撤去所有的防护，躬身说道："不知萧盟主大驾光临，先前若有得罪，还请萧盟主大人有大量，勿要计较。此事全听萧盟主吩咐，赫家定然遵从！"

从先前的阴冷到现在这般卑躬屈膝，两种情形间的突兀转变，几乎是短短一瞬间的事，训练场上所有的血战佣兵团团员和那些赫家护卫，都微张着嘴望着一副奴才相的赫家家主。

对于周围的那些目光，赫家家主却是毫不在乎。他微垂着脑袋，望着萧炎的双脚，冷汗却不断地从额头滴落。

作为在帝国之内拥有一些声望和地位的人，他对于那在云岚宗发生的惊天大战知道得比常人更加清楚，明白面前这个黑袍青年究竟拥有何等可怕的实力，他不认为自己在这位击败斗宗阶别的云山的炎盟之主手中还会有半点逃生机会。而且他并非独身一人，偌大的赫家还需要他的守护。赫家虽然在这东北区域略有薄名，但是放在炎盟这等庞然大物眼中，却根本不算什么。若是萧炎真要让他们赫家在加玛帝国消失，估计也就是一句话的事情而已。

事情到了这个地步，卑躬屈膝其实是保全他自己与赫家的最佳手段。反之，若是在猜测到对方的身份后，他还负隅顽抗，恐怕下场……他非常清楚，萧炎并非寻常的毛头小子，其对敌人的手段之狠，丝毫不亚于一些老奸巨猾之人。

赫家家主的这般举动也令周遭的赫家护卫不敢有丝毫妄动，对于炎盟这个在帝国之内新生的庞然大物，他们同样是有所耳闻。以往在这些佣兵团面前，他们还能借助自己身为赫家护卫的身份耀武扬威一番，但是这个身份在炎盟眼中，却什么都不是。

"他……他竟然真的是那个打败了云山的炎盟盟主，萧炎？"苓儿、卡岗等人震撼地望着黑袍青年，心中翻起了惊涛骇浪。虽然他们一直都对萧炎抱有很高的期待，但是依然万万没有想到，他便是那个如今加玛帝国风头最劲的新生霸主——炎盟之主！

严格说来，当然这也并非没有想到过，而是不敢深入地想。因为那个炎盟之主给众多加玛帝国人留下的印象，实在是太过于神秘与强大，在一些人心中，都是将之当成一种信仰来膜拜。这种事情，在这强者为尊的世界中，并不稀奇。并且萧炎还是一个旧规则的打破者，他一举把在无数加玛帝国人心中具有不可

撼动地位的云岚宗拉下了神坛。因此,他的地位自然是异常崇高,以至于他们虽然知道萧炎的名字与那个炎盟之主的名字相同,但是依然不敢联想到这一步。

那个中年人使劲地咽了一口唾沫,满脸震惊。谁能想到,他们这些小小佣兵,竟然能够与这等传说中的人物结识,这消息若是传出去,保管他们血战佣兵团闻名整个帝国。

震撼持续了许久方才逐渐消散,卡岗与苓儿偷偷擦去额头上的冷汗,脸已经有些僵硬。萧炎一出现,就不断地给予他们震惊,乃至到现在,他们心中都有了一丝麻木的感觉,已不像刚开始那般震撼。

与其他人相同,萧炎起初也是对赫家家主的转变怔了怔,旋即大有深意地看了这位老者一眼。这个老头儿还当真是识时务,在明知不可敌之后,竟然能够这么快地转变心态来争取对赫家最有利的结局。

萧炎心中最为清楚,若是这个老头儿在猜测到其身份后态度依然如刚开始那般强横,那么他不会抗拒使用狠辣手段,将赫家从加玛帝国的版图之上抹除。然而,就在萧炎心中刚出现短暂的迟疑时,这位赫家家主便已经以最快的速度做出了选择:抛弃一家之主的威严,对着萧炎展现出卑躬屈膝的一面。

这种转变,或许在外人看来有些不齿,可在萧炎看来,这个老头儿却是个拿得起放得下的人,不会为了一时意气,而让家族陷入危机之中,严格说来,他也算得上是一名合格的家族掌管者。

缓缓收敛身体上涌出的庞大斗气,萧炎似笑非笑:"怎么,不想要我那火莲瓶了?"

闻言,赫家家主顿时冷汗直流,干笑道:"萧盟主说笑了,刚才是我被猪油蒙了心,才会将主意打到您身上去,现在得知您的身份,再给我几十个胆子,也不敢冒犯了啊。"

"你叫什么名字?"萧炎淡淡一笑,道。

"赫乾。"赫家家主忙道。

萧炎微微点头，瞥了一眼训练场上的那些血战佣兵团团员，平淡地道："我与血战佣兵团有些旧情，今日这事，便就此揭过，日后你赫家，若是再敢暗中动什么手段，就别怪我心狠手辣。"

"全听萧盟主之言。呵呵，若是早知道血战佣兵团认识萧盟主，再给我一百个胆子也不会前来生事。今日之事算是我赫乾的错，日后定然会找机会向血战佣兵团的几位当家上门赔罪。"赫乾连忙点头，目光一转，扫向场中的众人，显得很和善地笑道。

见赫乾如此举动，那个中年人却赶忙拱手。他清楚地知道，以赫乾的实力，要解决血战佣兵团根本不需要费太大的劲，今日若非看在萧炎的面子上，赫家早就动手了，哪儿可能对他们如此客气地说话。所以即便是借助萧炎之威，他也不敢怠慢。

萧炎微微点头。这个赫乾的确很会做人，本来以自己的实力，强行击杀赫乾也仅仅是意念一动之间的事，但赫乾身后还牵连着整个赫家，如今自己即将闭关，根本不太愿意大费周章地对赫家出手。能够让赫乾知难而退，倒也算是不错的结局。

"呵呵，萧盟主，前些时日我赫家也收到了炎盟的邀请信，老夫思量许久，也想加入联盟，为炎盟奉献一份力。到了那时，呵呵，赫家便成了盟主的手下，还请盟主多多提拔。"见萧炎点头，赫乾松了一口气，小心翼翼地赔笑道。

闻言，萧炎一怔，不禁暗自失笑。这老头儿也算是个有趣的人，没想到才三言两语，便让双方的关系直接到了主从的地步。不过从他这话中，萧炎倒是隐隐知道了一点儿大哥的规划，当下心中一声赞叹：看来大哥是想逐渐将帝国内的众多势力都掌控到联盟之下，如此一来，联盟的实力当真是会出现飞跃似的进步。

"只要对联盟忠心，我自然会记在心中，日后若有大功，虽不敢说能让你直接突破至斗皇，可斗王巅峰，倒是不成问题。"萧炎淡笑道。

听得萧炎的承诺,赫乾眼中顿时闪过一抹惊喜。到了他这般年龄,想要提升一星的实力,难度不小,从未对斗皇阶别有过奢望,能够达到斗王巅峰已经是他梦寐以求的事,他当下连忙恭声喏喏应道。

"今日之事便到此为止吧,我还有事需要进入魔兽山脉,这里的事,我相信你能妥善解决。"萧炎缓缓道。

"赫乾定不负盟主所托。"赫乾恭声道。

萧炎微微点头,转过身来,望着脸色苍白的卡岗,微微一笑,屈指将一枚丹药弹射在他面前:"卡岗大叔,这丹药能令你的伤势短时间内痊愈,日后,赫家也不会再对你们血战佣兵团有其他心思。"

"不敢当,不敢当,没想到萧炎小兄弟就是炎盟之主,我……"卡岗手足无措地道。对于这辈子见过最强的人便是赫家家主的老实佣兵来说,身为炎盟之主的萧炎,对他实在是太过遥远了些。他从来没有想过,当年在山林间偶遇的那名少年,在几年之后,居然会成为加玛帝国最强大势力的掌控者。

萧炎一笑,对着卡岗拱了拱手,道:"今日之事已经解决,在下还有事,便先告辞了。"说完,他微微一笑,身形一动,便化为黑影,直冲天际。

怔怔地望着那迅速消失在天际的黑影,苓儿的美眸中有明显的异芒闪动。萧炎先前举手投足间便令一名斗王强者卑躬屈膝的威势,对于不少女孩来说,都拥有着莫大的吸引力。

强者,永远是最受瞩目的,如今的萧炎,已经拥有了这种资格!

第八章
闭死关

茫茫山林,一道黑影如闪电般飞过,由于高速飞行而带起的威压,直接使下方林海之上出现了一条长长的沟壑,许久之后方才缓缓消散。

黑影是那替血战佣兵团解决掉麻烦的萧炎,他并不担心赫乾会暗中使什么手段,因为他知道,在绝对的实力面前,一切手段都没有丝毫作用。赫家虽然在帝国东北地域有些威望,但是在炎盟看来,却不过是一方能勉强看上眼的势力而已,若想将之抹除,并不用费多大的力气。

所以在解决掉麻烦之后,萧炎便安心离去,并未再留下什么东西。说到底,他与卡岗等人也未有太深的交情,两番相救,已经足以偿还当年的借宿之情。

萧炎心中闪过种种念头,飞行速度也陡然提升。十几分钟后,他的速度终于减缓,背后火翼一振,身形径直冲进了隐藏在山峰之间的山谷中。

刚刚进入山谷,萧炎便感受到一道略显冰凉的目光扫了过来,那目光在扫过他的面孔时,方才略微一缓。这自然是守护在此处的美杜莎。萧炎并未在意,身形一动,再次出现时,便已经在那巨大的紫色光茧旁。

"事情办好了?"见萧炎出现,美杜莎一抬眼睛,随意问道。

萧炎笑着点点头,将事情大致说了说,而美杜莎对此也没有表现出太大的兴趣。一个斗王和不入流的佣兵团而已,根本难以令她提起什么好奇心。

"你气息的波动越来越大,体内斗气不断外逸,看来得赶紧闭关了。"美杜莎明显更重视萧炎的身体情况。以她的眼力来看,现在的萧炎就好比一个布满无数漏洞的筛子,斗气不断地从那些孔洞中泄漏出来。

萧炎苦笑着点点头。先前爆发了一下气势,也令体内斗气越来越不受控制。而且更要命的是,那天地间的能量也正源源不断地对着体内灌注而来,体内斗气越发混乱。

"时间紧迫,我打算现在开始闭关。在我闭关期间,我会封锁山洞,至于紫妍,就拜托你了。"萧炎略微沉吟,旋即道。

"嗯。"美杜莎微微点头,迟疑了一下,道,"我此次回加玛帝国,也未曾回蛇人族,等你闭关出来,我或许会回去一趟。"

萧炎闻言一愣,迟疑了片刻,试探道:"需要我跟你一起去吗?"

"不用,人类并不受我们蛇人族欢迎,你去了,难免会惹出不必要的麻烦。"美杜莎神色一动,嘴上却是淡淡地回绝道。

萧炎见状,尴尬地挠了挠头,道:"既然如此,那就算了。那个……我先整理山洞,等会儿就开始闭关,紫妍就交给你了。"

见美杜莎点头,萧炎也不再拖延,体内那股混乱的斗气令他很不舒服,因此身形一闪,便掠进了山洞之中。然后在一阵低沉的爆炸声响中,他开始整理这个自己将要长时间闭关的场所。

目送着萧炎进入山洞,美杜莎忍不住握了握玉手,眼中神色变幻。片刻后,她无奈一叹:看来这个家伙其实有些怕跟她去蛇人族啊。

整理持续了十来分钟后便结束,浑身沾满石灰的萧炎咳嗽着走出来,来到那巨大的紫色光茧处。萧炎用手温柔地拍了拍光茧,笑着道:"小妮子,我也要

闭关了，这段时间便请你彩鳞姐照看你了，希望等我闭关出来后，你也能够进化完毕。不然的话，就把你丢在这荒山野岭，让别的魔兽当补品吃了去。"

萧炎的话音落下，光茧的光芒突然微微变亮，仿佛其中的小家伙在反驳他一般。萧炎不由得哈哈一笑，一旁的美杜莎摇摇头：这个家伙，这种时候还有心情开玩笑。

萧炎再度一拍光茧，然后转头望向美杜莎，微笑道："这次要辛苦你了，我也不知道此次突破需要多久，不过据我所料，至少也要半年光景。"

"放心吧，半年而已……"美杜莎玉手捋开额前的青丝，淡淡道，"只要没有出现特殊的情况，我就会守护到你们都成功出来。"

萧炎闻言，默默点头，深吸一口气，对着美杜莎拱了拱手，然后猛然转身，大步对着山洞行去，片刻后，身形没入黑暗的山洞中，随后一阵轰隆隆的巨响，只见一堆巨石滚落而下，顷刻间便将洞口封堵得严严实实。

望着洞口，美杜莎不由得有些落寞：他这一闭关，不知道何时才能够出来。沉默片刻，她一声暗叹，低声喃喃道："希望你能顺利突破吧。"

山洞中并非想象中的那般黑暗，洞壁之上被萧炎摆放了几枚月光石，淡淡的柔和光芒洒遍山洞，既不显得刺眼，又不至于太过阴暗。

萧炎盘坐于一块青石之上，这块青石明显蕴含着些许玉石，屁股坐上去略显清凉，对提神倒是有一定的好处。

瞥了眼这块青石，萧炎却突然想起当年那朵青色火莲。在青色火莲上修炼，不仅能够提高能量的吸纳速度，而且还有初步提炼斗气之效，当真是修炼的绝佳辅助之物，不过可惜在地底时，被陨落心炎毁掉了。

萧炎苦笑一声，长长地呼了一口气，旋即手印暗结，仅仅几个呼吸间，便毫无阻碍地进入了修炼状态，体内的情势也出现在了他心神的注视下。

望着那些在经脉之中如洪水般胡乱奔腾的斗气，萧炎摇了摇头。好在如今这具身体已经经过多次灵药的淬炼，不然的话，这种程度的斗气暴动，至少也

会令自己再享受一次深入骨髓的痛楚。

萧炎将杂念缓缓摒除，心神开始理顺体内暴动的斗气。在雄浑的灵魂力量的帮助下，他并未消耗多少时间，这些胡乱奔涌的斗气便被全部赶至主经脉之中，沿着焚诀功法路线迅速运转，一种犹如存在于灵魂之中的奇妙感觉也缓缓涌现在萧炎的心头。山洞内的天地能量疯狂地涌动起来，霎时间急速旋转，在萧炎头顶上方形成一个下小上大的漏斗，小的一头连接萧炎的天灵盖，将那庞大能量疯狂地灌注进萧炎体内，萧炎顿时紧皱眉头。山谷之中能量的浓郁程度有些出乎他的意料，没想到这才刚刚开始，便强到了这种地步。

深吸一口气，萧炎心神一动，碧绿色的火焰突然毫无预兆地涌现，将他的身体尽数包裹。碧绿火焰还未释放出温度，便在萧炎的指挥下缓缓蠕动，逐渐转化成浓郁的无形之火，赫然便是陨落心炎。陨落心炎宛如一件火衣，而那从周围天地间疯狂涌进萧炎身体的狂暴能量，速度也为之一顿。在陨落心炎的保护下，那些略显斑驳的天地能量在通过或者经过火焰时，皆会被陨落心炎特殊的神效淬炼一次，如此一来，萧炎体内的压力顿时大减。

山洞之中，能量呼啸，五彩斑驳的能量带互相缭绕，将山洞映照得格外美丽。而在无数能量光带的尽头，则是盘膝而坐的萧炎。

斗王晋阶斗皇并非普通之事，这个阶别的晋升与紫妍晋升一样，也需要异常庞大的能量。而如此磅礴的能量，自然不是一朝一夕之功，只能依靠长久累积，才能够将蜕变的过程全部完成。

萧炎早就具备了晋入斗皇阶别的资格，如今只需要足够晋升的能量而已，一旦能量完全凝聚，晋升斗皇就是水到渠成之事！

唯一的缺陷就是，这次晋升同样需要一段不短的时日。

山林之中，时间的概念颇为模糊，宁静的山谷中更是如此。

距离萧炎闭关已经过去了一个月，山谷之中却依然没有半点动静，连紫妍所化的巨大紫色光茧，也依旧在不急不缓地释放着明亮的光芒，没有一点儿要破茧而出的迹象。美杜莎盘腿坐于巨石之上，玉手撑着下巴，目光在光茧之上停留了一会儿，然后便不由自主地转向了山洞，在瞧得那里依然没有异动时，又不由得一声轻叹。

在萧炎闭关之后的第三天，他的气息便变得若隐若现起来，而在几日之后，气息则是彻底隐藏，甚至以美杜莎的实力，也只能在尽全力时，方才能够隐约感受到。她知道，如今的萧炎已经处于由斗王巅峰向斗皇晋入的关键期，等他的气息真正消失之时，便是他成功晋升为斗皇强者之时。

"唉，这两个家伙真是磨人。"美杜莎无奈地叹息了一声，只得收回视线，然后缓缓闭上双眸，进入修炼状态。这种枯燥的等待与守护，她也只能用修炼来打发时间，不然的话，可真是太考验人的耐性了。

山谷之中的日子，便就这样毫无波澜地又过了一个月。这日，就在美杜莎即将进入修炼状态时，陡然感觉到山谷中的能量如沸腾的开水般，剧烈地波动起来。她当下一怔，迅速追踪到波动的源头，赫然便是萧炎闭关之所。

"这家伙……"微微一皱黛眉，美杜莎能够感受到，山谷之中的浓郁能量正在疯狂地向山洞汇聚，而且速度越来越快，到最后，竟然在山谷半空形成了一个几丈宽的能量旋涡，旋涡的中心正是山洞。

"他晋阶所需的能量怎么也如此庞大？"美杜莎忍不住有些失神。斗王晋升斗皇，她并非没有经历过，可也并非似萧炎这般，近乎疯狂地掠夺天地能量。

寻常斗王晋阶斗皇的确不会如此疯狂，因为他们吸收的能量，顶多只是经过体内功法的炼化。而萧炎却不同，他的体内不仅有着焚诀这等强悍霸道的功法，而且还存在着三种异火。这些异火也在时刻保护着他的身体，那些从天地中灌注而进的能量，皆必须从这三道关卡之中通过。一道手臂粗的能量在穿过这三道关卡后，便直接被淬炼成了只有拇指大小的一缕，并且在进入体内后，还要再经过焚诀功法的炼化。如此一来，能够被萧炎吸收的能量，在体积之上

自然是要缩减许多。

　　当然，体积虽然缩减了，可对萧炎却有着无穷好处。有了如此精纯的斗气，那么他在斗皇阶别的根基上，将会比寻常斗皇坚实许多。这一点，对于他以后向更高阶进军，有着至关重要的作用。而这所造成的弊端，便是他需要比寻常人晋阶更加庞大与恐怖的能量，因此才会有先前的那一幕异象出现。

　　斑斓的能量旋涡在半空缓缓旋转着，周围天地能量源源不断地被吸扯而出，甚至连山谷之外的能量都开始隐隐朝着山谷汇聚。

　　美杜莎自然察觉到了这一点，当下俏脸微微一变。这魔兽山脉强横的魔兽众多，它们对于能量的感应也极为敏锐，这里出现这么强烈的波动，定然会把它们也吸引来。

　　就在此时，那由紫妍所化的紫色光茧似乎也受剧烈波动的天地能量所影响，顿时爆发出强烈的紫光，谷内浓郁的天地能量便也分散出一部分，对着光茧疯狂涌去。一时间，谷内能量呼啸声不断，两股疯狂的吸扯力横扫天空，将一切能够吸纳的能量强行扯过，然后吞噬。

　　"唉，这两个连晋阶都不甘寂寞的家伙……"美杜莎无奈地摇了摇头，身形一动，便出现在天空之上，美眸扫了扫四周，玉手旋即结出道道烦琐印结，而其脸色也逐渐凝重。

　　随着美杜莎的手印舞出道道残影，山谷之上的空间突然开始诡异地蠕动，半响之后，这一片空间竟然扭曲起来，斑斓的能量旋涡被缓缓遮掩。

　　"空间封锁！"空间蠕动得越来越厉害，美杜莎的脸色也越来越凝重，许久之后，她的手印陡然一变，沉声喝道。

　　喝声落下，周围空间凝滞，一股异样的波动迅速扩散，最后将整个山谷上空笼罩，那从山谷内传出的疯狂吸力，也缓缓被隐匿。

　　做完这一切，美杜莎才松了一口气，低头望着空空荡荡的山谷，身形一动，落了下去。就在她的身形达到某个界线时，空间突然一阵蠕动，美杜莎就这样消失了。过了一会儿，她在山谷中缓缓现身，抬头望了望半空中那色彩斑斓的巨大能量旋涡，纤手抹去光洁额头上的汗水。如今即便以她的实力，想要将这山谷封锁，也需要不小的消耗。不过总算是将这里的动静遮掩了下去，不然时间久了，难保不会吸引来各种强横魔兽。虽说美杜莎并不惧怕它们，但若是在战斗中波及谷中闭关的两人，后果便有些不妙了。

"这样一来，即便有人或者魔兽从山谷之上飞掠而过，只要实力未超过我，就难以发现谷中的端倪。唉，真是不让人省心的两个家伙。"美杜莎再度在巨石上盘坐下来，苦笑了一声，自言自语道。

被封锁了空间的山谷，在美杜莎的帮助下掩去了那些剧烈波动，然而半空上巨大的斑斓能量旋涡却并未消散，反而在时间的推移下，变得越加浓郁。而谷中的光茧和山洞中的萧炎，则源源不断地从中吸纳着庞大的能量。

时间，便在这般日复一日的平静之下悄然度过。不知不觉间，距离萧炎闭关已经有三个月之久，但是谷中两人却依然没有要出关的迹象。

时间如指间流沙般迅速流逝，当谷中的时日即将接近第四个月时，某一日，修炼中的美杜莎陡然睁开双眼，俏脸冰寒。此刻，在其光洁额头处，一枚七彩蛇鳞突然出现，并且不断地散发着淡淡彩芒。

轻轻抚摸着额头处的七彩鳞片，美杜莎的气息首次变得有些紊乱。这块鳞片是她储存于蛇人族灵魂祭坛中的一缕灵魂所化，蛇人族的祭师能够通过燃烧这缕灵魂来通知她。一般说来，只有在族中遭遇真正大难时，祭师才会采取这种方法联络她。美杜莎作为蛇人族的族长，这么多年来，还是首次被用这种办法召唤，看来蛇人族的确出大事了。

美杜莎深吸一口气，霍然站起身来，然而当目光扫过光茧与山洞时，她略微迟疑了一下。沉吟许久，她并未立刻离开，而是腾空而起，竭尽全力在山谷上空又布置了一个极为保险的空间封锁。

"我为你们加注的防御，足够保护你们在此处晋阶。此次蛇人族似乎遭遇大

难,我必须回去,等我将事情解决完毕,会回来的!"

做完这些,美杜莎才彻底松了一口气,将一卷卷轴放在修炼时坐的巨石上,然后轻轻摸了摸额头上越发炽热的七彩蛇鳞,俏脸逐渐涌现冰寒与澎湃杀意,身形一动,便直接冲破空间封锁,旋即迅速消失。

随着美杜莎的离开,山谷之中终于彻底安静下来,只有那微微释放着明亮光芒的紫色光茧,目睹了这一切!

天空之上的空间封锁,令小山谷成了一个与世隔绝的地方,没有任何人会无意间闯入这块净土。除此之外,美杜莎的离去并未在山谷中带起多大的波澜。那被碎石堆积的山洞依然毫无反应,而巨大光茧也同样没有破茧而出的迹象。虽然看似依然与以前相同,但是感知极强的人在此能够发现,两股异常强悍的气息正在悄悄地蛰伏着,随时等待着破土重生的那一刻。

山谷中虽然有圈养的魔兽,但是在那光茧隐隐散发而出的威压下,它们并不敢踏入深谷半步,只能在外围徘徊,也不敢发出太大的吼声,生怕惊动了里面那位令它们极为惧怕的人物。于是,深谷便在时间的推移间变得人兽罕至。谷中的杂草也在浓郁能量的感染下,唰唰暴长。到后来,杂草直接形成绿色的网,将山洞和光茧包裹起来。而如此一来,让山谷更平添了几分荒凉,只有半空处那庞大的斑斓能量旋涡在释放着些许活力。

时间在这与世隔绝的深谷中迅速流逝,日复一日,春去秋来,不知不觉间,距离美杜莎离开又已经有将近半年时间。这般算来,萧炎与紫妍闭关的时间似乎都快要接近一年光景了。然而,即便是消耗如此长的时间,谷中也没有传出丝毫异动。荒凉而幽静的山谷,似乎将两人悄悄遗忘了。

在这近半年时间中,美杜莎并未回来,至于她发生了何事,也没有人知道。深谷中,杂草依然在茂盛地生长着,如果不出意外,不久之后,它们便能够占据整个山谷,最后沿着山壁攀爬,蔓延开去。

荒凉的深谷中，时间悄然流逝。就在某一日，深谷终于出现了一丝不同于以往的异动。只见半空那缓缓旋转的庞大能量旋涡，突然逐渐停止运转，随即磅礴的能量如暴雨般倾泻而下，最后化为两条如山洪般的庞大能量匹练，一条直冲向被杂草掩埋的山洞，另外一条却径直落进了光茧。

这两条丈许宽的能量匹练划破半空，连空气都传出尖锐的撕裂声响。而在如此庞大的能量倾泻下，谷中那些杂草突然以肉眼可见的速度枯萎，转瞬间便变得枯黄，而硕大的紫色光茧和堆满碎石的洞口也缓缓出现。

半空上的能量旋涡已经彻底消散，谷中剧烈波动的天地能量也逐渐恢复正常。看这般情况，似乎那两个家伙对能量的需求已经达到饱和。

谷中的光茧在吸收了那条庞大的能量匹练后，颜色变得越发深沉，光茧表面逐渐出现了些许玄异的符文，这些符文微微散发着光芒，看上去颇为神奇。

谷中在出现了这等变故后，便再无其他动静。如此一转眼，居然又是半月时间过去。而在那被碎石堆得严严实实的山洞内，已经闭了将近一年的眼睛，终于带着些许颤抖缓缓睁开，眸中顿时如雷霆暴雨般划过道道闪电。

那一刻，沉闷的山洞内，连空气都传出了一阵细微的噼里啪啦声响。随后，一股沉寂了将近一年的磅礴气息，终于如苏醒的雄狮般缓缓抬头，对着天空发出震天动地的咆哮声。

在这股比以往强悍了不止几倍的磅礴气息之下，山洞开始细微地颤抖起来，一道道手臂粗壮的裂缝如蜘蛛网般从黑袍青年盘坐处蔓延而出，最后遍布山洞每一个角落。

咔！盘坐的青石突然间响起一道细微的声响，旋即一道道细小裂缝骤然浮现，然后以极快的速度遍布整块青石，最后青石居然直接化成无数碎屑爆裂开来。然而盘坐于其上的黑袍青年却未有丝毫动静，他没有借助丝毫外力，便这般悬浮在了半空。

"这……便是斗皇的感觉吗……"

　　萧炎缓缓摊开双手，感受着体内那犹如山洪暴发般的磅礴斗气，嘴角溢出一道淡淡弧度。这一刻，一种天地都在掌中的豪迈之情从他的心头涌现，强悍的灵魂力量以其身体为中心，如风暴般沿着四面八方席卷而出。

　　雄浑的灵魂力量迅速传出山洞，将整个山谷包裹起来。在灵魂力量的扫视中，萧炎看见了谷中那巨大的紫色光茧。他能够隐约感受到，一个强大的生命正在茧中凝聚成形！

　　灵魂力量并未就此停止，而是继续对着庞大的魔兽山脉扩散，无数景物同步反射到了萧炎的脑海之中。魔兽山脉中有很多强悍的魔兽，萧炎这般霸道的灵魂扫视，也引起了它们的警觉。于是，那茫茫山脉之中，顿时响起一道道惊天动地的咆哮，无数低阶魔兽更是簌簌发起抖来。

　　这些强悍的魔兽虽然能够感觉到萧炎灵魂的扫视，但是除了一些拥有特殊力量的魔兽外，大多都不能对萧炎的灵魂力造成什么伤害，因此，在这般霸道的扫视中，萧炎的灵魂力量并未遭受丝毫攻击。

　　磅礴的灵魂力量波及方圆百里之地，然而似乎它最终也有某个极限。当萧炎的灵魂力量在触及某处山涧时，便再也难以有所寸进。见状，萧炎心神一动，那扩散而出的灵魂力量顿时如潮水般回缩，片刻便缩回了萧炎体内。他微微仰头，长长地吐了一口气，刚欲将灵魂力量收敛，心头却是突兀一动，手指轻轻抚摸着额头处的那道森白色火焰印记，灵魂深处悄然间涌现些许莫名的颤动。

　　萧炎深吸了一口略显潮湿的空气，眼睛轻眯，心神猛然一动，磅礴的灵魂力量再度席卷而出，如洪水般，径直冲进额头处的那道火印之中！

　　一道低沉的闷响便轰然在萧炎脑中爆炸开来，他只觉得"眼前"一黑，出现了一条由森白色火焰铺就而成的小道，小道两边是深不见底的黑暗。

　　一眼望去，火焰小道似乎没有尽头。萧炎的灵魂力没有丝毫迟疑，便直接对着火焰小道暴冲而去。他对灵魂力量的应用，隐隐间明悟了许多。

　　小道的确极长，但是在灵魂力量那比闪电还要快捷的速度下，只用了十来

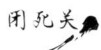

分钟，小道尽头便出现了一个火焰空洞。而萧炎的灵魂力略微一顿，便狠狠地冲了进去。刺眼的森白色火焰陡然消失，取而代之的是一种极其压抑的昏暗。

这里似乎是一座大殿，百丈长的石柱冲天而起，让整个空间宽广得有些骇人。

大殿内布满无数被包裹在碧绿光芒中的光团，萧炎惊骇地发现，那些光团中赫然有一个个活生生的灵魂体！他用灵魂力量迅速扫过，片刻后，骤然凝固在大殿靠近中心位置的一个比其他光团面积更大的碧绿光团上，那里面，有一个老者正紧闭双目，赫然便是被魂殿抓去的药老！

"这里是魂殿？"萧炎的灵魂力量发出呆滞的喃喃声音。

就在声音落下的一刹那，萧炎面前的空间猛然震荡，竟然如破碎的镜子般爆裂开来。一股恐怖得连空间都承受不住的灵魂力量，带着诡异的阴森，陡然暴涌而来，仅仅一个接触，便将萧炎这一道灵魂力量震碎！

山谷中的萧炎霍然睁开双眸，冷汗布满额头，眼中隐隐噙着一抹骇然。他敢肯定，先前借助老师遗留下的灵魂火印所看见的地方，定然是那个神秘的魂殿！

第九章
出 谷

　　山洞之中，有些急促的呼吸声沉重地响起，半晌方才逐渐淡去。萧炎抹去额头上的冷汗，一屁股坐在石头上，陷入了沉思。

　　先前那空间中所出现的恐怖灵魂力，应该便是魂殿的守护者。至于是否为魂殿之主，萧炎也并不清楚，他唯一确定的，便是即便此刻自己实力大涨，也依然不是那神秘强者的对手。

　　"魂殿果然强者众多，看刚才那守护的恐怖灵魂力量，实力恐怕比鹫护法要高出不少……"萧炎喃喃着，片刻后揉了揉额头，心中松了一口气。不管局面有多么不妙，至少他知道药老还活着！只要还活着，就有机会！

　　"老师，等着弟子！"缓缓紧握拳头，萧炎眼中隐现坚毅之色。他站起身来，长吐了一口气，体内如洪水般奔腾的雄浑斗气，逐渐将那股寒意驱除。现在的他，已经是一名真正的斗皇强者了，而且他还年轻，只要给予他足够的时间，他相信，下次再遇见那魂殿中恐怖的灵魂，他定然不会再像上次一般，败得没有丝毫还手之力！

抛去心中的杂念，萧炎身形一动，对着那被巨石堵得严严实实的洞口行去。萧炎缓缓张开手，轻按在一块巨石之上，陡然喝道："破！"

轰隆隆的巨响顿时响起，铺天盖地的碎石自洞口暴射开去。

缓步走出山洞，萧炎微眯着眸子，无视那刺眼的阳光，摊开双手，任由那温暖的阳光照射在身体上。一股暖洋洋的感觉充斥着四肢，萧炎逐渐放松下来。

在阳光下待了好一会儿，萧炎方才继续往前走。目光在深谷一扫，旋即便停在那巨大的紫色光茧之上。虽然在刚才灵魂力量扩散间他便已经知道这个妮子的进化到现在还未彻底完成，但是现在亲眼见到，他依然忍不住摇了摇头：这妮子的晋阶还真不容易。

"彩鳞呢？难道出去了？"萧炎微皱着眉头四处找了找，却并未发现美杜莎的身影。就在他疑惑自语时，正好看见了那距离光茧不远处的巨石上的一卷卷轴。他将卷轴吸到手中，疑惑地将之缓缓摊开，目光在上面扫动，片刻后轻声道："原来是蛇人族出事了。不过按她所说，事情解决之后会再回来，难道到现在依然还未解决？"

想到此处，萧炎的脸色微微一变。以美杜莎的实力都不能迅速解决，看来蛇人族此次遇见的麻烦果然不小啊。

了解了事情始末后，萧炎将卷轴收入纳戒，看了一眼光茧，无奈地摇了摇头，道："算了，就让我来守护你一段时间吧，不然此刻离开也的确放不下心。正好我如今刚刚突破至斗皇，还需要一点儿时间来熟悉体内的斗气。"语罢，萧炎身形一动，便直接出现在一旁的巨石之上，缓缓闭上眼睛。

不知不觉间，又是半个月过去，那始终毫无动静的光茧终于有了令萧炎惊喜的变化。光茧表面，不仅那些符文光芒越来越强烈，而且隐隐间还有细微的裂缝蔓延，裂缝中透出丝丝紫色光芒。

看这般情况，似乎距离紫妍破茧而出的时刻，不远了。

　　山谷半空，一道黑袍人影悬空而立，双手正在飞快地结出复杂的手印。额头之上涌现些许细密的汗水，看来这手印对斗气的消耗也是很大的。

　　某一刻，翻飞的印结陡然凝固，萧炎厉声大喝："翻海印！"

　　喝声落下，萧炎的手印凝固在一个怪异的弧度之上，手掌轰然对着天空推出，一股磅礴斗气陡然涌现，立刻将手掌笼罩起来，一层碧绿色的角质层悄然凝现，迅速包裹住萧炎的手印，一瞬过后，一道如手印大小的碧绿色晶莹光印暴射而出，犹如水晶一般，绚丽非凡，然而其中所蕴含的磅礴能量却极为骇人。只见其飞掠过处，连空间都扭曲起来，空气更是被压缩成一个极为明显的凹弧。

　　绿晶光印闪掠上空，最后径直撞击在那层空间封锁之上，顿时爆发出惊天动地的巨响。一股狂风突兀出现，只见那空间封锁处，一道道如水波般的涟漪劲气飞速扩散，片刻后，这由美杜莎尽全力制造的空间封锁，居然被萧炎轰出了一个丈许宽的空洞！

　　抬头望着那空洞，萧炎这才长长地松了一口气。这翻海印作为帝印诀的第二印，威力果然比开山印更加强大，不愧是需要斗皇强者方才能够修习的强悍斗技。这半月以来，萧炎大多时间都在修习此印记，这还是第一次成功将之发挥出来。虽然还不完整，但是已经具备了如此威力。可以想象，若是当萧炎将之修炼到大成地步，又将会具有何等的威力！

　　当年修炼开山印的时候，萧炎便领略了帝印诀的困难度，因此早有心理准备。如今开山印勉强算是达到运用自如的地步，而这翻海印，却是连小成都还未达到，日后与人对敌或许难以起到太大的效果。

　　"看来得好好修炼一下，若是遇见斗宗强者，这翻海印可是能够起到出其不意的效果的。"萧炎握了握手掌，低声喃喃道。

　　"天色已晚，今日就修炼到此处吧。"抬头看了一眼天色，萧炎轻笑一声，刚欲落下身形，整个山谷却猛然一颤！只见山谷中心，那紫色光茧此刻正爆发出璀璨的强光！

"要成功晋阶了吗？"萧炎非常惊喜，这个妮子总算是有动静了。

强光越来越盛，到最后，终于有细微的咔嚓声响起。只见那光茧之上的细小裂缝悄然裂开，无数道璀璨紫光顺着裂缝暴射天际。好在有着空间封锁的阻拦，否则这般异动必然会引来其他人或魔兽的注意。

裂缝越来越多，有一大块茧壳突然脱落，随后这光茧便犹如产生了连锁反应，迅速爆裂。其中一道紫色光柱更是暴冲天际，最后与空间封锁撞击在一起，爆发出一阵阵波动涟漪。萧炎紧紧地盯着那巨大的紫色光柱，凭借他的眼力，能够隐隐瞧见里面的一道模糊人影。

光柱持续了片刻，开始渐渐变淡，直至完全消散，而其中的人影也直接出现在了萧炎眼中。她不着寸缕，淡淡的紫光萦绕在她周身，令她看上去颇显妖魅。一头柔顺紫发披散而下，前凸后翘的成熟身材，哪儿是当初那个小女孩能具备的？而看那隐隐有几分熟悉的可爱容貌，赫然便是长大了的紫妍！

缓缓降下身形，萧炎目不斜视地从纳戒中取出一套衣袍，刚欲递给紫妍，然而手掌还未接触到对方身体，紫妍却浑身一颤，旋即异样的绿芒从其体内暴涌而出，紫妍的身躯突然开始以肉眼可见的速度缩小，仅仅几个呼吸间，一个大美人便再度变成了一个小女孩。

萧炎愕然地望着紫妍的这番变化，怔了怔，忍不住摇了摇头。看来即便是晋入六阶，紫妍依然没有彻底化解掉化形草的药力啊。

紫妍也被自己的这般变化惊住了，可还没来得及欣喜，自己的身体又变回了以前那副小女孩的模样。她的两道小小柳眉顿时竖了起来，望着面前幸灾乐祸的萧炎，不由得气急败坏地扑了上去，双手不断地在萧炎脸上乱抓。

萧炎将扑上身来的紫妍抱住，干咳了一声，赶忙将手中的黑袍强行套在紫妍身上，然后在她脑袋上狠狠敲了一记，道："给我安静点，不然以后不给你炼制化形丹，让你一辈子都是这个模样。"

紫妍捂着小脑袋，不甘地撇了撇嘴。不过她还是颇为惧怕萧炎的威胁，因

此只能闷着头，嘟囔道："该死的化形草！"

萧炎捏了捏紫妍那粉雕玉琢般的可爱脸蛋儿，笑道："好了，既然你已经晋阶成功，那就走吧。虽然不知道我们究竟在这里待了多长时间，但是想必不会短到哪里去。"

"彩鳞姐先走了吗？"紫妍的目光在山谷中扫了扫，若有所思地道。在化茧之时，她能够模糊感应到山谷中的动静。美杜莎离开时，她也隐隐有所察觉。

"嗯，蛇人族出了点事情，她需要回去解决。等出去后，我们也可以去一趟，顺便帮帮忙。"萧炎点点头，将紫妍放下，笑道。这么久以来，美杜莎帮了他不少忙，而且当年那件事，虽说他也是被迫为之，但他并不可能简单地将它当作一夜春风，他对美杜莎的情感也颇为复杂。

对于这个提议，紫妍没有反对。两人关系不错，能去帮她的忙，自然最好。

见到紫妍点头，萧炎身形一动，便出现在半空，抬头望着不远处那略显扭曲的空间。紫妍也跟了上来，惊诧地道："这是空间封锁吧，只有斗宗强者才能施展出来的，想必是彩鳞姐所留。"

"嗯，她要急着回去，怕别人打扰我们，便在此布置了空间封锁。"萧炎注视着扭曲的空间，头也不回地说，"你让开点，我来把它打破。"

说完，萧炎体内斗气顿时狂猛涌动，这由美杜莎布下的空间封锁异常结实，若非如今晋入了斗皇阶别，否则想要将之打破，成功率必然极低。

"就知道用蛮力。"一旁的紫妍见状，却撇了撇嘴，身形缓缓上升，在即将碰触到扭曲空间时，一股奇异的紫光从体内弥漫而出，然后，她的身体便犹如入水的鱼儿，径直穿过扭曲空间，旋即消失不见。

萧炎满脸惊愕地望着紫妍的这般举动，片刻后方才摇了摇头。他倒是忘记了，紫妍似乎对这些结界有免疫力，想当年那内院设置的药库结界，对她来说也是没有丝毫的阻拦效果。虽然如此，但是对于她能够轻易地在这被强行扭曲的空间中穿行，萧炎还是有些惊讶。

紫妍的身形再度从扭曲的空间中穿过来，对着他伸出雪白的小手，得意地笑道："跟我来吧，我带你出去。"

萧炎一笑，没有反对。小山谷之内珍稀药材不少，有这个空间封锁，正好可以阻止旁人误入。他拉住紫妍，一圈淡淡的紫芒便从紫妍的身体上蔓延开来，迅速将他包裹。旋即两人身形一蹿，便冲进了扭曲的空间之中，消失不见。

一望无际的山脉，一片绿荫，狂风吹来，带起响彻山脉的哗哗声响，释放着无限的生机。在山脉某处，几座山峰夹着的隐秘地带，半空中突然一阵波动，两道身影开始缓缓浮现，目光四望，感受着那迎面吹拂而来的凉爽轻风，全身皆有种轻飘飘的感觉。

"总算出来了。"望着那一望无际的山脉，萧炎忍不住松了一口气，叹息道。在山洞中待了这么长的时间，简直都快忘记风吹在身上是什么感觉了。

一旁的紫妍在并未发现周围有什么魔兽后，才偷偷松了一口气，她可还记得化茧之前她与彩鳞在魔兽山脉引起的那次恐怖兽潮。在那次兽潮中，连美杜莎都只能带着她赶紧逃。虽然她现在已经晋阶，但是一想到那密密麻麻的疯狂魔兽，也禁不住有些头皮发麻。

"走吧。"萧炎并未注意到紫妍的小动作，在辨认了一下方向后，对着她挥了挥手，背后一对火翼瞬间延伸而出，然后便向着山脉之外飞掠而去。紫妍在小心翼翼地打量了一下周围后，也紧紧跟上。

两道身影化为流光在天际划过，风压在林海上留下一道道痕迹，然而这般飞掠了三五分钟之后，萧炎的身形猛然一顿，后面的紫妍在措手不及之下一头撞在了他的后背上。

"你干什么呢？"紫妍揉着额头，抱怨道。

"似乎太安静了……"萧炎微眯着眸子，缓缓道。从山谷中出来到现在，他似乎并没有听见过一次兽吼声，这种现象出现在其他地方或许很正常，可在魔

兽遍布的魔兽山脉中却显得很不对劲。

紫妍闻言，一蹙柳眉，感应了一会儿，点点头，道："嗯，周围似乎并没有魔兽的气息，而且……"说到这里，她抽了抽鼻子，"空气中好像有些异味。"

听得这话，萧炎先是一怔，微皱着眉头吸了一口空气，片刻后脸色骤变，阴沉地道："不要吸进体内，空气中掺杂着毒气，不过很淡。"

突然出现的谜团令萧炎有些压抑。不知为何，他总是隐隐感觉到一种不安。沉吟了片刻，他一挥手，沉声道："走，先去青山小镇看看。"现在的情况，看来必须先找个有人的地方，才能打听到一些消息。

"这毒气是不是那个人放的？"紫妍微微点头，突然问道。她口中的"那个人"，自然便是当初在山谷中偶遇的小医仙。

"应该不是，这毒气算不上厉害，与她使用的毒气相比，简直有天壤之别。但不知这里为何会有这么多毒气？"萧炎摇了摇头。他颇为了解小医仙如今的毒术，若是让她来放毒的话，恐怕千里之内都会杳无人烟。

"究竟发生了什么事？"萧炎喃喃自语，紧皱着眉头，背后火翼猛地一振，身体化为一道模糊身影，向着青山小镇所在的方位暴射而去。

与以前相比，青山镇今日无疑要显得压抑与寂静许多。街道之上，人影罕见，四周的城门也被紧紧关上。在由坚硬的花岗岩修建成的高耸城墙上，黑压压的人头若隐若现，窃窃私语声在人群中不断回荡徘徊。

"这些毒师是怎么来到帝国中部的？前方不是有炎盟和皇室的防线吗？"

"三大帝国联手进攻加玛帝国，炎盟纵然再强也终究是人手有限，哪儿能处处照顾到位，这十来个王八蛋应该是趁机溜进来的。"

"现在怎么办？看他们中间那个家伙胸前的徽章，可是一名四星毒师，除了斗王阶别的强者，谁能收拾？"

"唉，我们青山镇现在只有血战佣兵团的团长严承是八星斗灵，其他的大多都是斗师或者大斗师阶别，若是那个四品毒师放片毒雾过来，恐怕不少人都要当场中毒昏迷。"

"实在不行就跟他们拼了，我们人多，还怕他们这十几个人不成？"

"他们巴不得我们自动打开城门。你又不是不知道，毒师最擅长以一敌众，若非有绝对实力，想要击杀他们可不容易啊。"

一大群脸色冷峻的佣兵围在一处，他们的胸前佩戴着同样的佣兵团徽章，仔细看去，赫然便是当年被萧炎救过的血战佣兵团的人。而在他们首位的中年人，正是血战佣兵团的团长严承，严承的身边则站着卡岗与苓儿。众人此刻皆将目光投注在城墙之外的十几道身影上，脸色有些难看。

"二叔，怎么办？这样一直紧守也不是办法啊。据说这片魔兽山脉有不少毒师偷偷溜进来，最近不断有小镇被血洗的消息传来，手段之狠，只有这些人才干得出来。"苓儿恶狠狠地望着城墙下方的十几道人影，声音有些焦急。

"不死守还能如何？你们难道没看见他们之中有个四品毒师吗？这种阶别的毒师，即便是我也胜算极小。今日，若非对面没有真正能够腾空的强者，和青山镇因为要防御魔兽袭击而特意建筑的高城墙，早就被他们闯进来了。"严承无奈地说道，"现在只能等了，此地在加玛帝国内部，若支撑一段时间，说不定会有炎盟的强者前来营救。"

苓儿闻言，苦笑一声，心中暗叹：如今炎盟大多数强者都被三大帝国的强者拖住了，哪儿还有闲余力量？

在众人商谈之时，下方的十几道身着灰袍的人影也有了动静。一名胸口上佩戴着绘有四条色彩斑斓的毒蜈蚣徽章的老者缓步走出，用阴冷的三角眼瞥了瞥城墙，刺耳难听的声音旋即在城墙上每一个人的耳中回荡。

"给你们十分钟时间考虑，究竟是自己打开城门，还是由老夫施展毒雾，让这小镇所有人为你们这愚蠢的举动陪葬。"话音刚落，灰袍老者便缓缓闭目，也不管这话在城墙之上引起了多少骚动。

　　时间缓缓地过去，十分钟后，灰袍老者睁开眼，见城墙上的人依然没有反应，干枯的脸上不由得浮现一抹残忍笑容。他阴冷地说道："还真以为这区区城墙能护住你们？"说完，老者的脸上突然涌上一层诡异的绿色光芒，旋即袍袖一挥，一大股浓郁的绿色毒雾涌现。

　　老者身后的十名略显年轻的灰袍人立马一声沉喝，双掌挥动，带起阵阵狂风。在狂风的吹拂下，绿色毒雾逐渐扩散开来，最后向着城墙之上缭绕而去。

　　"用斗气包裹身体，不要呼吸！"严承脸色顿时大变，厉声喝道。城墙上的佣兵急忙使劲催动体内斗气，将身体尽数包裹。

　　"哈哈，凭你们这些不入流的佣兵，也想挡住老夫这绿蛇毒？"灰袍老者见状，顿时冷笑一声，袍袖一挥，其身后的十人赶忙拼命地鼓动体内的斗气，斗气再带出阵阵狂风，将那阵绿色毒雾吹拂而上。

　　片刻后，毒雾终于逐渐飘到了城墙上，将众多佣兵都包裹了进去。而刚一接触毒雾，不少实力稍低的佣兵便感到晕眩，再过半响，竟然直接一头栽倒在地，陷入了昏迷。见状，严承的脸色越发难看，咬了咬牙，猛地发狠道："跟这王八蛋拼了，兄弟们，跟我一起上！"

　　周围的血战佣兵团团员恶狠狠地点了点头，紧握着手中锋利的钢刀。而一旁的苓儿微微张了张嘴，却只能绝望地叹了一口气。四品毒师是敌人的主力军，战斗力自然非比寻常。他们血战佣兵团的这些佣兵去了，多半也只是找死的下场，但若是不去，这毒雾迟早会令他们所有人丧失战斗力，而到时候，他们会死得更憋屈。

　　下方的那名灰袍老者望着城墙上的骚动，眼中的阴狠之色更浓。除了对方的一个斗灵强者能让他稍稍在乎外，其他的人，他挥手间便能够取他们的小命。

　　心中一声狞笑，灰袍老者袍袖一动，又是一股绿色毒雾喷薄而出，城墙上的众人见状，心中的绝望之情不由得更加浓郁。

　　随着第二股碧绿毒雾的缓缓升腾，不少佣兵都开始发狠地打算冲下去拼命。

经常在刀口舐血的他们,虽然知道这是自找死路,但是他们丝毫不惧,反正横竖都是一死。

就在所有人准备冲下城墙时,这片天际的温度突然间迅速地升高了起来。而随着温度的升高,那浓郁的绿色毒雾竟然犹如遇见沸油的残雪般,迅速消散。

突如其来的一幕,令所有人都怔住了,大家面面相觑,皆一脸茫然。

魔兽山脉的方向,有两道模糊身影突然闪掠而来,几个呼吸间,便出现在了小镇上空。众人看见他们身后的斗气双翼,当下爆发出阵阵惊呼:"斗王强者?!"旋即两拨人马都变得不安起来,生怕这是对方的援手。

出现的两道人影,当先一人全身都包裹在碧绿色的火焰之中,而那股炽热的温度,则是从其身上散发而出的。在其身后,一名身体散发着淡淡紫光的小女孩正好奇地望着下方的灰袍人。

碧绿色的火焰缓缓波动,片刻后逐渐消散,露出了一个黑袍青年。

城墙上,忐忑不安的严承等人望着那熟悉的面孔,皆猛地一怔,一旁的苓儿也是目瞪口呆,嘴中喃喃道:"竟然是他……"

第十章
加玛大乱

"萧盟主!"严承见到来人,猛地反应过来,激动地大喊道。

周围的佣兵听得严承的喊声,短时间并未回过神来,不过从严承的表情来看,似乎来者并非敌人,当下皆松了一口气。

在严承喊出这句称呼的同时,下方的那名灰袍老者的脸色大变:看来此人是加玛帝国的强者。心中闪过这道念头,灰袍老者的身形猛然化为一道绿雾,立即向森林逃去,那十名灰袍人也赶忙跟上。

萧炎淡漠地望着他们,指尖处,无形火焰微微波动。瞬时,那即将跑进森林的十几道灰袍人影猛然一颤,旋即在城墙上一道道惊骇的目光中,连惨叫声都未曾留下一句,便径直化为一团灰烬。

萧炎身形一动便出现在城墙上,微皱着眉头望着那些昏迷的佣兵,从纳戒中取出几枚丹药,然后抛至空中,屈指一弹,一缕碧绿火焰迅速蹿上,将之包裹,旋即,一股浓郁的丹香扩散而出,那些中毒昏迷的佣兵在一声声咳嗽声中,开始缓缓地苏醒过来。

无视周围那一道道炽热的敬畏目光，萧炎大步走向严承等人，开口第一句话便是问："发生什么事了？"

听得萧炎的话，严承也是一愣。帝国内发生了这么大的事，面前这位帝国最大势力的主宰者，竟然丝毫不知情？

"我闭关了一段时间。"见到严承那迷茫的模样，萧炎似是知其心中所想，解释道。

严承这才恍然，苦笑道："没想到萧盟主一闭关便是一年时间，这一年可不平静，说是加玛帝国有史以来最为动荡的一年也不为过。"

"闭关了一年吗……"萧炎轻叹了一声，旋即再度转回话题，"帝国内发生什么事了？刚才的那些家伙，应该是毒师吧？这种职业在加玛帝国极为少见，怎么一下子出现这么多？"

"因为他们并不是加玛帝国的人。"一旁的苓儿悄悄地插嘴道。

"他们是出云帝国的毒师。"严承叹息一声，道，"当年萧盟主救我血战佣兵团不久之后，便传出了出云帝国将要进攻加玛帝国的消息，而后，便出现了越来越多的边境摩擦。起先还好，只是两国军队交锋，双方各有胜负。可就在僵持了一个月之后，出云帝国的军队中突然出现了大批毒师，在他们的协助下，加玛帝国的边境要塞顿时沦陷了不少。"

"就在皇室高层为之震怒的时候，出云帝国却传出了毒宗将要参战的消息。"提起那个令人毛骨悚然的名字，严承的脸上滑过一抹恐惧，声音都低沉了许多。

"毒宗？"嘴中念叨着这个陌生的名字，萧炎紧皱起眉头。

"这个毒宗，也是近些年才在出云帝国崛起的，实力异常恐怖，短短五年时间，便将出云帝国所有宗门势力尽数毁灭，一跃成为出云帝国的主宰，甚至连皇室都已经被他们暗中掌控。在出云帝国中，毒宗宗主说的话，比皇帝还管用。"瞧着萧炎脸上的疑惑，严承又解释道。

"毒宗宗主实力如何？"萧炎缓缓道。

"据说是在斗宗阶别。由于毒宗参战,炎盟作为加玛帝国最强的势力,自然不能袖手旁观。于是,一场几乎是两大势力交手的战争便拉开了帷幕。而就在半年前的一次大战中,那位神秘毒宗宗主现身了。那一场战役,冰皇海波东和皇室那位名叫加刑天的老前辈,还有一头实力绝对也是在斗皇阶别的巨大魔兽,他们联手都败在了那毒宗宗主手下。"严承苦笑道,说起那个对他来说简直遥不可及的等级时,眼中闪过一抹深深的恐惧。

萧炎心头微微下沉。没想到三大强者联手都不是那毒宗宗主的对手,看来对方真是非常了得。他挥了挥手,道:"继续说。"

"危急时刻,那蛇人族的美杜莎女王突然现身,与毒宗宗主大战一番后,双方难分胜负,毒宗宗主最终退去,这才免去了炎盟的一次生死劫难。"严承咂了咂嘴,眼中有着对那日那场惊天动地的大战的向往,片刻后,方才叹了一口气,冲着萧炎笑道,"有了美杜莎女王的帮忙,炎盟终于站住了脚,接下来与蛇人族联手,开始对毒宗展开反攻。"

"蛇人族也插手了?"萧炎顿时一怔,有些惊讶地道。虽说美杜莎是蛇人族的王,可蛇人族对加玛帝国似乎也没太大的好感,要让他们出手帮助加玛帝国,似乎不太可能啊。

"嗯,因为出云帝国最先打的是他们的主意。那一场大战,蛇人族损失惨重,若非美杜莎女王及时赶回,恐怕整个蛇人族都会被抹杀干净。"严承点了点头,道。

"原来当初彩鳞突然离开,是因为这事……"萧炎眼睛微微闪烁,这才知道当初为何美杜莎要匆匆离开。

"既然大家的敌人都是出云帝国和毒宗,那么自然能够联手。虽然其间依然有些摩擦,但是皇室那位加老开口承诺,大战若能够胜利,会在加玛帝国之内给予蛇人族一块土地好生繁衍生存,蛇人族便安宁了许多。"

"有了美杜莎与蛇人族的帮忙,想必出云帝国也不好受了吧?"萧炎笑了笑,道。对于炎盟的实力，他还是有几分信心的，而且那蛇人族中也是强者辈出，这般强强联合，即便那毒宗再强，也得暂避锋芒。

"按照正常情况，的确是这样。"严承叹息了一声，道，"但就在蛇人族宣布与加玛帝国联盟之后不久，出云帝国却又直接将临近加玛帝国的另外两大帝国牵扯了进来，三国联盟，实力顿时暴涨，让炎盟与蛇人族压力大增。"

"另外两大帝国？"萧炎微微皱了皱眉，脑海中闪过两个名字，"落雁帝国与慕兰帝国？"

"嗯。这两个帝国国力不比加玛帝国弱，甚至说来比加玛帝国还要强一些，且也拥有丝毫不比毒宗弱多少的庞然大物。"说到此处，严承的脸色显得有些难看，片刻后，方才从嘴中吐出两个名字，"金雁宗，慕兰谷！"

"金雁宗……慕兰谷……"嘴中轻轻地念叨着这两个略显陌生的名字，萧炎虚眯起眼睛。

"金雁宗是落雁帝国之内的强大势力，其宗主雁落天是一名货真价实的斗宗强者，实力在斗宗初期。慕兰谷属慕兰帝国，虽没有斗宗强者坐镇，可他们有一套极为独特的合战功法，慕兰人将之称为三兽蛮荒诀。慕兰谷中，有三位长老修习此功法，他们虽然单人实力只在斗皇巅峰，但是一旦三人同时运转三兽蛮荒诀，即便遇见斗宗强者，也能一战。论起战斗力，丝毫不比金雁宗的宗主雁落天弱多少。"严承由于心情过度激动，说话间唾液横飞，涨红了脸。

萧炎的脸色逐渐阴沉下来。若此事属实，那么加玛帝国和炎盟，此次可真是有些危险了。三名斗宗强者，这般阵容，即便是美杜莎，也不可能将之阻拦。没想到，在他闭关期间，加玛帝国的局势竟然变得这般动荡。

"本来按照这般局面，加玛帝国即便有炎盟支持，定然也支撑不过来，不过好在那三大帝国联盟内部也是分歧不断，虽然三大宗门都有能与斗宗匹敌的强者，但是没有一个人愿意打前锋与美杜莎女王交手。毕竟真论单打独斗，除了那毒宗宗主、雁落天，以及慕兰谷的三位长老，其他人都不是她的对手。而他

们都担心一旦受了重伤就会被盟友暗中使冷箭,因此一直都是这样拖拖拉拉,只是不断地派宗内强者前来骚扰,试图用这种办法慢慢地将炎盟与蛇人族拖得筋疲力尽,而刚才所见的那些毒师,应该便是偷溜进来的毒宗之人。不过按理说,防线周遭都有炎盟强者不断来回巡逻的,偶尔溜进一两个人还好说,这次为何会一下子溜进来这么多?"

想来想去没有答案的严承,只得摇了摇头,道:"如今的局面,也只能期望炎盟与蛇人族能够抵挡下来,不然的话,可就真是要国破家亡了。我们生在加玛,长在加玛,不想背井离乡做无家可归的流浪人。"

望着周围那些情绪低落的佣兵,萧炎轻吐了一口气,拍了拍严承的肩膀,笑容灿烂地轻声道:"放心吧,炎盟不会倒,谁想让它倒下去,便先从我萧炎的尸体上踏过去。呵呵,想来我这盟主也真是不负责任,如此重大的事情,竟然都未曾参与。"

萧炎满脸灿烂笑容,在他的感染下,严承等人低沉的情绪不由自主地消散了许多。对于面前这个二十岁出头便掌控着炎盟这个庞然大物的青年,无数加玛人都抱着莫大的期望。因为他们都知道,这个青年向来有创造奇迹的本事。

"呵呵,我们可一直都在等着您回来,您现在可是我们加玛帝国所有人的救星呢!"严承擦了擦有些泛红的眼睛,笑着道,"对了,若是盟主要去前线,可以直接赶往东面的黑山要塞,那里是战况最为激烈的地段,炎盟与蛇人族的大多数强者都在那里。"

"既然如此,那我就不多留了!"萧炎一笑,目光扫向遥远的东方天际,缓缓点头,冲着严承拱了拱手,背后碧绿色的火翼缓缓延伸而出,旋即身形逐渐在城墙上一道道敬畏的目光中升上天空。

诸位,坚持住,萧炎回来了!

遥遥望向东方天际,萧炎在心中喃喃自语道,火翼一振,便化为一道流光闪掠而去,紫妍紧紧跟上。

在突破到斗皇之后，萧炎的飞行速度明显比以前迅捷了许多，身影如流星般划过，眨眼间便消失在天边，即便偶尔有人望向天空，也只能看见那跳闪了几下的流光。

萧炎将飞行速度提到极致，脸上也布满阴沉。加玛帝国所发生的事情，完全出乎他的意料。现在回想起来，他隐隐有些后怕。还好此次有美杜莎出手相助，不然的话，恐怕炎盟与加玛帝国都得被出云帝国给灭了，到时候恐怕还轮不到魂殿出手，他萧家便早已被杀得鸡犬不留。

"毒宗！"迎面而来的狂风将萧炎的头发吹得呼呼作响，露出那对变得异常森冷的漆黑眸子。龙有逆鳞，触之者死，而萧炎的逆鳞则是他的亲人，谁敢碰触，定然要其百倍偿还！

紫妍瞧见萧炎那阴沉的脸色，偷偷吐了吐舌头，也不敢再调皮，只能努力地提升速度，紧跟在他身后。

以他们如今的速度，即便是飞掠整个加玛帝国，也不需要太长的时间，因此当飞行持续了两个小时之后，那周围绵延的山脉逐渐变得低矮起来，布满黄沙的巨大平原，开始出现在他们的视野之中。

萧炎松了一口气。他清楚，既然接近了平原地带，那么距离严承所说的那个黑山要塞就已经不远了。

这一路追星赶月般地飞行，萧炎见到了不少逃难的人。对于如今加玛帝国的局势，显然很多人都抱着悲观的心态。毕竟三大帝国联盟实在是太过强横了，光凭一个没有盟主的炎盟和美杜莎女王，明显难以挑起大梁。

望着那些脸色惊慌的逃难者，萧炎心头也是越发阴沉。这么多年来，他是首次在加玛帝国中看见这幅凄惨景象，导致这一切的正是那三大帝国联盟！萧炎微眯着眼，阴冷寒芒暴闪，拳头紧握，背后火翼一振，飞行速度暴涨！

一望无际的平原之上，人迹罕至，颇为荒凉。突然，有细微的破风声在天际响起，两道流光陡然闪掠而来。只是这流光刚刚出现便猛然一顿，一大一小

两道身影在天空中显露出来。

"怎么了?"见到萧炎突然停下来,紫妍疑惑地问道。刚才这家伙不是还火急火燎地疯狂赶路吗?

"那边有三道不弱的气息。前方那人明显是在逃跑,后面两道紧紧跟随的,估计是追杀者……"萧炎望向平原的北方,略微迟疑,灵魂感知力自眉心处如潮水般地扩散而出,短短一瞬间,便将远处的情况收入脑海。他看到,那在前面逃窜的人是一名蛇人族的斗王强者,而在其身后的两人,则不知道是哪个帝国的,不过很明显,他们绝不是加玛帝国的人。但最让萧炎意外的,还是那逃窜的蛇人族强者居然是个熟人。

回想起当年的那件事,萧炎的脸上闪过一抹古怪之色,身形一动,向着平原北方暴射而去。如今蛇人族已经是加玛帝国的盟友,而且就算是看在彩鳞的面子上,他也应当出手相救。

月媚今日相当狼狈。这么多年来,她还是第一次享受到如此慌不择路的待遇,而这种待遇的赐予者,便是紧紧跟在身后不远处的两道蓝色身影。

"这两个该死的王八蛋,等老娘恢复实力,定要把他们浑身的肉全部撕下来喂我那条小宝贝。"月媚的蛇尾诡异地点在地面之上,每一次点动,她的身形便会暴射一段距离。而在逃跑时,她还不忘转头恶毒地诅咒。

"唉,不过灵岩城已经破了,这次恐怕会让不少三宗之人进入,真是麻烦。"

月媚本是灵岩城的守护者,凭借着她七星斗王的实力,前几次都顺利地将一些试图攻破此城的三宗强者打退。不过这一次却失去了好运,谁都没料到,为了这么一座并不算多大的城市,三宗联盟竟然派出三名斗王阶别的强者,而且其中一人的实力竟然在八星。

结果很明显,月媚在将对方一名斗王击伤之后,也被那位八星斗王打成重伤,只能弃城而逃。不过好在她为城中不少人争取到了逃生的时间,因此等三宗联盟大军进入灵岩城时，绝大部分人员都已经悄悄撤离。也正因为如此，才惹得对方的斗王强者这般愤怒。在留下一人守城后，其余两名斗王强者便一路锲而不舍地追杀过来。看那模样，似乎有种追不到手誓不罢休的劲头。

月媚如此狼狈，后面那两个一身蓝袍、袍服上绘着金灿灿大雁的中年人，形象同样不太好看。月媚虽然身受重伤，但是凭借着蛇人族诡异的身法斗技，却令他们难以追上。而随着时间的推移，两人心中难免有些烦躁，但一想到这是上面下达的命令，他们也只能闷着头一阵狂追。

"等抓到她，老子要狠狠地折磨她，不然难解我心头之恨！"一名脸色阴沉的中年人，眼睛死死地盯着前方不远处若隐若现的倩影。

另外一人阴笑着道："加把劲吧，不要太深入加玛帝国，万一遇见其他强者就麻烦了。"

"嗯。"

话音一落，两人体内突然爆发出璀璨金光，旋即一对雁形金光双翼从两人背后延伸而出，金翼一振，速度顿时暴涨！

前方疲于奔命的月媚也感受到了后面越加接近的劲风，她紧咬着牙，拼命催动着体内的斗气。然而这具已负重伤的身体，哪儿经得起她这般大负荷的压榨？当下身体上的斗气光芒便黯淡了许多，而其蛇尾也是猛然一软，整个身体顿时瘫下来，香汗淋漓地喘着气。

"哟，怎么，跑不动了？"就在月媚倒下的一瞬间，后方两道金光闪掠而来，一前一后地将她的退路尽数封锁。

月媚狭长的蛇眸中泛起些许阴森，脸上却浮现一抹妩媚笑容，冲着两人道："想要老娘伺候你们就说嘛，何必追这么远？"

"呵呵，算了，自动送上门的，我们可无福消受，等将你抓起来，废了斗气，再慢慢玩也不迟。"一名中年人笑了笑，眼神阴沉地说了一声，随即冷喝道，"动手，别跟她拖拖拉拉的！"

　　中年人的同伴闻言，笑着点了点头。两人手印一动，金光大盛，猛然凝聚成两只足有半丈大小的金色大雁。大雁仰天发出尖厉的鸣叫声，双翼一振，便直接对着月媚暴射而去。

　　望着那急速掠来的凌厉金光，月媚一咬牙，疯狂调动起体内为数不多的斗气，然后纤手一挥，将之化为一条斗气匹练，正面迎上了那两只能量金雁。

　　嘭！两者接触，响起一声闷响，月媚那条斗气匹练瞬间便以肉眼可见的速度消散而去，而两只颜色只是稍稍变淡了一点儿的金雁再度夹杂着凌厉劲风暴射而来。

　　体内最后一丝斗气告竭，月媚的眼神灰暗了下来。她如今已经再没有一丝反抗能力，不过还好，嘴中的毒药能令她在死后不受这两个王八蛋的凌辱。

　　璀璨金光在那噙着绝望的蛇眸中迅速放大，就在月媚缓缓闭目之时，一道细微的雷鸣声突然毫无预兆地在天空响起，旋即一道黑影宛如鬼魅般浮现，那两只蕴含着凌厉劲风的金雁，在离其身体还有半丈远时，便自动烟消云散。

　　预料之中的剧痛并没有如期而来，就在月媚略感疑惑时，一道温柔的嗓音却缓缓地在她耳边响起："你没事吧？"

　　月媚一愣，猛然睁开双眸，顿时，一张噙着微笑的年轻面孔出现在她的视线之中。她略带一丝愕然地望着来人，不知为何，总觉得有些眼熟，可又想不起来是否真的见过。

　　"你是加玛帝国的人？"蛇眸在面前黑袍青年身上扫了扫，月媚警惕地问道。

　　萧炎笑了笑，微微点头，道："放心，我是加玛帝国的人。"

　　月媚这才松了一口气，刚欲挣扎着站起身来，可因为体内的酥麻无力之感而未能成功。当下她只能恨恨地叹了一口气，却见一枚散发着幽香的浑圆丹药出现在面前。只听来人说道："若不怕是毒药的话，可以试试吃下去。"

　　月媚有些迟疑地接过丹药，心中挣扎了一瞬，终于将丹药吞进肚内。一股温暖的药力顿时沿着四肢扩散，顷刻间便将其体内的无力之感消解了许多。

感受着体内的变化，月媚这才彻底放心，抬头对着面前的黑袍青年露出一个善意的笑容，道："多谢了，我是蛇人族的月媚。"

见到这当初咬着牙想要将自己拖回去做男奴的凶悍美女蛇此刻竟然对自己露出这般柔和的笑容，萧炎略感好笑，旋即偏过头来，将目光转向那白从自己出现后，脸色便异常阴森的两名中年人身上。

"小心点，这两人是落雁帝国金雁宗的强者，实力都在斗王阶别，不可小觑。"月媚借助着丹药的药力，恢复了一点儿气力。她蛇尾一点，娇躯挺起，蛇眸阴冷地注视着对面的两人，对萧炎说道。

"金雁宗？知道了。"萧炎一挑眉头，默默地点了点头。

"这位朋友，大路朝天，各走一边，奉劝你不要多管闲事，否则会把命丢掉的。"那名脸色阴沉的中年人死死地盯着萧炎，缓缓道。

如今萧炎已正式晋入斗皇阶别，这两人自然不可能察觉到他的真实实力。不过刚才萧炎轻易化解掉他们的联手一击，明显不是弱者，因此两人心中也有一分忌惮，并未立刻出手。

萧炎笑了笑，站在月媚身前的身形并未动弹，直接表明了自己的态度。

"嘿嘿，你们加玛帝国人可还真是热心肠，我金正佩服。不过既然你执意要插手，那也只能怪你命不好了！"眼神之中逐渐蔓延上森然，那名自称金正的中年人冷笑着摇了摇头，对着一旁的同伴沉声道，"一起出手，将其击杀！"

同伴笑着点了点头。以他们两人的实力，即便是在落雁帝国，也能算作一方豪强，这段时间在与加玛帝国的战斗中，除了那炎盟之中的一些闻名强者，两人少有遇见实力相当的对手，因此心中也不免有些看低加玛帝国。

两人话音落下，璀璨的金光自他们体内暴涌而出，绕着两人缓缓旋转，在地面上留下道道如伤疤般的深痕。

月媚脸色微微一变。虽然她也能猜到面前的青年或许实力不低，但若是让他同时应付两名配合默契的斗王强者，定然也有不小的风险。

"待会儿我会出手拦住一人，你若是能打败另外一人，那么就请抓紧时间，因为我只能坚持很短的时间。"月媚咬了咬牙，对着面前的萧炎沉声道。

萧炎闻言一怔，笑着摇了摇头，道："你现在哪儿还能战斗，还是歇着吧，他们交给我就好。"

见到萧炎竟然要以一敌二，月媚有些惊讶。她偏头深深地看了一眼那张年轻面孔，低声道："最好不要逞强。"

"管你是不是逞强，今日，我二人那战功榜上，又要多添上一颗人头。"金正冷笑一声，手掌一握，一件形状有些奇怪的武器便出现在其手中。这武器有些像金环，可周边却布满着锋利的暗刺，暗刺之上隐现紫芒，显然是涂有剧毒。

在金正拿出这武器之后，他的同伴也拿出一件相同之物。

"小心点，这是金雁宗的独门武器雁翎环，很是刁钻狠毒，而且配合着他们的功法使用，威力更是不小。"瞧得两人手中的武器，月媚连忙提醒道。

"嘿，没想到你对我金雁宗还挺了解的，不过这可救不了你们二人的性命！"金正对着同伴使了一个眼色，两人陡然分开，一人猛攻向萧炎，另外一人却对着萧炎身后的月媚袭去。

萧炎望着那迅速闪掠而来的两人，缓缓地摇了摇头。两名斗王而已，即便未突破斗皇，他也能够轻易将之击杀，更何况如今？

月媚眼神一冷，手掌一握，一柄锋利长剑便出现在了掌心。就在她准备动手时，一只手掌却突然将她的皓腕握住。她一惊，还来不及说话，便被萧炎扯到身旁。她抬起头，刚好见到那张年轻面孔上划过的一抹冷漠笑容。

金正二人见萧炎将月媚护住，皆发出一声阴寒笑声。旋即两人速度暴增，手中雁翎环在金光的渲染下，散发出慑人的寒芒。

"火环爆！"就在两道身影即将蹿进萧炎周围一丈距离时，萧炎嘴唇一动，一声厉喝，一道碧绿色的圆形火环猛然以他为中心，如闪电般扩散，眨眼间便狠狠地撞击在了金正二人的身体之上，嘹亮的爆炸声在这片平原之上响起。

两道猛冲的身影顿时僵硬，随后便以一个极为狼狈的姿势倒飞而出，在地面上滑出十几米，方才缓缓停住，鲜血喷吐。二人抬起头，满脸惊骇地望着那微笑的黑袍青年。没想到，仅仅一击，他们便溃败得如此凄惨。

二人额头上顿时冷汗密布，嘶哑的声音中透着些许不可置信："斗皇强者？"

在吐出这四字之时，金正二人心中满是一股荒谬之感：面前这个年轻人看起来也就二十岁出头而已，若说他是斗王强者，两人还能勉强接受，可若说是斗皇，那也实在是太可怕了吧？不管他们心中如何翻腾，先前那火环之中所蕴含的可怕能量，绝对是斗皇强者才能够施展出的！

加玛帝国何时出现了如此年轻的斗皇强者？为什么我们从未听说过？

在金正二人心中翻起惊涛骇浪时，月媚也惊愕得张开了红润小嘴。她同样未曾想到，身边这个年轻人居然会是一名斗皇强者。这家伙的修炼天赋，也太可怕了点吧？

就在月媚惊愕间，两道沉闷声响突然响起，待她抬起头来，却瞧见金正二人分散开疯狂逃窜的背影。

"快追，不要让他们跑了！"见到两人想要逃跑，月媚急忙道。然而她声音还未落下，却再度无语地发现，面前的萧炎已经消失了踪迹。

"这速度！"抹了一把额头上的冷汗，月媚忍不住有些心悸。还好这人是加玛帝国的强者，不然的话，光是这速度，恐怕除了女王陛下，便无人能及。

两道影子从天而降，最后被狠狠地丢掷在地面上。月媚低头一看，正是逃命的金正二人，只不过此时的他们明显已经彻底断了气。

"跑得倒是挺快。"萧炎也从天际闪掠而下，随意地踢了踢这两具尸体，平淡地道。

月媚怔怔地望着明明是分成两路逃跑，可最后依然落得这般下场的两人，再看了看那闲庭信步般缓缓走来的萧炎，感觉额头上的冷汗更多了：此人实力绝对比炎盟的那几位斗皇巅峰强者更强！

"不知道先生名讳?"月媚在心中闪过几道念头后,终于还是小心翼翼地问出了口。

瞧见她这副模样,萧炎却忍不住一笑,嘴角浮现一抹戏谑,道:"月统领,难道忘记了当年那个在沙漠中不小心偷看你洗澡,就被你追杀千里的人了?"

听得这话,月媚脑海中猛然闪现出当年在沙漠中的一幕,再望望那张有些熟悉的年轻面孔,陡然睁大了一对诱人的蛇眸:"是你?!"

第十一章
三兽蛮荒诀

见到月媚这副呆滞模样，萧炎好笑地点点头，道："月统领记起来了？"

月媚缓缓地从震惊中回过神来，脸色一阵青一阵白的。她无论如何都想不到，面前这位举手投足间便将两名斗王击杀的强者，居然是当年那被她追杀得狼狈逃亡的少年。月媚想起当年初见萧炎时，萧炎似乎才仅仅是一个斗师而已，然而短短几年，他怎么可能已经达到了这一步？

月媚脸色变幻不定，在震惊的同时，身体不由自主地退后了两步，声音中带着一点儿谨慎："你想怎样？"当年的萧炎可是被她追杀得颇为狼狈，若非中途遇见古河一行人，恐怕还真会被她给抓住。月媚因此有些担心，面前的萧炎现在帮忙，是打着秋后算账的算盘。

瞧着她这副有些忐忑的谨慎模样，萧炎笑了笑，挥着手道："放心吧，月统领，我萧炎可不是什么小肚量之人，早忘记了当年的事。"

听得萧炎这话，月媚松了一口气，旋即猛然一惊，失声道："萧炎？你说你叫萧炎？"与炎盟并肩作战这么久，她自然知道炎盟的那位年轻盟主正叫此名。

"炎盟之主？"月媚眨了眨眼睛，又紧接着道。

怔怔地看着萧炎点头，半晌，月媚方才喃喃道："果然是你……真是没想到，几年之前的一个小斗师，如今却已经成了加玛帝国最强势力的主人。"说到此处，月媚忍不住有些感慨。当年那被她任意揉捏的小家伙，现在却能够将她任意揉捏，这种极端的转换，让她有种不太真实的感觉。

"谈不上主人吧，只是将帝国内一些势力整合在一起而已。"萧炎笑了笑，轻描淡写地道。

月媚闻言，却是一阵苦笑。这话说得可真轻松，想让那些不弱的势力甘愿加入一个联盟，其难度可丝毫不比直接灭掉他们低多少。她逐渐平复下心情，瞥了一眼萧炎，微微皱眉，道："不过你这盟主可真是不负责任，炎盟出了这么大的事，你却一直都未出现。此次若非我们女王陛下晋入了斗宗阶别，恐怕炎盟早就和加玛帝国一起，被三宗之人消灭干净了。"

萧炎瞧着月媚，叹道："我是闭关去了，等到出来时，没想到发生了这么重大的事情。不知道最近局势如何？"话到最后，萧炎严肃地问道。

"很不妙！"提到这，月媚的脸色逐渐阴沉下来，说道，"前不久，女王陛下又与那位毒宗宗主交手了一次，双方各有损伤。而后那位毒宗宗主便销声匿迹，似乎是在养伤。女王陛下却没有养伤的时间，三宗之人看准这个机会，展开攻势，前方的黑山要塞压力大增。虽说此次那毒宗宗主未曾参与，可金雁宗的雁落天和慕兰谷那三位修习了三兽蛮荒诀的长老却联手而来，他们都能与斗宗强者相抗衡，女王陛下有伤在身，恐怕难以抵挡他们的联手进攻。"

听得这般比严承所说还要糟的情势，萧炎心头微微一沉。美杜莎如今是加玛帝国这边实力最强的人，若她败了，无疑会令士气大跌，说不定一些本来摇摆不定的人也要开始逃难了，而到时候，加玛帝国可真要完了……

"除了顶层强者，在斗皇和斗王的人数上，我们也落入下风，毕竟对方来自三个帝国中最强的宗门。不过总体来说，我们还能够勉强抵挡住。这场大战的关键点是在双方巅峰强者的决战上。"月媚脸色凝重地说道。

"我们这边只有女王陛下是斗宗强者，对方却有三名……唉，今日若是女王陛下能够成功抵挡这拨进攻，那么我们还能再坚持一段时间，而若是不能……便全完了。"话到最后，月媚的脸色黯淡下来。如今的蛇人族已经和加玛帝国绑在了同一条船上，若是加玛帝国溃败，那么蛇人族定然也抵挡不过三宗联盟。而一想到若是蛇人族败了，无数族人将会被掳去做奴隶，月媚就紧握起拳头，那种凄惨下场，简直比死还要让她难受。

萧炎缓缓地点了点头，仰天长吐了一口气。这局面，果然很是不妙啊……

"带我去黑山要塞。"片刻后，萧炎偏下头，突然沉声道。

闻言，月媚没有感到意外，微微点了点头，叹息道："跟我来吧。不过你去了或许也是于事无补，斗宗阶别的战斗，即便你是斗皇强者也插不上手，除非你能像慕兰谷那三位长老一般，修习了合战功法。"在她看来，如今的萧炎虽说是斗皇强者，可与斗宗之间依然隔着一道难以跨越的鸿沟。

萧炎哑然失笑，并未反驳，抬起头对着天空道："小妮子，还不下来？"

月媚一怔：她可并未在此感应到其他气息啊……

就在月媚疑惑间，一道娇小身影却突然从高空闪掠下来。当她发现对方只是一个小女孩时，顿时有些愕然，而当她的目光扫中小女孩背后的斗气双翼时，愕然直接转换成呆滞，失声道："她竟然也是斗皇强者？"

如果说萧炎以这般年龄达到斗皇阶别令月媚极为震惊的话，那么面前的紫妍则令她突然觉得，如今修炼是不是变得极其容易了？

而她的这个念头，直接被紫妍肯定了下来。紫妍悬浮在半空，居高临下地看着月媚，撇着小嘴道："几天前我刚好晋入斗皇阶别，谢谢。"

见到月媚那因为紫妍这话而变得更加呆滞的眼神，萧炎忍不住笑着摇了摇头，道："这妮子本体是魔兽，所以可不是你看着的这般小。好了，我们还是赶紧赶路吧，黑山要塞的情况可不乐观啊！"

月媚这才逐渐从呆滞中回过神来,心中重重地松了一口气:还好……如果这小妮子真的以这般年龄便成了斗皇强者,那她修炼了这么多年还在斗王阶别徘徊的人,岂不是可以直接羞愧至死了?不过,除了服用化形丹,魔兽不是只有达到七阶方能自由化成人形吗?

月媚心中依旧有些疑惑地自语了一声,却也不敢再耽搁,借助着先前萧炎给予的丹药恢复的一些斗气,召唤出斗气之翼,在前面带路,向着黑山要塞飞掠而去。

萧炎紧跟在月媚身后,极目远眺,紧握拳头,喃喃自语道:"彩鳞,坚持住,我马上就来!"

黑山要塞坐落在加玛帝国东北边境,是方圆千里规模最为宏伟的一座要塞,自从建立以来,已经屹立了上百年,几次大战都未曾给这座庞大要塞留下多少痕迹,由此可见其坚固程度。

如今的黑山要塞几乎成了炎盟、蛇人族与三宗交锋最为激烈的地方,几次几乎能够决定双方成败的关键战斗都是在此地爆发。而今日,一场比以往任何一次都要惊险的大战,也即将拉开帷幕。所有人都知道,若是美杜莎能够在金雁宗的雁落天和慕兰谷三位长老的联手攻击下而不败,那么加玛帝国就能够获得暂时喘息的机会;若是失败,那么加玛帝国、炎盟、蛇人族,就将被抹除于这块版图之上!所以,今日的这场大战,关乎加玛帝国的生死!

一望无尽的平原之上,两座极其巍峨的巨大山脉耸立着,寻常人根本难以攀越。而在两座山峰的夹缝处,一座庞大无比的要塞扼守在此,如猛兽般镇守着加玛帝国通往外面的主干道。这座要塞是加玛帝国人心中最重要的防线,若这道防线被撕破,那么加玛帝国将被踏在三大帝国的铁骑之下!

要塞面积庞大得令人咂舌,萧炎当初所见过的那镇鬼关与之相比,无疑是小巫见大巫。要塞城墙通体由漆黑色的火山墨岩所铸,非常坚固。这种城墙,即便受到斗皇强者的攻击，也能够抵挡许久。

城墙之上，密密匝匝的军队随处可见，甚至还有无数巨大的弩车。在弩车上，足有成年壮男大腿粗的精钢箭矢早已装备完毕，随时等待着爆发出惊人的力量。在无数支军队的防守之下，这条防线固若金汤，即便三大帝国联盟想强行攻入，也得付出血一般的代价！

在城墙中心，站立着十几个在加玛帝国中拥有莫大声望的人。此刻，他们的目光皆带着一丝担忧。要塞之外极远的地方，密密匝匝的军队如乌云般绵延，一眼看去，居然看不见尽头。而从那些军队升起的巨大旗帜来看，赫然便是三大帝国联盟的军队。

当然，令他们最为担心的却并非这些普通军队，而是那些掩藏在军队之中的三宗强者。在真正的强者眼中，寻常军队并没有太大的威胁，一名斗王强者便能够轻易抵抗住一支万人军队，而这也正是强者在大陆之上拥有超越王权地位的原因。斗气大陆，强者至上，王权次之！

"唉，虽说这次最棘手的毒宗宗主不会现身，不过这已经给了我们极大的压力，毕竟来人可是相当于两名斗宗强者啊！"海波东眺望片刻，缓缓收回视线，叹息道。

经过近一年的连番大战，如今的海波东已经真正达到了能够与加刑天匹敌的斗皇巅峰层次，距离突破至斗宗，也只有一步之遥。这一步之遥，如果没有机缘，即便是一生都无法突破，也是正常的事，斗气大陆上不知道有多少在这个阶别停下脚步的人。

斗皇始终都是斗皇，除非拥有一些异常斗技，否则想越阶挑战斗宗强者，几乎是不可能的事。毕竟不是每一个人都能像萧炎那般，不仅拥有神奇的焚诀功法，还有三大异火、帝印诀这些奇宝。

"我已经派人去黑角域寻找二弟，他若是收到消息，定然会前来相助。但远水解不了近渴，等他归来，恐怕已是另外一番局面了。"坐在轮椅上的萧鼎，轻

叹了一声。这段时间,为了应付三宗的进攻,他费了太多心思。然而对面的斗宗强者,始终是压在加玛帝国所有人心中的一块大石。

"女王陛下,你的伤怎么样了?"萧鼎轻拍了拍轮椅,偏过头,望着一旁俏脸冷漠的妖艳女子。在这种充满血腥与杀戮的地方,她那动人的容貌当真是一个极少见的亮点。

冰冷的目光一直盯在远处的美杜莎,听得萧鼎问话,或许是因为某个人的关系,脸上的冰冷之色略缓,道:"服用了炎盟炼药师炼制的丹药,身体已恢复许多,并无大碍。"

萧鼎笑了一声,微微点头,道:"辛苦你了。"

"我也是为蛇人族考虑而已,如今大家唇亡齿寒,任何一方有所损失都将导致毁灭。"美杜莎微微偏过头,望向遥远的魔兽山脉,咬了咬牙,在心中叹息道:你还没有出关吗?若是再晚一些,恐怕加玛帝国真的要被毁灭了……

"也不知道三弟究竟如何了,这次闭关竟然又是一年,可千万不要出什么意外才好。"瞧得美杜莎的目光,萧鼎也知其心中所想,揉了揉额头,苦笑道。

"这个浑蛋小子,每次都玩这一套。他要是再不回来,炎盟可就要完蛋了。"一旁的海波东闻言,也忍不住开口道。

"我想应该快了,只要我们能够坚持到他出关,局势就会好许多。虽然那个家伙只是斗皇,但是一旦施展全力,也能与斗宗强者相抗衡。到时候我们这边拥有了两名斗宗强者,谅他三宗之人也不敢胡来。真要拼起来,别的不敢说,本王即便是死,也能拖他们一个下去!"美杜莎沉吟道。话到最后,她那狭长的眸子顿时掠过一抹森寒之色。

"他们也正是怕你如此,所以一直以来都未曾真与你死斗。不过这次金雁宗与慕兰谷联手而来,恐怕也是有所准备,女王陛下可要多加小心。"脸色肃然的加刑天沉声道。

美杜莎微微点头,刚欲说话,突然一阵如雷鸣般的鼓声浩浩荡荡地从远处传来，旋即波及整个要塞。

"他们要开始进攻了！"听得这急促的鼓声，美杜莎等人的脸色皆是一变。

大地开始震动，只见极远处那望不见尽头的庞大人海如海浪般，向着要塞奔涌而来，脚步落地的轰隆声，在这片天际如雷鸣般响彻，给人以极其沉重的压力。

"所有炎盟、蛇人族的斗王强者，分散到各处防线，严防对面的斗王强者！"萧鼎转头厉声道，随后响起大批的应诺声，一道道人影如闪电般飞掠而出。

"诸位，今日这场大战，关乎加玛帝国与蛇人族的存亡，所以，拼了！"萧鼎缓缓扫视众人，沉声道。

众人脸色凝重地点头。这一战，关乎存亡！

随着要塞之上进入备战状态，那黑压压的人海也在冲天的厮杀声中拥来。在人海的半空，一道道流光飞掠，显然这些便是三宗的强者，也是最令黑山要塞压力大增的角色。

望不见尽头的黑压压的人流在距离要塞还有近千米远时便轰然蹲下，一股冲天杀气弥漫而出，最后直接将整座黑山要塞都笼罩其中！

半空中流光飞掠，旋即浮现出一道道背生斗气双翼的人影，他们噙着冷笑的目光望着那防御森严的黑山要塞。

"呵呵，没想到你们加玛帝国如此顽强，竟然能在我们三大帝国联盟攻击之下坚持将近一年时间。即便在这场战争中你们加玛帝国输得一败涂地，可至少也算是名声大振了。"大军对峙，一道雄浑的猖獗笑声突然响起，在天空上浩浩荡荡地传了过来。

"雁落天！"听得这笑声，要塞之上的美杜莎等人的脸色顿时冷了下来。

一道璀璨金光陡然从敌军之中暴冲天际，旋即一个身着金衣的男子悬浮于上。他身后有一对异常庞大的雁翅，金光闪闪，宛如天神一般。

　　这名金衣男子现身之后,黑压压的敌军之中顿时响起惊天动地的欢呼声。这个雁落天在他们心中显然拥有极高的声望。

　　美杜莎身形一动,再次出现时,已掠至要塞外的天空。她看着雁落天,却发出一声冷笑:"一个两星斗宗而已,也敢在本王面前放肆?"

　　"嘿嘿,美杜莎女王的艳名传遍周边好几个帝国,果然名不虚传。本宗知道,凭本宗一人之力,定然并非你的对手,所以也没有打算单打独斗。"雁落天嘴角浮现出一抹冷笑,缓缓地道。

　　"哈哈,不愧是美杜莎女王,当真是女中豪杰,今日,便由我们三人和雁宗主一起来与你过过手吧!"就在雁落天的声音落下时,三道色泽不一的流光也从下方军队中暴掠而出,三名笑眯眯的老者出现在半空。

　　美杜莎眼瞳微缩,脸色冰冷地道:"慕兰三老?!"

　　来人皆身着青色袍服,袍服之上各自绘着狮、虎、熊三种图纹。这些图纹看上去并不像是寻常绣线所制,而是由某种玄异能量凝聚而成。因此,当人的目光扫去时,那三头异常狰狞的猛兽,则会将猩红的巨眼恶狠狠地瞪过来,心智不过关之人光是在这充满杀意的狂暴视线下,便会忍不住双腿发软。

　　虽然这三位青衣老者各自的实力只在斗皇巅峰,但当他们出现后,美杜莎的脸上便浮现了一抹难以掩饰的凝重。这三人所修习的三兽蛮荒诀颇为奇异,联合起来战斗力惊人,她必须郑重对待。

　　要塞之外,随着慕兰三老的出现,那黑压压的三国联军顿时爆发出如雷鸣般的欢呼声。而与他们的士气大振相比,要塞之上的萧鼎等人却是心头一沉。

　　"这些不要脸的王八蛋,怎么说也是在西北地域拥有着不小名声的强者,竟然以多欺少。"海波东脸色难看地望着天空上出现的三名老者,忍不住怒骂道。

　　加刑天也脸色难看地点了点头,沉吟一会儿,咬了咬牙,道:"要不我们两人出去帮美杜莎女王抵挡一会儿?给她争取一些时间也好啊。"

　　"少安毋躁。若你们出手的话,那三宗的其他强者定然不会袖手旁观,到时候，反而提前引发大战，而你们的目的也难以达到。"萧鼎摇了摇头，道。

"那怎么办？难道就看着她一人被围攻？"海波东紧皱着眉头，道。

"唉，现在也只能期盼美杜莎女王能够抵御住他们吧，除此之外，别无他法。"萧鼎苦笑着叹息了一声。这种被动的局面，任何计谋都于事无补。

海波东与加刑天闻言，也只能不甘地跺了跺脚，炎盟简直完全处于劣势啊。但也正如萧鼎所说，明知道处于劣势，却毫无办法。对方的斗宗强者不比这边少，斗皇、斗王阶别的强者也比这边多，如此一来，还能不落入下风？

"如果萧炎在这里就好了，凭他的实力，拦住雁落天与慕兰三老定然没有多大的问题。只要给美杜莎腾出一些时间，她打败一人并非不可能。"

在一旁许久未曾说话的法犸轻叹了一声，听得他这话，萧鼎等人也是一声叹息。话虽如此，可谁知道那家伙究竟要何时才能出关。

"呵呵，美杜莎女王，可不要怪我们没风度，毕竟你可不是什么弱手，若是不联手的话，恐怕还真无人能奈何得了你。"雁落天背后金光灿灿的雁翼微微一振，冲着脸色凝重的美杜莎笑着道。

"联手就联手，何必还找这么冠冕堂皇的借口？也不怕辱没你金雁宗宗主的身份。"美杜莎冷笑一声，讥讽道。

雁落天并不计较美杜莎的嘲讽，手掌微微一握，金光在掌心浮现，最后化为一柄古怪的金色长剑，长剑上布满如雁翎般的尖刺，看上去极为锋利。

"嘿嘿，雁宗主，美杜莎女王可不是寻常人，我们联手对她可没多大的威胁。"一名袍服上绣着一头黑熊的慕兰谷长老，细长的眼中闪过些许嗜血红芒，声音显得十分尖锐。

雁落天瞥了眼后方雄伟的黑山要塞，突然道："女王陛下，我们所图其实只是加玛帝国，与你蛇人族并未有太大关系。若是你肯率领蛇人族就此离开，我三大帝国定会允许你们在这块地域休养生息，你又何必跟着他们垂死挣扎？"

美杜莎闻言，淡淡地扫了他一眼，道："你还真当本王是三岁小孩？这种时

候说此事，未免显得太幼稚了吧？"

雁落天脸上的笑容略微僵了僵，轻抖了抖手中的雁翎剑，淡笑道："既然如此，那就让蛇人族消失在这西北地域吧！"

"凭你？"美杜莎一挑黛眉，妖艳的脸上讥讽更甚。

"凭我与慕兰谷的三位长老。"雁落天一笑，偏过头对着慕兰三老道："三位，动手吧！"

"嗯！"三位青袍老者点了点头，旋即猛然各自退后一步，彼此间刚好形成了一个可攻可守的玄妙阵形，青、红、蓝三道雄浑斗气自三人体内暴涌而出，而后沿着阵形闪掠，彼此交织，开始在三人之间循环。三人的衣袍之上顿时爆发出一声充斥着蛮荒气息的惊天兽吼，旋即衣袍一阵鼓动，那三头猛兽纷纷化为一股血红能量涌出，将三人的身体尽数包裹。三人原本各自为战的气息逐渐消散，取而代之的是一股丝毫不比雁落天弱的恐怖气息！

"呵呵，慕兰谷的三兽蛮荒诀不愧是从远古遗传下来的地阶中级功法啊，这等合体之效，当真是无比奇妙。"感受着那股隐隐散发着蛮荒之味的磅礴气息，雁落天顿时大笑道。然而，在大笑之余，他眼中也闪过一抹深深的贪婪之色。

"雕虫小技而已，哪儿有金雁宗的雁天行身法斗技奇妙。"血红能量包裹着三位青袍长老，在他们脑袋部位化为血红色的兽头，远远看上去，慕兰三长老倒像是变成了三个半兽人一般，而刚才的话便是那位化为虎头人的老者说的。或许是功法的缘故，这位老者的声音隐隐带着些许虎啸之声，撼人心魄。

美杜莎眼神凝重地在慕兰三老身上扫过，一声轻叹：今日，果然免不了一场大战。

叹息落下，美杜莎迅速凝定心神，将心中杂念抛去。磅礴的七彩能量自其体内如潮水般涌出，最后宛如一块七彩天幕从天而降，将其身形包裹。

瞧得美杜莎这般声势，雁落天眼瞳微微一缩：美杜莎不愧是能够与毒宗那人相抗衡的家伙，他自认比不上这般磅礴斗气，不过还好，他今日并非一人……雁落天对慕兰三老暗中使了个眼色，四人几乎于同一时刻暴射而出，顷刻间爆发出的惊天斗气令下方无数人心惊胆战。

雁落天的速度极为迅猛，仅仅一个呼吸间，便出现在美杜莎身前。他手中的雁翎剑一振，剑身顿时如毒蛇般射出，凌厉剑气使得周围空间都开始剧烈波动。美杜莎望着那陡然爆发的攻击，脸色不变，纤手一握，一柄七彩蛇形长剑便出现在她手中。美杜莎一摆手臂，剑身扭曲成诡异弧度，剑尖绕过雁落天手中的雁翎剑，然后猛力狠狠一推！

"哼！"可怕的劲道从剑身上涌来，雁落天闷哼一声，陡然一摆背后宽大的雁翼，雁翎顿时如锋利的箭般，攻向美杜莎身体的每一处。

感受着遍体的寒气，美杜莎手中长剑发出清澈的嗡鸣声，旋即猛然一抖，顿时涌现出密密麻麻的残影，将其身体尽数包裹！

锵！雁翎暴射而来，砸在那密密麻麻的剑影之上，剑影迅速化为虚无。雁落天的目光一闪，手中印结一动，一道蕴含着雄浑能量的璀璨金光在面前浮现，向近在咫尺的美杜莎再次暴射而去。

七彩剑影闪动，美杜莎刚欲硬接上对方这记攻击，一股夹杂着蛮荒气息的低沉兽吼声猛然在自己背后响起，旋即，一道凌厉拳风带着撕裂空气的尖锐声音，从背后狠狠攻来。美杜莎脸色微变，纤手一握，七彩能量急速凝聚，狠狠地对着身后冲去。

砰！嘹亮的能量爆炸声在天际陡然响起，美杜莎一声闷哼，身形暴退十来步，而对面的雁落天与慕兰三老却仅仅退后了两步。显然，这次交锋，美杜莎以一敌四，吃了暗亏。

"卑鄙！以四打一还敢偷袭！"城墙上，海波东等人见状，顿时怒骂道。

"哈哈，美杜莎，看来你与毒宗宗主交手也受了不轻的伤啊，今日看你还凭什么来阻拦我们！"瞧得美杜莎受创，雁落天大笑道。

美杜莎脸色冰寒，也不与之争辩，体内斗气如洪水般奔涌。而在其体内斗

气的呼应下，外界天地能量也剧烈地波动起来，看来她是打算拼命了。

雁落天与慕兰三老一怔，旋即一声冷笑，也开始调动体内斗气。

无数人望着天空上那剧烈波动的天地能量，皆知道一场斗宗阶别的恐怖大战，此刻即将彻底爆发！

要塞上，海波东等人叹息了一声：美杜莎本就有伤在身，如今还以一敌四，情况能好到哪儿去？但如今的局面，除了依靠她，还能依靠谁？

就在他们心中暗叹间，天空上的大战陡然爆发。然而，就在双方能量为之牵引那一刻，突然有淡淡雷鸣声从天边呼啸而来，随后响起一道爽朗笑声。

"哈哈，这般大战，怎能少得了我这炎盟之主？"

第十二章
迎战慕兰三老

爽朗的笑声在天际响起,最后如滚滚怒雷般席卷开来,响彻在无数人的耳边。萧鼎等人听得这熟悉的笑声,先是一怔,随即眼中涌上狂喜之色。

"是萧炎!这个家伙终于赶回来了!"海波东忍不住心中的激动,大笑道。

一旁的加刑天也悄悄抹了把额头上的冷汗:这个家伙在最后关头出场,总算是赶上了。

萧鼎缓缓地靠在椅背之上,长长地呼了一口气,道:"今日这场大难,总算是能化解了。"

旁边众人皆松了口气。萧炎足以挡住雁落天或者慕兰三老,而剩下一方,凭借美杜莎的实力,打败对方并非难事。只要打败这几位强者,加玛帝国的士气就定然会高涨起来,日后也有了能够与三宗相抗衡的真正底牌。

那雷鸣声再度响彻天际,三道流光在无数道目光的注视下,从天边暴掠而来,短短几个呼吸间,便出现在了要塞上空。

当先者是一名黑袍青年,其后,是一名有着一头紫色长发的娇俏小女孩和

一个女性蛇人,自然便是一路赶来的萧炎、紫妍、月媚三人。

望着在关键时刻赶到的萧炎,要塞之上顿时爆发出惊天动地的欢呼声。身为加玛帝国人,没有谁对萧炎这个名字感到陌生。在这一年的大战中,虽然加玛帝国不断溃败,但是很多人都并未放弃,他们心中皆有一个期盼,那便是炎盟之主萧炎的归来!

对于这个一路不断创造奇迹的年轻人,很多人都期盼他能及时现身将加玛帝国带出困境!如今,心中所期盼的人终于出现,如何能不让被毁灭的压力压制得近乎喘不过气的他们激动得疯狂?

美杜莎怔怔地望着那闪现而出的黑袍青年,片刻后,心中也长长地舒了一口气,这个家伙总算是赶来了。美杜莎身形一动,出现在萧炎身旁,目光在他身上扫了扫,道:"突破了?"

萧炎微笑着点点头,轻声道:"你受伤了?"

"小伤而已,不碍事。"美杜莎对此毫不在意,目光瞥向雁落天与慕兰三老,道,"有把握拦住一个吗?当然,那三个老头儿只能算一个。"

萧炎闻言一笑,抬起头来,微眯的漆黑眸子在雁落天等人身上扫了扫,笑着道:"嗯,你放心挑个人便是,剩下的由我来。"

"呵呵,真是好大的口气,区区一个斗皇竟然也敢在我们面前夸这等海口,也不怕闪了舌头?"听得萧炎这般话,对面的雁落天冷笑道。

"小子,你是谁?这种阶别的战斗,劝你还是少掺和为妙。老夫三人见过不少心高气傲的年轻俊杰,可惜最后都没什么好下场。"化为虎头人的那名慕兰谷长老,用嗜血的目光在萧炎身上扫了扫。或许是因为功法赐予了他们比同等级强者更加敏锐的直觉,他总是觉得面前这个青年给予他们一种不寻常的感觉。

雁落天听得这位虎头长老所说之话,眼中闪过一抹诧异,旋即重新打量了一下萧炎,微微皱眉,道:"难道你便是炎盟那位躲了一年未曾出现的盟主?"

萧炎用指尖轻掸了掸衣袖,没想到在这些三宗之人眼中,自己这闭关一年竟然是在狼狈躲藏，看来今日他有必要为自己正一下名声了。

"你们先退回要塞吧。"偏过头，萧炎对着身后的月媚与紫妍道。

"你……你行吗？对面可是两位堪比斗宗的强者。"听得萧炎的话，紫妍没半点犹豫，掉头就直接掠上要塞，月媚却迟疑了一下。在她看来，虽然萧炎实力不弱，但是对面毕竟是斗宗强者，斗皇与斗宗之间的差距……

萧炎笑着摆了摆手，道："放心。"

见他坚持，月媚只得无奈地点了点头，在退后时目光恭敬地在美杜莎身上扫了扫，心中暗自嘀咕：为何女王陛下会如此相信这家伙能够应付一名斗宗强者？

"雁落天交给我来对付，你拦住这慕兰三老。小心一点儿，他们懂得合战功法，联合起来是一名不逊于斗宗的强者。"见紫妍二人退开，美杜莎看向对面的雁落天，道。

雁落天与慕兰三老虽然是有匹敌斗宗实力的强者，但雁落天毕竟是货真价实的，而慕兰三老只是靠着玄妙功法。相比而来，无疑是后者要好对付一点儿，因此美杜莎将这稍显轻松的对手交给了萧炎。

"嗯。"萧炎笑着点了点头，瞥了一眼脑袋上顶着凶神恶煞的三个兽头的慕兰三老，道，"你放心对付那雁落天便好，这三人不会再对你造成丝毫干扰。"

见美杜莎将目标锁定自己，雁落天明显地抖了抖脸皮，旋即干笑道："既然你想让这个乳臭未干的小子上来送死，那我们就勉为其难地收下吧。"说完，他转过头望着慕兰三老，阴沉沉地道："三位长老，对付一个斗皇小子而已，应该问题不大吧？"

闻言，虎头长老迟疑了一下，点点头，道："虽然这小子有点儿古怪，但是十回合之内，应该能将之解决，然后便来助你对付美杜莎。"

虽说萧炎给予他们一股不寻常的感觉，但他只是一名斗皇。而这么多年来，死在他们手中的斗皇强者，数都数不过来，所以他们并未真正地将萧炎放在

心上。

雁落天这才满意地点了点头，目光扫向美杜莎，冷笑了一声，磅礴的斗气自体内暴涌而出，旋即背后宽大的雁翼一振，竟然抢先对着美杜莎攻去。

"小心点儿。"美杜莎神色凝重，偏头对着萧炎提醒了一声，便猛然闪掠而出。掠过萧炎时，她明显感觉到有一枚圆滚滚的东西被塞进了掌心。正疑惑间，萧炎的微笑声在耳边响起："服下它会令你加快恢复实力，打起来省心一点儿。"

美杜莎怔了怔，冷艳的俏脸上悄悄涌现一抹不可察觉的笑容。她迅速地将丹药送进嘴中，眼神再度变得凌厉，身形暴射而出，迎上了雁落天。

两道身影刚一接触，就爆发出雄浑的能量波动。或许是因为想要拉开战圈，两人身形往外移开了一段距离，给萧炎与慕兰三老留下了足够的空间。

目光在那处弥漫着恐怖劲气波动的战圈扫了扫，萧炎旋即瞥向面前的慕兰三老，眼中闪过一丝奇异。黑角域的金银二老因为是孪生兄弟，所以凭借着修炼相同的功法，能够与斗宗强者一战。而面前的这三人明显是后天修炼的，不过这种合战功法修炼条件极为苛刻，有种种限制。若真成功培养出一个，战斗力的确惊人。

"嘿嘿，没想到炎盟之主是这么一个毛头小子，难怪加玛帝国会沦落到这般境地！"狮头长老阴寒的目光在萧炎身上扫了扫，忍不住摇头冷笑道。

"不要多说废话，速速解决掉他。美杜莎那边，凭雁落天一人应付可是有些麻烦。"虎头长老沉声道。

其余两位长老点了点头，冷笑一声，彼此力量交融，一股磅礴气息顿时暴涌而出，横扫这片天际。

"果然是斗宗阶别的气息啊！"萧炎挑了挑眉毛。没想到刚刚突破至斗皇便遇见这等强敌，当真是绝好的对手。

望着天空中对峙的双方，要塞之上的人皆屏住了呼吸。萧炎能否拖住慕兰三老，将会是这场战争最为关键的点！

慕兰三老身形悬浮于天际，磅礴斗气充斥着这片天地，连空间都出现了些许震荡。他们感受着体内斗气与天地能量相呼应的庞大力量，心中更多了几分自信，转瞬便将因为萧炎的不寻常而产生的迟疑压制了下去。

"哈哈，今日便让你知道，炎盟之主不过是个笑话而已。若是以往的云岚宗，或许还会让我们略微忌惮。不过这刚刚成立不久的炎盟，还不够资格。"那名狮头长老眼中闪过嗜血之意，大笑道。

萧炎摇了摇头，手印微微一动，轻笑道："我萧炎能灭了让你们忌惮的云岚宗，自然也能灭了你们——天火三玄变！"

萧炎陡然一变手印，一声低喝，体内的琉璃莲心火迅速沿着经脉奇异地旋转了起来。一股股狂暴的力量弥漫而出，充斥着萧炎身体每一个角落。

如今萧炎的真实实力应该是在一星斗皇左右，但凭借着焚诀的玄妙和比寻常斗皇强横许多的肉体，他的战斗力即便是相比三星甚至四星的斗皇强者也不遑多让。再加上天火三玄变的增强效果，即便是面对七星、八星左右的斗皇，他也能尽力一战。若是再加上那些威力不俗的斗技和异火之效，他足以和斗皇巅峰强者匹敌。当然，要与斗宗强者抗衡，即便是拼上这些也还稍稍差些，不过萧炎却有足够多的击伤甚至击杀斗宗强者的底牌！

望着气息突然暴涨了一截的萧炎，慕兰三老先是一怔，旋即皆在心中不屑地摇了摇头：难道这便是他嚣张的倚仗吗？

"如果这便是你的底牌，那么老夫不得不告诉你，今日你这炎盟之主，将在这么多加玛帝国人面前颜面尽失。"虎头长老冷笑了一声，声音中带着细微虎啸。

萧炎并未理会，一握手掌，玄重尺闪掠而出，随意轻划，带起一道道尖锐的破风之声。

玄重尺突然顿住，萧炎脚掌之上猛然涌现一片银色光芒，细微的雷鸣声传

出。而其身形陡然化为一道黑线,暴掠而出!

瞧得萧炎这般速度,慕兰三老略感诧异,旋即一阵冷笑。那名虎头长老向前跨出一步,径直出现在某个方位之上,刚好封锁萧炎的攻势。

嗜血的双眼望着暴掠而来的萧炎,虎头长老眼中血芒暴动,拳头陡然一握,血芒凝聚,旋即对着萧炎砸了过去。

这一拳并没有什么刁钻狠辣的招式,却带有极为沉重的力量。在这股可怕的力量之下,周围的空间都出现了扭曲,弥漫的空气更是直接凹成了一个若有若无的圆弧。无形的空气炮在其拳头之上成形,带起响彻天际的刺耳声响。

面对虎头长老的这番凌厉攻势,萧炎面不改色,体内斗气如洪水般在经脉之中带着咆哮声呼啸而过。他紧握尺柄,浓郁的碧绿色火焰迅速涌出,将玄重尺尽数包裹。没有丝毫躲避,他直接对着虎头长老的血色拳头狠狠砸下。

锵!响亮的金铁交击声猛然传出,在下方无数人的耳中嗡嗡地回荡着,一些实力稍弱者顿时感到耳膜一阵刺痛。

雄浑的劲气涟漪如水波般四面扩散,而两道身影略一接触就猛然后退。

玄重尺上传来的澎湃力量将萧炎手掌震得有些发麻。对面这位长老的力量有些出乎他的意料,不过对方的震惊更大。

后退了几步,虎头长老稳住身形,阴沉地望着拳头之上那一片因为高温灼伤而出现的红润,不由得低声咆哮道:"异火?你竟然拥有异火?"

这名虎头长老已经看到了刚才萧炎玄重尺之上的碧绿火焰,却并未往深层想,毕竟异火实在是太稀少了。然而先前刚一接触,他便猛然发现,自己三人融合而出的血红能量竟然在碧绿火焰的焚烧下,开始化为虚无,他的心头方才猛然一个激灵。以他的见识,自然非常清楚,连这种血红能量都可以焚烧的火焰,绝非寻常火焰。而在斗气大陆上,能够做到这一点的,想必也只有那最为可怕的异火。

见虎头长老竟然吃了一个暗亏,其余两名长老的脸色微微一沉,他们果然小觑了这个小子。

"不要玩了,一起动手杀了他!"狮头长老用泛着血腥的目光盯住萧炎,手掌一挥,沉声道。

其余两位长老点了点头。虎头长老已经吃了亏,难保这小子没有其他的底牌,还是尽快将他收拾了才好。

既然心中已经打定主意,慕兰三老就不再有丝毫拖延,三道人影同时掠出,仅仅一个呼吸间便欺近萧炎。他们猛然散开,形成一个三角阵形,将萧炎包围。

萧炎微微一皱眉头。他清晰地感觉到,自己的所有退路都已经被三人封锁,而在这个阵形中,自己除了直面对方的攻击,已经别无他法。

这慕兰谷果然有一些门道,想必实力不会比云岚宗弱……心中闪过一抹惊异,萧炎背后的汗毛猛地一竖,手中玄重尺毫不犹豫地对着身后狠狠砸了过去。

嘭!玄重尺落下,一道身影闪出,是那名熊头长老。此刻,他的双手正在血色能量的包裹下,隐隐化成一对硕大熊掌,在萧炎砸来时,他竟然直接用熊掌强行抓住了玄重尺。萧炎用力抽了抽,玄重尺却纹丝不动。他脸色微沉,心神一动,浓郁的碧绿火焰便迅速涌出。

在琉璃莲心火的炙烤下,硕大的血色能量熊掌顿时发出刺刺声响,冒出阵阵白烟。然而熊头长老却丝毫不肯放松,猛然间一声震天怒吼,双臂之上青筋耸动,旋即爆发出一股可怕力量,当下竟然将玄重尺强行夺了过去。

萧炎的眼皮连抬都未抬一下,脚下银光暴闪,身形暴掠而出,一道道残影在身后若隐若现。他眨眼便至熊头长老身前,猛然一握拳头,中指关节诡异地凸出一截,狠狠地打向熊头长老的胸膛:"八极崩!"

拳头在距离熊头长老的胸膛仅有半尺远时,猛然爆发出一股极强的劲气。在劲气之下,空气都被划出一道若隐若现的痕迹,尖锐声呜呜地在耳边响起。

嘭!这么近的距离,熊头长老躲避不及,只能结结实实地挨了萧炎这一击。他噔噔地连退好几步,方才狠狠一抖肩膀,强行稳住身形。

在后退时，萧炎突然微微一皱眉头。凭借着出色的灵魂感知力，他发现，这名熊头长老的气息这一刻突然减弱了许多。

就在萧炎心中疑惑时，有压迫劲风从身后再度袭来，而发动攻势的人，实力竟然达到了斗宗阶别。萧炎一声低喝，碧绿色的火焰犹如火山爆发般从体内急速涌出，转瞬间便在身体上凝固成了一道碧绿火甲。

火甲刚凝成，那道浓烈劲风也紧随而来，重重地轰击在那层厚实的火甲之上，爆发出连空间都出现了些许震动的雄浑劲气。遭受这般重击，萧炎一声闷哼，脚下银光闪烁，身形如游鱼般闪掠开来。

那名狮头长老见一拳击中萧炎，冷笑了一声，也不追击，反而退后了一步。

萧炎眼瞳微微一缩，因为他发现，这名狮头长老在退后时，气息突然直接从斗宗降到了斗皇。

萧炎低头看了一下从胸膛处爆裂开一道道裂缝的火甲，用手一抹，火光溅射间，火甲便再度恢复原状。就在他做完这个动作时，又有一道斗宗阶别的攻击从背后如约而至，这一次，萧炎想都不用想，便知道此人应该是那位未曾出手的虎头长老。他猛然转身，右拳在碧绿火焰的包裹下，狠狠地砸向虎头长老。

"哼！"两方相触，萧炎再度一声闷哼，脚步急退。与斗宗强者硬碰，他的确占不了上风。

萧炎稳下身形，抹去嘴角一丝血迹，抬头望着那在发出一击便退后的虎头长老，再次发现他的气息也陡然减弱至斗皇。目光在周围三道虎视眈眈的人影上一一扫过，萧炎的嘴角却缓缓勾起一抹冷笑："原来如此……"

望着天空上那在短时间内便落入下风的萧炎，要塞之上，众人皆心头一紧：美杜莎与雁落天的战斗已经进入了白热化，若萧炎不能将慕兰三老拦住，那后果恐怕不堪设想。

"放心吧，应该没什么问题，那小子还有很多底牌没有施展呢。"紧握了握拳头，海波东自我安慰地笑道。

加刑天等人闻言，微微地点了点头。他们颇清楚萧炎的手段，那种连云山都被炸得直接失去战斗力的诡异火莲的威力，可是极为可怕的。若是萧炎将这东西放出来，想必即便对方是斗宗阶别的强者，也定然要吃不小的亏。

月媚听了他们所说，却摇了摇头。她并不了解萧炎，因此对于他究竟拥有什么手段并不清楚，只是看刚才那番战况，萧炎明显落入下风，若继续这样下去，难保他不会受伤。

这家伙，果然是在逞强……月媚在心中暗叹了一声，脸上浮现一抹苦笑。

要塞上的几人在短暂地交谈了一番后，便赶紧再度将目光投注在天空上那两处关乎加玛帝国命运的战圈之中。

萧炎背后火翼微微振动，身形悬浮天空，漆黑的眸中精芒急闪。经过先前的几番探测，他已经发现，这三人似乎每一次都只能有一人发动攻击，而且这个人的实力必然会在那一刹那提升到足以和斗宗强者匹敌的地步。也就是说，这三人所修习的三兽蛮荒诀，是将三人所有力量融合在一起以达到斗宗的阶别，而且这力量只能供一人施展，在这一人施展时，其余两人的实力必然会大降。

这种功法就类似将其余两人的力量暂时嫁接到第三人身上，令第三人具备斗宗阶别的力量。如果真是这样的话，只要躲避开那位达到斗宗阶别的人的攻击，再趁机攻向另外二人，那么他们这功法或许就会被逼迫得出现破绽。

在萧炎停下身形后，慕兰三老却没有给予他太多的喘息时间，那名虎头长老再度暴射而来。低沉的虎啸声从其嘴中传出，浓郁的血色光芒越发浓郁。虎头长老手掌一握，血色光芒一阵暴涌，即刻便凝固成极为尖锐的能量虎爪。虎爪划破长空，直接在虚无的空间中留下几道浅色痕迹。

"小子，受死吧！"虎头长老一声咆哮，身形陡然暴射而出，一个瞬间便出现在萧炎身前。锋利虎爪在血色能量的渲染下显得格外诡异，他手臂一抖，虎爪便狠毒地对着萧炎的喉咙抓去。若是被抓个正着，萧炎即便有琉璃莲心火护

身，必然也会当场毙命。

萧炎望着那急速放大的虎爪，脚掌银光突然一闪，身体也轻轻颤了颤。

虎爪夹杂着劲风怒抓而来，在无数道惊骇的目光中，狠狠地抓向萧炎的喉咙，然后又直直地穿了过去……要塞之上的人见状，这才重重地松了一口气。

"残影？"虎爪穿透影像，虎头长老惊咦一声，旋即冷笑，身形未转，脚掌却是狠狠对着身后某处空间踢过去。

嘭！一道黑影被这道雄浑力量直接踢得倒射而出。

虎头长老微微偏过头。在那张脸上，他分明看见了一丝冷笑。心头在怔了一怔后，虎头长老的目光猛地一动。他发现，萧炎倒射的方位，居然是那位保持着阵形站位的狮头长老。

在这电光石火间，萧炎已借助虎头长老的一踢之势，瞬间出现在狮头长老身前，一握拳头，狠狠击向狮头长老。

"八极崩！"低沉的喝声响起，萧炎拳头闪电般地砸中狮头长老的心脏部位。就在击中的那一刻，萧炎的脸色却陡然一变！因为他发现，一股斗宗阶别强者的气息猛然自面前狮头长老体内暴涌而出。

嘭！拳头挟带着雄浑劲气，重重地击在狮头长老的胸膛，后者的胸膛却诡异地凹陷成了一个可怕的弧度。

狮头长老阴寒地望着面前脸色有些变化的萧炎，阴森森一笑，猛然一巴掌拍在自己的肚子上。顿时，一股可怕的力量从胸膛凹陷处如洪水般铺天盖地地暴涌向萧炎的手臂，直接将他的袍袖震裂，而他的身体也再度如遭重击般闪电似的倒飞了出去。

萧炎再度受创后退，令要塞之上众人的心紧绷起来，而城墙远处那黑压压的联盟大军却发出了震耳欲聋的欢呼声。

萧炎一振火翼，强行稳住身形，神色越发凝重。这三兽蛮荒诀的玄妙，有些超乎他的意料。

"小子，看来你也看出了一点儿东西啊。"三人再度将萧炎包围住，虎头长老凌空而立，冷笑道。他自然能够感觉到，先前萧炎明显是故意借他的力量接近其余两人。看这情况，萧炎应该是知晓了三兽蛮荒诀每次只能令一人拥有斗宗实力的秘密。

"三兽蛮荒诀是我慕兰谷最高深的功法之一，若是如此轻易地被人破解，还有何值得称道之处？虽说这功法只能令一人拥有斗宗实力，但是我们三人精气神完全融合在一起，只需要一人动念，那道斗宗阶别的力量便会在极短的时间内传到另外一人体内，你的速度根本比不上这力量的传递速度。"狮头长老拍了拍胸膛，嘲讽地说道。这算不得什么秘密，与他们交过手的人都能逐渐察觉这一点，因此说出来并不会带来什么麻烦。

萧炎微微皱了皱眉。这三人已经将三兽蛮荒诀修炼至炉火纯青的地步，力量传递间随心所欲，除非他用奇招，不然随便对上哪一个人，都必须正面应对那股斗宗层次的恐怖力量。可即便他将三千雷动施展出来，也难逃他们的感应，想要出其不意，确实有些困难！

"慕兰三老，你们在干什么？一个斗皇小子，竟然也要消耗这么久的时间？"就在萧炎考虑对策时，远处却突然传来雁落天的怒吼声。远远望去，只见这家伙已经在美杜莎的狠辣攻击下，落在了下风。

号叫个什么劲，这小子又不是寻常斗皇强者，抗打能力简直超强……虎头长老皱眉，在心中撇嘴道。不过表面上，他却变得冷冽，猩红目光紧盯萧炎，声音阴沉地对着两名同伴道："速速解决掉吧。"

"嗯。"另外两位慕兰长老点了点头，笼罩在他们身体上的血红色能量变得强盛了许多。

感受着三人的这般气势，萧炎长长地吐了一口气，竟然缓缓闭上了眼睛。他的脚掌处突然爆发出极为璀璨的银色强光，这股光芒迅速蔓延而上，一个呼吸间便将身体尽数包裹。随后，萧炎猛然睁开眼，只不过，那对漆黑眸子此刻

已然变成了银色,看上去极为诡异!

"三千雷动——三千雷!"

萧炎结出一道道手印,手印残影翻飞,片刻后陡然一凝,而其身体也狠狠一颤。旋即,两道与萧炎外貌完全相同的银色光影,从其体内分裂而出。

三千雷是三千雷动的最高境界,在达到斗皇阶别之后,萧炎终于首次将这地阶身法的威力施展到巅峰境界!

两道银色光影一出现,三个"萧炎"就分别对着慕兰三老所在的方向暴射而去!

望着那根本分不出哪个是本体,哪个是残影的三道光影,慕兰三老的脸色终于变得异常难看起来。

第十三章
毒宗宗主

  天空之上突然发生的这一幕,也引起了下方无数人的关注,当下一片哗然。

  海波东惊叹道:"这个小子,为何以前从未见到他露过这手?"

  加刑天摇了摇头,眼中充斥着凝重之色,有些迟疑地说道:"似乎是他经常使用的身法斗技,不过现在他所能掌控的境界又上升了一个层次,看来是晋入斗皇的缘故。"

  "这二道光影……你们能知道谁是本尊吗?"法犽苦笑着问道。他发现即便自己将灵魂感知力发挥到极致,也分辨不出。

  加刑天与海波东闻言,面面相觑,皆苦笑摇头。

  "这身法可当真是有些诡异,这般施展开来,岂不是相当于多了两个分身?与人战斗时,只要本尊隐藏在其中,就必然能给人出其不意的一击。"三人对视一眼,皆惊叹地咂了咂嘴。这个小家伙总是有层出不穷的底牌。

  当慕兰三老望着那三道暴射而来的银色光影时,神情终于首度变得凝重起来。与海波东等人反应相同,他们也根本分不出究竟哪一道是萧炎本尊。

　　自家人知自家事，慕兰三老自然最清楚他们功法最大的弊端便是很难与多人相战，因为就算是极短的力量传递时间，也有些来不及。今日虽然对手只是萧炎一人，但是谁都未能料到，这个家伙居然能够分裂出三道根本看不清虚实的光影，这无疑令他们瞬间陷入了困境。

　　三道光影，两道为虚，一道为实，若是胡乱调动那份融合而成的斗宗力量，万一出了差错，恐怕便会有一人面临萧炎真正的狂猛进攻。虽说那只是一刹那的事，不过到了他们这种级别，一刹那足以改变一场战斗的胜负。

　　银色光影在三人眼中急速放大，三人的脸在银光的照射下，显得格外地阴晴不定。

　　"各自小心，发现本体，便自己调动力量！"关键时刻，虎头长老一咬牙，厉声喝道。这种时刻，摇摆不定反而会彻底令自己陷入下风，而若是仔细观察的话，说不定还能看出萧炎这诡异身法的一些破绽，进而发动致命的一击。

　　闻言，另外两名慕兰长老也点了点头，脸色阴沉地望着迅速闪掠而来的两道光影，目光闪烁间，不断地试图寻找光影露出的一些破绽。

　　而在三人这般目光急闪间，三道光影终于陡然而至。璀璨的银色强光不仅令他们的视线有些受阻，而且他们发现，三道光影都隐隐压制着澎湃的力量。

　　银色光影越来越近，虎头长老身形不动，眼睛死死地盯着那道直奔自己而来的光影。某个瞬间，眼瞳微微一缩，或许是视线极度集中的缘故，他猛然发现这道光影突然微微波荡了一下，那层璀璨的银色光芒稍稍减弱了一点儿。而就在这一刹那，他正好看见了银光之中所隐藏的那张冷厉的脸。

　　这惊鸿般的一瞥，顿时令虎头长老浑身汗毛都竖了起来。虽说亲眼看见了银光中的脸，可他不敢肯定这是否为对方故意为之，故意让他将那股斗宗力量拉扯到自己身上。

　　这般念头仅仅持续了短短一瞬，然后，他便看见了那张脸上微微扬起的森冷笑容……是真的！

瞧得那现出一丝人性化表情的脸,虎头长老脑中猛地炸起一记响雷,不再有丝毫迟疑,手印一动,徘徊在三人之间的那道斗宗力量便如闪电般融入其身体之中:"小子,给我出来受死!"

感受着体内陡然间澎湃的力量,虎头长老的脸涌上一抹狰狞,喉咙间传出一道愤怒的咆哮。拳头之上,血芒急速凝聚,眨眼间,便直接凝聚成了一个硕大的能量虎头,虎嘴大张,腥臭之气扑面而来,锋利的獠牙宛如拥有无尽力量,任何东西被其咬中,都会在一瞬间化为粉末!

无数人注视着这处战圈,而当他们发现虎头长老气势大涨时,便明白他已经将那股斗宗力量拿去,于是一道道目光便凝在了他身前那道银色光影之上。若是他这一拳能够击中萧炎,那么不管萧炎如何顽强,至少也得当场重伤!

这一刻,虎头长老这一拳,凝聚了所有人的目光!

终于,虎头长老极其凶悍的一拳,夹杂着铺天盖地的力量,狠狠地砸在了银色光影之上!嘭!低沉的肉体接触声在这一刻响起,要塞之上无数人的脸色瞬间变得煞白:真的打中了吗?

虎头巨拳狠狠砸进银光,而在那低沉闷声响起的一刹那,虎头长老的脸色却陡然变得异常难看,声音因为激动而有些尖锐:"小心,这是假的!"他急忙将体内那股斗宗力量传递出去,以保证其他两个同伴立刻获取到力量。

听得他的尖锐叫声,另外两位长老的脸色也陡然大变。熊头长老率先反应过来,在银色光影即将靠近自己的那一刻,闪电般地将游走在三人之间的那股斗宗力量吸入体内,然后想也不想,狠狠击出他那蕴含着斗宗力量的一拳。

拳头打进光影,熊头长老的脸色不禁再度一变,怒声道:"老三,小心,这也是假的,本体在你那里!"

狮头长老的脸色旋即变得异常难看,因为此时此刻,银色光影已经贴近身体,容不得他做出任何反应。而当他感应到那股斗宗力量进入自己身体时,还未来得及驱使,光影便已经狠狠砸在了自己的身体之上。

嘭！惊雷般的爆炸声震耳欲聋地响起，恐怖的火浪顿时席卷开来。一道人影猛然狂喷出一口鲜血，如被折断双翼的鸟儿，一头向地面栽落下去。

整片战场皆在这一刻变得鸦雀无声，因为那重伤之人并非众人预料的狮头长老，也并非第二个出手的熊头长老，而是第一个明明已经出手，并且打中了那道银色光影的虎头长老！

呆滞持续了片刻后，无数人的目光霍然上移，然后，大家看到了那急促喘息的黑袍青年。此刻，萧炎胸膛处的火甲已经彻底爆裂开来，胸膛上有一个殷红的虎头掌印，而且，他的嘴角也挂着一丝血迹。

无数人的心中翻起了惊涛骇浪。很明显，三道银色光影中冲向虎头长老的那一道，的确是真正的本体，其余两道都是虚影！

谁都没想到，萧炎竟然拼着挨上一掌，也要用旁人不知道的办法，将虎头长老瞒了过去，然后在他将斗宗力量散去后，方才猛然现出真身，对他发动致命一击！那两道虚幻光影则成了引诱斗宗力量被其余两人吸走的诱饵！

这等心计，不可谓不深。而能够在如此短的时间内想出这等对敌办法，不得不说，这个家伙的战斗经验实在可怕！

要塞之上，海波东等人在愣了好一会儿之后，方才重重地松了一口气，用手抹了抹额头，发现上面全是冷汗。

"这个小子……也太冒险了吧？"海波东咽了口唾沫，依旧心有余悸。

加刑天苦笑了一声，道："现在的年轻人啊，果然有拼劲！换作我，肯定不会干这种事。"

坐在轮椅上的萧鼎也在此刻大松了一口气，紧绷的身体犹如虚脱般地紧靠着椅背，叹息道："今日这局面，总算是解了。"

闻言，海波东几人也点了点头。慕兰三老之所以可怕，是因为他们联手施展三兽蛮荒诀，将实力提升到足以媲美斗宗强者的地步。如今三长老之一已经被萧炎打成了重伤，他们自然难以将三兽蛮荒诀施展到极致。而一旦失去了这个功法的力量，剩余的两位慕兰长老也就是两个斗皇巅峰强者而已。

而以萧炎的实力，即便如今也受了伤，但想对付两个斗皇巅峰的长老，必然将会比对付一个斗宗强者轻松得多。最重要的是他不仅拖住了慕兰三老，而且还打残了其中一人。美杜莎与雁落天的战局不会再有任何人前去干扰，凭借着美杜莎的实力，击败雁落天只是时间长短而已。一旦慕兰三老与雁落天今日皆败，那么加玛帝国的危机不仅会立刻缓解，而且还会令三宗损失惨重！

想到这一点，要塞上众人的眼中皆忍不住地涌现一抹狂喜之色。这一年来，他们已经被三宗联盟打得有些抬不起头了，若是再继续失败下去，最终结局必然是国破家亡。

而将他们从这等绝望中拯救出来的，是那位敢用命去拼的青年！

他用命赌出了加玛帝国的生机，赌出了无数人免除背井离乡的结局！

月媚用纤手掩着红唇，那对诱人的蛇瞳之中闪烁着难以掩饰的震撼。先前那番牵扯了无数人心神的闪电大战，同样让她的心提到了嗓子眼。不过还好，在这场跌宕起伏的战斗之中，萧炎依然是以胜利者的姿态屹立了下来。

"这个家伙……难怪女王陛下会那么信任他，原来真有不小的本事。"月媚低声喃喃道，望着天空上那嘴角带着一丝血迹，可眉宇间却隐隐噙着一抹年轻人特有的桀骜的黑袍青年，心中忍不住地涌上一种异样的心情。谁能想到，当年那个在沙漠中曾被她追杀得狼狈逃窜的少年，如今却已经成为加玛帝国最大势力的主人和加玛帝国人心中尊崇的偶像。这个成长速度实在是太快了，快得有些令人眼花缭乱。

在虎头长老受重伤从天空坠落的那一刻，美杜莎与雁落天所在的战圈也为之一滞。雁落天暴怒地咆哮道："慕兰谷的三个老家伙，你们竟然会被一个斗皇强者弄成这般模样？难道这就是你们给我说的十回合拿下他？！"

　　与雁落天不同,美杜莎的心中掠过一抹惊喜。她微抬美眸,遥望着负手而立的黑袍青年,眼中闪过些许柔和。几年前那个自己举手投足间便能取其性命的少年,在不知不觉间,成长到了这般足以和斗宗强者一较雌雄的地步。

　　这一刻,即便是高傲的美杜莎也不得不承认:萧炎与她之间的距离,正在以一种令人瞠目结舌的速度迅速拉近。说不定日后的某一天,他将会真正地超越自己!而到时候……按照蛇人族历代留下的不成文规矩,美杜莎女王的丈夫必须实力比她更强!

　　想到此处,美杜莎冷漠的脸上不禁浮现一抹淡淡红润,霎时出现的动人风情,令对面那正暴跳如雷的雁落天狠狠咽了一口唾沫。目光刚刚在美杜莎脸上停留了一会儿,雁落天便猛然感觉到一道冰寒无情的视线陡然射来,原来美杜莎正紧紧地盯着自己,目光中充斥着杀意。他感到有些不自在,刚欲有所动作,一道寒芒直接暴掠而来,冲向他双眼:"把这对狗眼留下来吧!"

　　感受到美杜莎出手如此狠辣,雁落天微怒:这女人,果然心肠不是一般的狠毒……心中这般想着,雁落天身形一动,狠狠地迎了上去。虽然明知道自己并非美杜莎的对手,但是在无数人的注视下,他身为金雁宗的宗主,自然不能这般退去。

　　在美杜莎与雁落天再度陷入激战时,那冲着地面坠落而下的虎头长老,却被要塞之外大军上空几道飞掠流光接了下来,然后赶紧退入大军之中。

　　萧炎淡淡地望着那被接回去的虎头长老,有些遗憾。没想到,凝聚了两种异火的佛怒火莲,在那般近距离的爆炸下,依然未能彻底取走他的性命。不过虽说他没死,可也受了极重的伤,短时间内不仅不可能痊愈,而且就算是治好了,也定然会留下一些难以抹除的后遗症。毕竟佛怒火莲可不是普通斗技。

　　萧炎将目光缓缓上移,最后停在了对面两名慕兰长老身上,当下嘴角浮现一抹冷笑。失去了第三人的配合,那三兽蛮荒诀的效果明显开始大打折扣。这才没多久，两人头顶上那由血色能量汇聚而成的兽头便变得虚幻了许多。

两位长老恶毒地看向萧炎。在这么多人的面前竟然被一个斗皇阶别的小子破去了三兽蛮荒诀，简直令他们颜面尽失。日后回谷，一些人即便明面上不敢说，可背地里定然也会对他们暗加嘲讽。

"两位，失去了一人，不知道这三兽蛮荒诀可还有效？"萧炎笑眯眯地望着脸色难看的两位慕兰长老，问道。

"只知走旁门左道的小子，不过是一时好运而已，有何好得意的？刚才那一掌，想必也不好受吧？"熊头长老咬牙切齿地道。

"还好，完全能坚持到把你们解决。"萧炎笑道。这点伤势与当初和云山一战时相比，简直有天壤之别。

"狂妄的小子，即便是失去了一人，我二人也足以将你拿下。等将你擒下后，我们会一根一根地将你身上的骨头敲碎，看看你还能不能跑那么快！"狮头长老语气之中充满怨毒。

听得这般狠话，萧炎摇了摇头。对他来说，两个稍强的斗皇巅峰强者虽然有些麻烦，但是还谈不上棘手。只见他面不改色地开始迅猛运转体内斗气，陡然变化手印，手印翻飞间留下道道残影。

见状，慕兰谷的两位长老赶忙屏气凝神。吃了刚才那么一个大亏，他们若再小觑萧炎，可就真是傻子了。

萧炎冷笑一声，手印变化速度越来越快。以他如今的实力，全力施展开山印，定然能让这两个老家伙没什么好果子吃。

就在萧炎的手印即将猛然爆发的一刹那，突然，一道尖锐的鹰啼之声响彻天际，要塞之上的海波东等人，脸色突然变得异常难看："她不是在疗伤吗，怎么又出现了？！"

萧炎望着对面那突然脸现狂喜之色的慕兰二老，顿时紧皱起了眉头，目光顺着鹰啼之声传来的方向望去。

"小子,我看以你现在的状态,还能不能再打败一名斗宗强者。"熊头长老怨毒地望着萧炎,狞笑道。

萧炎面无表情,紧紧盯着那三大帝国联盟军之后的天际。那里,一个庞大的影子正在闪电般地掠来,迅速破开天际,片刻之后,终于出现在了所有人的视线之中。只见那庞大影子,赫然是一只幽蓝色的巨鹰!巨鹰的喙弯曲成一个泛着寒芒的弧度,硕大的鹰爪锋利无比。

巨鹰出现之时,三大帝国的联盟军队猛然沸腾起来,有一些人甚至冲着它跪拜,脸现狂热之色。

唳!又是一道嘹亮的鹰啼声响起,巨鹰终于夹杂着狂风出现在这片天空,巨大的双翼缓缓振动所带起的狂风化为细小的风卷,向四面八方席卷而去。

全场的目光都汇聚在了鹰头之上。一个女子站在那里,身着一袭略显宽松的紫红衣衫,袖口处绕了一圈昂贵的紫金丝,显得格外奢华。最引人注意的是女子那一头如白雪的长发,就这般柔柔顺顺披散而下,如缓缓的银河瀑布。

女子脸上戴着遮掩了容貌的面纱,虽然朦朦胧胧,但是让人有一种欲一探究竟的好奇,稍显诡异的,则是她那对如枯木般没有多少情感的灰紫双眸!

望着那巨鹰之上所站立的白发女子,很多三大帝国的人悬浮在天上,对着她躬身行礼:"恭迎宗主!"

突然出现的白发女子也直接给美杜莎与雁落天的那处战场带来了震动。两人在一次猛烈对撞后,皆退后几步,雁落天快速抹去嘴角一丝血迹,闪电般倒退。而他在退后时,不忘对着一脸冰寒的美杜莎大笑道:"哈哈,真是可惜啊,虽然慕兰三老那几个不中用的家伙失手了,但是我们还有毒宗宗主这位连你都无可奈何的斗宗强者。今日,加玛帝国的命运,已经注定了!"

美杜莎脸色冰冷,一对泛着杀意的眸子跳过雁落天,直接看向那白发女子。

在雁落天身形退后时,慕兰二老对视了一眼,也闪身而退。几个纵掠间,他们便出现在巨鹰附近，然后小心翼翼地顿下身形，不敢再上前。他们知道这个白发女子擅长用毒，若是挨得太近，恐怕自己会在不知不觉间中毒。

要塞之上，原本的欢呼声已经烟消云散，一片寂静笼罩在城墙上面，无数人望着那白发飘飘的女子，眼中皆涌上一股发自内心的恐惧。

萧鼎轻轻揉了揉额头。那位毒宗宗主刚一出现，就令加玛帝国一方的士气这么低落，由此可以看出，加玛帝国的人对她抱着何等恐惧之心。

萧炎望向那巨鹰之上的白发女子，心头微微一沉。他能够感觉到，这个神秘女子的实力极为恐怖，恐怕不比美杜莎弱上多少，看来情况越来越不妙了。

"她便是那个毒宗宗主，你小心点。"美杜莎出现在萧炎身旁，脸色凝重地说道。

瞧得连美杜莎都是这般神色，萧炎心中再度狠狠沉了一沉。他低声问道："有把握对付她吗？"

"难。此人功法诡异，拦住她已是极限，要打败她除非真的拼得两败俱伤。"美杜莎迟疑了一会儿，摇了摇头，道。

萧炎轻叹了一口气，偏头望了望陷入一片死寂的城墙，咬了咬牙，道："拦住她也好，对方的慕兰三老已经被我废了，雁落天便交给我来对付！"

美杜莎迟疑了一下，微微点头，然而心中却感到不妙。虽说她与萧炎或许能够拦住对方两名斗宗强者，但是三宗的强者比加玛帝国的多。若是三宗大举攻城，恐怕还真要不了多久，黑山要塞便会失守。而一旦让联盟大军闯进帝国内部，即便加玛帝国有余力追杀，也会被累得筋疲力尽。但如今的状况，除此之外，确已再无其他办法。毒宗宗主和雁落天在举手投足间便能击杀不少炎盟与蛇人族的强者。

在萧炎与美杜莎商量对策时，远处巨鹰之上的白发女子淡漠地扫了扫飞掠而来的雁落天和慕兰二老，声音平淡地道："三位，你们有些让本宗失望了。"

听得她这话，雁落天与慕兰二老皆有些尴尬。

雁落天冷哼道："还不是这三个老家伙大意，不仅未能将一个斗皇阶别的小子收拾掉，而且还被人家破了三兽蛮荒诀，重伤一人。"

听到雁落天出口讽刺，那慕兰二老大怒。先前化为熊头人的长老怒声道："雁宗主，那小子可不是寻常斗皇，先前那般诡异身法，我敢说，连你金雁宗顶级的身法斗技也定然比不上！"

"不管他身法如何奇妙，至少他只是一名斗皇！看来慕兰三老的名头带些水分啊。"雁落天冷笑道。他此刻也是怒火冲天，若非这三个老家伙掉链子，他又怎会在美杜莎手中那般狼狈，在这么多人面前丢脸。

"雁落天，你不要太过分了，我慕兰谷可不惧你金雁宗！"闻言，慕兰二老厉声喝道。

"怎么？失去了三兽蛮荒诀的你们，还敢与我大呼小叫？"雁落天眼睛一眯，阴沉沉地说道。没有了三兽蛮荒诀的慕兰三老，就只是寻常的斗皇巅峰强者而已，对于一名斗宗强者来说，并没有多大的威胁。

"你……"慕兰二老气极，脸色涨紫，可真不敢动手。

"吵够了？"就在三人针锋相对时，白发女子声音淡漠地说道。

听得她话音中的冷意，雁落天和慕兰二老心里微微一寒，狠狠地对视一眼之后，便转移开视线。

"慕兰二老，接下来你们便会聚在大军强者之中吧。"白发女子淡声道。

闻言，慕兰二老的脸色有些变化，却只能苦笑着点了点头。失去了三兽蛮荒诀，他们只是斗皇而已，掺和不上斗宗阶别间的战斗，当下身形一动，便会入下方的大军之中。

将慕兰二老打发了，白发女子瞥了一旁的雁落天一眼，声音依旧平静："美杜莎交给我。至于你们所说的那个斗皇小子……"

说到此处，她首次看向要塞上空，视线在美杜莎身上停了停，然后转向一旁的黑袍青年。当她的目光停留在那张冷峻的年轻面孔之上时，面纱之下的脸先是一怔，旋即陡然一变，失声道："怎么会是他？！"

白发女子突然间的变化，引起了雁落天的注意。这么久以来，他还是第一次看见这个性子冷漠的女人如此失态。

"毒宗主，怎么了？"略微迟疑了一下，雁落天开口问道。

白发女子并没有理会雁落天的问话，只是紧紧地盯着那张一直被深藏在记忆深处的脸，眼中光芒闪烁，似乎心里在不断挣扎着，如此好一会儿后，眼中的波动方才缓缓淡去。她深吸了一口气，灰紫双眸再度恢复漠然，视线却不肯再停留在萧炎脸上。

"他交给你。"白发女子轻挥了挥手，终于开口道。

雁落天笑着点了点头，狞声道："放心吧，我会让他在我手中痛快地死去。"

话音刚刚落下，他却猛然感到一道充斥着森冷之意的目光射了过来，当下连忙扭头，却瞧见白发女子正冰冷地盯着自己，顿时起了一身的鸡皮疙瘩，心头虽然莫名其妙，但是脸上还是堆起极为勉强的笑容，讪讪地问道："怎么了？"

"记住，我要活的！"白发女子声音中充斥着冷厉。

听得这话，雁落天顿时一愣，旋即心中泛起一丝古怪的意味。自从认识这毒宗宗主以来，他一直便为对方的那种漠然无情感到心惊胆战，因此心中一直都对她很忌惮，今天却是头一次听见她竟然说出这种要求。

"呵呵，既然毒宗主有这要求，那自然没什么问题。等会儿我们开战时，大军是否也可以直接进攻了？将这要塞攻破，想必对方士气必定大跌，心生退意。如此的话，我们也能省去许多麻烦。"雁落天连忙笑道。

白发女子眼芒闪烁。这本来就是她的意思，但不知为何，她此刻有些抗拒这样做。因为她知道，如果真依此行事，加玛帝国将会死伤无数，而他……微微咬了咬牙，白发女子摇了摇头，声音冷冽地说道："不用，只要将这两人解决，加玛帝国自然就会不攻自破。"说完，她脚尖一点鹰头，旋即身体便凭空悬浮在天际，巨鹰则闪动着巨大双翼，对着侧方飞掠开去。

第十四章
帝国英雄

娇躯立于虚空,灰紫双眸冷漠地瞥在美杜莎身上,白发女子缓缓地道:"美杜莎,投降吧,日后,我会给予蛇人族一块满意的安居之地。"

"做梦!"美杜莎讥讽一笑,高傲的她怎么可能接受这种近乎施舍的赐予。

"既然你执意如此,那本宗就只能将你蛇人族尽数毁灭了。"白发女子也不恼,语气依然平淡,只不过说出的话却残忍得令人心寒。

"你来试试!"美杜莎的脸上也尽是阴寒之色。对于这位白发女子,她恼怒得厉害。

"你便是那毒宗宗主?"萧炎站于一旁,目光在这位白发女子身上来回扫了扫,皱眉沉声道。

听得萧炎的声音,白发女子的眼神微微闪烁,声音平静地道:"你又是谁?"

"炎盟盟主,萧炎。"萧炎拱了拱手,淡笑道。

听得这一直被她珍藏在记忆之中的名字,白发女子袖中的纤手微微一颤,声音却未出现太多波动:"让炎盟投降,本宗担保,不伤一人。"

跟在白发女子身后的雁落天听得这话，眼神更是变得古怪了许多。不伤一人？这话从这位杀人如麻的女魔头嘴中说出来，怎么听着这么讽刺呢？今天她似乎真的有些奇怪啊！

心中念头闪动，雁落天突然将目光投到那黑袍青年身上。似乎一接触到此人，这毒宗宗主就变得有些异乎寻常，难道她看上了这小子不成？

"若是投降，恐怕就无颜见族人了。宗主这般好提议，还是算了。"萧炎笑了笑，嘲讽道。目光在那白发女子身上再度一扫，不知为何感觉到一抹熟悉的味道，但想要摸索，却是毫无头绪。毕竟如今的她与当年相比，性子与容貌都发生了天翻地覆的变化。

听得萧炎的话，雁落天眼神一冷，刚欲出口呵斥，却突然想到什么，眼睛瞥了瞥一旁的白发女子，迟疑了一下，又将话给咽了下去。

白发女子叹息了一声，转向美杜莎，话却是说给萧炎听的："你的倚仗，想必便是她吧？既然如此，我就将她打败，看你是否还会如此坚持。"

"好大的口气，看来上次那一掌并没有让你懂得收敛！"美杜莎冷笑一声，磅礴斗气猛然自体内暴涌而出。在这股可怕的斗气冲击下，周围的空间都狠狠震荡起来。然而，磅礴的斗气在弥漫至白发女子周身还有几丈距离时，便犹如遭遇到了什么无形之物般停滞不前。一些强行冲进去的七彩斗气，更是以肉眼可见的速度迅速被分解成虚无。

见两人已经暗中开始对峙，雁落天嘿嘿一笑，身形一动，直接对着萧炎暴掠而去，冷笑道："小子，我倒是没想到你能破去慕兰三老的三兽蛮荒诀，你那身法斗技，我倒是有些感兴趣，将你擒住之后，定要好好研习一番。"

萧炎微皱眉头望着暴掠而来的雁落天，背后火翼一动，也急忙后退。与慕兰三老相比，无疑这个家伙要更棘手一些。毕竟他是货真价实的斗宗强者，那股力量属于他自己，调动起来随心所欲。

萧炎身形刚退，那雁落天背后猛然金光大放，旋即一对足有七八丈宽的金

色雁翎双翼迅速展开，微微一扇，狂风呼啸，速度暴增。短短一瞬，雁落天便直接出现在了萧炎身前，巨大的雁翎翼一振，顿时无数金芒铺天盖地地暴射而出。强悍的劲风，直接将空气撕裂，呜呜的刺耳声响，在天际回荡不休。

感受着那将身体每一个部位都笼罩在内的森寒劲风，萧炎的脸色微变，心神一动，熊熊的碧绿火焰便自体内陡然涌出。顿时，这片天际的温度猛然高涨，而那些金芒也在这炽热高温之下，不断地化为一簇簇金色火焰，迅速消散。

"异火？"瞧得萧炎身体上的碧绿火焰，雁落天一声惊咦，身形不退反进，手掌呈刀形，璀璨金光暴涌，狠狠地对着萧炎的脖子砍去。

感受到雁落天手刀之上所蕴含的凌厉劲风，萧炎脚下银芒急速闪烁，而其身形也诡异地向后闪退而去。

"想跑？"见萧炎后退，雁落天冷笑一声，身体扭成一个奇异弧度，旋即脚掌一踏，身形便划过虚空，迅速跟上萧炎。

见雁落天追来，萧炎眼瞳微微一缩。对方的身法斗技似乎也极为奇妙，自从修炼了三千雷动以来，他还是第一次被人追得这么近。

脚下银芒再度暴闪，一道残影驻留原地，萧炎则如瞬移般，出现在了几十米之外。然而面前劲风再度袭来，只见那雁落天平展开双手，双腿向后微屈，犹如大雁般飞行，再度诡异地跟上萧炎。

"嘿嘿，小子，你的身法果然不错，简直能与我金雁宗的雁天行身法相媲美。若是我能够得到，稍加研习，速度定然会远超寻常斗宗强者。"雁落天的脸上有着掩饰不住的贪婪。萧炎所施展的身法，显然勾起了他的贪婪之心。

"怎么？不跑了？"雁落天见萧炎此次被追上竟然没有继续逃窜，眉头一挑，手掌之上的金光越发浓郁，凌厉劲气将空间震得微微波动。

背后雁翎翼猛然一振，雁落天身形如鬼魅般蹿向距萧炎不到半米的地方，阴冷一笑，被金光包裹的手，狠狠对着后者的肩膀砍去。

金光手刀划破空间，然而就在他即将狠狠劈中萧炎的肩膀时，萧炎的嘴角

却挂着一丝冷笑。萧炎出其不意地猛然间推出手中保持了许久的手印，手印极为轻巧地打在了雁落天的胸膛上。

"开山印！"萧炎的脸色变得冷厉，一股磅礴的狂暴能量猛然自其掌心暴涌而出，铺天盖地地尽数倾泻到雁落天身体上。

嘭！在无数道目光的注视下，惊雷般的爆炸声陡然响彻天际，一股可怕的能量涟漪自两道人影交织处暴涌而出，最后疯狂地向四面扩散。

在手印打到自己胸口之上的一刹那，雁落天的脸色变得极为难看。他并没有预料到萧炎以斗皇阶别的实力，竟然能够发挥出威力如此强横的攻击型斗技！

虽然有些措手不及，但是雁落天始终是一名货真价实的斗宗强者。他凭借着过人的能量调动力，在萧炎掌心那股雄浑劲气暴涌而出的一刹那，其身体表面也爆发出璀璨金光，密密麻麻的金色雁翎涌现，最后形成一件金甲，将其胸膛严严实实地包裹起来。

就在雁翎金甲浮现的那一刻，萧炎掌心中的那股澎湃力量也如潮水般涌至！

如此近距离地尽数承受下萧炎的全力一击，雁落天即便在关键时刻召出了雁翎金甲，也依然未能抵御住所有力量。不少狂暴劲气震碎金甲，结结实实地打在了其身体之上。当下，雁落天忍不住吐出一口鲜血。

见雁落天口吐鲜血，无数人惊哗出声。那三大帝国联盟军一个个目瞪口呆地望着他：刚交手没几下，这位斗宗强者怎么就直接吐血了？

慕兰二老瞧得这幕，抖了抖脸皮，旋即面噙冷笑，心中暗骂一声活该。早说了那小子不是寻常斗皇强者，这家伙居然还敢仗着身法敏捷进行如此近距离的攻击，当真是想错了。

与三军联盟的目瞪口呆相比，原本寂静的要塞之上却爆发出惊天的欢呼声，在这一刻，那原本对毒宗宗主的恐惧也被这一幕冲淡了许多。

"这小子，这一掌打得可真是无可挑剔，没有丝毫的拖泥带水。"海波东等人面带笑容，赞不绝口。

"浑蛋！"听得要塞之上的嘹亮欢呼声，雁落天顿感颜面大失，一声怒骂，金光霎时自其体内暴涌而出，最后在指尖、手臂、肘尖、脚尖、后背等十多处，径直延伸出十几根极为锋利的金色尖刺，让他看起来就像一只全副武装的刺猬。

"小子，本宗定要将你的手指一根根地拔下来！"雁落天眼睛中充斥着暴怒，咬牙切齿地说道。他背后巨大的雁翼一振，便径直对着萧炎掠去，五指所化的锋利金色指剑对着萧炎全身各处要害直刺而去。

暴怒之下的雁落天似乎已经忘记了先前那白发女子对他的交代，萧炎见状连忙后退。不过他的速度与雁落天的速度差不多，想要彻底将之甩开也是极难。因此，没交手几回合，萧炎身上的衣袍便被对方身体上密布的金刺划得支离破碎，一道道殷红血痕纵横交错，看上去很是狰狞。他再次有些狼狈地闪避开雁落天的攻击，手掌猛然对着地面一握，先前那被慕兰三老强行夺走并且落在地上的玄重尺便直接化为一道流光暴射天际，落入萧炎手中。

叮！叮！萧炎连忙挥动庞大的尺身，将雁落天那近乎疯狂的连环攻击抵御住。不过即便有着重尺的抵御，可顺着尺身传来的道道雄浑力量也令他的手有些麻木。一名发狂的斗宗强者实在是太棘手了，特别是这种满身长刺的家伙。

在雁落天疯狂攻击下突然显得险象环生的萧炎，也令要塞上所有人再度将心提了起来。此刻美杜莎与毒宗宗主的战斗已越来越激烈，若是萧炎被雁落天击败，定然会让美杜莎分心，从而露出一些破绽，被毒宗宗主趁势攻击。

果不其然，萧炎这边有些不太妙的形势，已经被时刻关注着这边的另外一处战圈的两人所察觉，当下两人的脸色都是微微一变。她们在对视一眼之后，皆狠狠一咬牙，下手比刚才更狠了几分。

叮！五根锋利金刺狠狠地钩住玄重尺，雁落天脸上闪过一抹狰狞，手臂猛然一扭，玄重尺便旋转起来，从萧炎的手中挣脱了去。

击开玄重尺，雁落天诡异地一动，便直接出现在萧炎身前，膝盖猛地狠狠顶上萧炎的小腹。萧炎遭受重击，脸上浮现一抹苍白，从嘴角溢流而下一丝血

迹,眼中闪过一抹狠色,紧握的拳头恶狠狠地砸在雁落天的腰部位置。

萧炎脚下猛然暴闪银芒,旋即留下一道残影,身形暴射而退。雁落天狞笑一声,再度弯成奇异弧度,背后雁翎翼一振,身形也陡然消失。再度出现时,他已经在萧炎身后。萧炎立马有所感应,然而还来不及施展三千雷动逃掉,雁落天的拳头便狠狠地砸在了他的后背上。

这一拳直接令萧炎口吐鲜血,而他也对着地面坠落而去。雁落天见状,恶狠狠地一笑,背后金色雁翎一振,猛然对着坠落的萧炎俯冲而去。

见到这一幕,要塞之上顿时爆发出阵阵惊骇声,海波东等人也是脸色苍白:萧炎还是顶不住吗?

"海老,你们准备出手救回三弟!"萧鼎脸色阴沉,低喝道。

海波东点了点头,雪白的冰翼在背后迅速浮现,对着萧炎所在的方位闪电般地冲去。

半空中,萧炎急速地坠落,耳边的狂风呼呼作响,而其紧闭双眼,整个人犹如陷入了昏迷。只是若仔细倾听的话,则会听见他正在低声催促着:"快了,马上就能好了!"

璀璨的金色雁翎翼展开,极为壮观,雁落天望着那近在咫尺的萧炎,眼中的狞笑更甚。这个斗皇小子,竟然让他堂堂一名斗宗强者当众吐血负伤,这对于他来说,简直就跟当众被扇了一巴掌般难以忍受。所以无论如何,他都要将这家伙抓住,然后好好折磨一番。

急速赶来的海波东,望着那速度快得恐怖的雁落天,脸色异常难看。他咬着牙使劲地提升速度,想在雁落天赶到之前救下萧炎。

近在咫尺的距离,雁落天双翼一振,身形猛然下扑,手掌恶狠狠地对着萧炎的脑袋抓了过去,可萧炎猛然一扭,竟然躲开了,这令雁落天一惊:这家伙不是已经昏迷了吗?不过惊讶仅仅持续了短短一瞬,雁落天的眼中便掠过狠意,一脚狠狠地对着萧炎后心的位置踹去。

　　脚掌在金光的包裹下撕裂空气，就当其要击中目标时，萧炎却猛地一转身，冲着雁落天狰狞一笑，一甩手，一朵巴掌大小的三色火莲陡然冲着他暴掠而去。

　　就在火莲被萧炎掷出的那一刻，疾奔而来的海波东也瞧见了此物，当下眼中涌现一抹骇然，急忙止住身形，然后不要命地迅速逃回要塞。看这一幕，萧炎刚才明显是在耍诈，为的就是给他自己凝聚恐怖火莲的准备时间。

　　在火莲投出时，萧炎对着地面急速落去，讥讽地望着那还搞不清状况的雁落天，手中印结一动，轻声道："爆！"

　　轰！震天动地的恐怖爆炸声顿时应声而起，这一刻，一股可怕的狂暴能量如风暴般席卷天际，澎湃的火浪将方圆百丈的天空都尽数占据，可怕的三色火云笼罩，连阳光都难以穿透。

　　火浪席卷所带起的狂猛劲风也波及地面，顿时，要塞之外黑压压的军队，犹如堆积在一起的骨牌般，呼啦啦地被尽数震倒。一时间，慌乱的声音直冲云霄，许久之后才勉强整理好队形。他们神情呆滞地望着天空上那厚厚的火云，喉咙皆狠狠滚动了一下。在这种可怕的火浪爆炸下，即使斗宗强者，恐怕也好不到哪里去吧？

　　身在半空的那些三宗强者，也被先前那道恐怖火浪震得脸色有些发白。待火浪过去后，他们的眼中依旧残余着些许惊悸。这等爆炸，实在是太恐怖了！

　　慕兰二老也在此刻对视了一眼，眼中在噙着一抹骇然的同时也带有一丝庆幸：还好，先前他们在对战萧炎时，萧炎并没有施展出这等恐怖斗技，否则，即便他们有三兽蛮荒诀，恐怕也难以抵挡如此可怕的一击。

　　"这个小子，难怪能够成为炎盟的盟主，果然有实力。"心有余悸地抹了把额头上的冷汗，两人苦笑着低声道。

　　"不知道雁落天那家伙怎样了，在如此可怕的能量爆炸下，即便他是斗宗强者，下场定然也好不到哪里去。"

　　战场之上，无数道目光停留在火云上片刻之后，猛然转向半空中那不断向

下坠落的身影,那个施展出了这等可怕攻击的家伙。

刚退到城墙边上的海波东,这时也回头看到了萧炎,当下一愣,旋即冲着萧鼎等人尴尬一笑,赶忙再度反身,对着萧炎急掠而去。然而就在海波东距萧炎不远时,萧炎却突然身形一动,背后生出火翼,挣扎了两下,竟然有些艰难地再度立在了半空。

见萧炎还有腾空的力量,海波东也松了一口气,赶忙凑上去。当他看见萧炎身上那密布的伤痕时,连忙关心地问道:"你没事吧?"

萧炎剧烈地咳嗽了几声,虽然脸色一片苍白,但是气息还算稳定,并没有如同上次在云岚宗时那般神志开始有些模糊。

"还好,就是有些虚脱,凝造三色火莲所需要的能量实在是太庞大了。"萧炎挥了挥手,不料这个动作扯动了身体上的伤口,他轻吸了口凉气,从纳戒中取出两三个玉瓶,然后屈指一弹,将药液泼洒在那些伤处。萧炎又取出几枚恢复斗气的丹药,一把塞进嘴中,长长地吐了一口气。

"你这家伙,还真能冒险。"海波东苦笑道。

"没办法,想对付斗宗强者,自然必须付出代价,不过比起上次来说,已经好太多了。"萧炎不在意地笑道。

海波东闻言,也只得再度苦笑一声。不过他也的确得承认,这次比上次好了太多。上次萧炎所受的那恐怖伤势,若非他本身体质极强而且自己又是炼药师,懂得对症下药,换作其他任何人,能不能痊愈都是个问题。就算能够痊愈,必然也会留下难以消除的后遗症,甚至说不定日后的成就将会永久地止步在斗王阶别。

"那个家伙死了没?"海波东摇了摇头,将目光投向天空上那连阳光都透不进去的三色火云,迟疑地问道。

"佛怒火莲虽然威力强大,但是我毕竟与斗宗差了一个阶别,要击杀他自然有些困难,重伤致残倒并非不可能。"萧炎笑了笑,嘴角勾起一个充满冷意的

弧度。

海波东一笑,刚欲说话,天空上那厚厚的火云却传来一阵剧烈波动,旋即在无数道目光的注视下,火云爆裂开一个空洞,一道黯淡的金光从中狼狈地闪掠而出,甚至还能听见那人影吐血的声音。

突破火云的人影自然便是被三色火莲狠狠击中的雁落天。不过此刻他相当狼狈,不仅衣衫尽数破裂,而且背后那华丽威武的巨大雁翎翼也如被拔光羽毛的鸟翅般,光秃秃的,极为难看。他的头发披散在额前,身体上沾满鲜血,气息萎靡到极其虚弱的地步。看这模样,他虽然从萧炎的三色火莲中保住了生命,但是也被炸出了极重的内伤。

望着一身狼狈的雁落天,满场寂静。片刻后,要塞之上,震天的欢呼声猛然响彻天际。他们再次亲眼看见萧炎又创造了奇迹!

一日之内,连败慕兰三老与雁落天两名斗宗强者,这般战绩足以令萧炎名扬这西北地域。日后炎盟与加玛帝国的地位,也定然会在这西北地域有所提升!

这一切是天空之上那脸色苍白的黑袍青年用命拼来的,是他拯救了濒临灭亡的加玛帝国,使无数加玛帝国人免遭流离失所!

今日过后,萧炎将彻彻底底地成为加玛帝国威望最高的英雄。这个威望,即便是历代帝王,乃至当年的云岚宗,也从未有人拥有过!

那个青年,从当年那个家族废物,一步一步地走到今天的地步。或许许多年之后,那个叫作乌坦城的城市,将会很自豪地对每个到达那里的人说,城中曾经出了一个拯救了加玛帝国的英雄,他的名字叫萧炎!

听得要塞之上传出的惊天欢呼声,萧炎与海波东微微一笑,抬头望着空中那个狼狈的雁落天。雁落天先用恐惧的目光看了一眼下方的萧炎,然后便赶忙拖着残破不堪的身体,狼狈地逃回联盟大军中。

瞧得雁落天逃跑,萧炎并未追击。在施展出三色火莲后,他体内的斗气消耗极大，即便是追上去，也难以阻拦。而且以雁落天体内的伤势，萧炎预料，他在半年之内是不可能恢复的，因此不足为惧。

萧炎的目光从雁落天背影上转移开去，最后停在了美杜莎与毒宗宗主所在的战圈。二人此刻正战得火热，甚至连火莲爆发也没令她们分神。这并非她们听不见或感应不到，而是不能有丝毫分神。面对着这种对手，稍稍出点差错，便会落入不堪设想的境地。

萧炎振动着火翼，在距离那处战圈不远处的地方停下身形，沉声喝道："毒宗主，你们三宗联盟的两位斗宗强者今日已败，奉劝阁下还是尽快退去吧。"

对于萧炎的喝声，激战中的两人却理也不理，显然此时都打出了火气与狠劲。

见自己说的话不起作用，萧炎也只得无奈地摇了摇头。此刻以他的状态，不敢参与进那战圈中，因此只能在一旁干看着。

或许是萧炎站在此处干扰了某个人的心神，原本火热交锋的战圈变故陡生。只见毒宗宗主原本迅捷的身形突地一缓，美杜莎却极为刁钻地逮住这个破绽，纤手如毒蛇般猛然向前，诡异地打在毒宗宗主的胸前。遭此一击，毒宗宗主口吐鲜血，而鲜血诡异地化为一支血箭直射向美杜莎脸颊。美杜莎措手不及，只能一把将血箭狠狠抓住。然而血箭却突然融化，诡异地钻进了美杜莎的手掌。

这些变化都发生在电光石火间，待萧炎反应过来时，发现两人都向后退了好几步，脸色略显苍白。

毒宗宗主站定脚步，见血液已经钻进美杜莎体内，嘴角顿时浮现一抹冷笑。然而这冷笑刚浮现便凝固了，因为她摸了摸脸，发现面纱已被打落。

在她摸上脸的那一刻，萧炎正好看过来，旋即，那张熟悉的娇柔俏脸便出现在他眼中。他嘴巴微张，望着那张依稀有些熟悉的脸，使劲眨了好几次眼睛，片刻后，终于难以置信地大喝一声："小医仙?!"

第十五章
大战休止

萧炎没想到,这个毒宗宗主居然是当年他历练之时遇见的第一个异性朋友,那个被无数青山镇佣兵奉为心中仙子的小医仙!

那个纯洁善良的女孩,如今却是令无数人闻风丧胆的毒宗宗主?这种极端的转变,即便是亲眼所见,萧炎也依然难以置信。

听得那从萧炎嘴中传出的暴喝声,白发女子的娇躯微微一颤,灰紫双眸轻轻闪烁。她用苍白的玉手抹去嘴角的血迹,旋即把手放在嘴边,将血液小心翼翼地吸进嘴中。做完这些,她那灰紫双眸逐渐恢复平淡,看了萧炎一眼,淡淡地道:"我不是什么小医仙,你认错人了。"

"不可能!"

当年那个一身白色衣裙的善良女孩给他留下了极其深刻的印象,而且她那诡异的体质和需要通过服毒维持生命的生存方式,更是令他难以忘怀。

"你究竟在干什么?你也是加玛帝国的人,为什么还要发动这么一场战争?"萧炎深吸了一口气,眼中跳动着怒火,声音低沉地问道。

白发女子沉默，片刻后，才缓缓地道："你所认识的小医仙已经死了，现在的我，是毒宗的宗主，天毒女。"

望着那自始至终神情冷漠的小医仙，萧炎有种分外陌生的感觉。当年，她虽然明知道自己体内的情况，但是依然倔强地保持着那份善良，将自己包裹得严严实实，不想让别人因为自己而受伤害。那时的她非常善良和纯真，然而如今，那些最迷人的东西，似乎都已经远离了她。

"是厄难毒体的缘故？"萧炎紧握拳头，她变成如此模样，也令他心中泛疼。

"我本就是在厄难中生，生存的意义，也是将厄难扩散出去而已。"望着萧炎那副愤怒的模样，小医仙神情恍惚，似是记起了当年的那些事，冷漠无情的脸色缓和了些许，她轻声道，"当年我便与你说过，日后，我迟早会走到这一步，因为厄难毒体的命运，历代都是如此。"

"厄难毒体并非无药可治，你这是在自甘堕落！"萧炎痛心地怒斥道。

"如今的我，只要谁一碰我，就会以最痛苦的方式在我面前死去，你不了解我这些年所发生的事情……"小医仙的脸上露出一抹凄凉。当初她也以为自己一定能够克服这所谓的厄难毒体，但现实是残酷的。

离开加玛帝国后，她在出云帝国的一个小山村中待了一年时间，借住在两个无儿无女的老人家中。二老见她可爱善良，便挽留了她，并视她如己出，村里的人也将她当作家人看待，那一年，她过得很开心。从小颠沛流离的她，除了当初在青山镇与萧炎有一份真正的难以忘怀的友情，她从没有享受到这种暖到人内心深处的幸福感。她很珍惜这份幸福，几度发誓要守护住它，然而厄难毒体的爆发，却令这一切都变了。

先是两个视她如亲生女儿的老人家，由于触摸了她的身体，而在她面前以最痛苦的方式死去。虽然两位老人家在临死之际，望向她的目光依然慈祥柔和，但是这种目光将她的心切割得支离破碎。自此之后，村里又有一些人因为她而痛苦死去。到最后，她终于在村里人厌恶与恐惧的目光下，拖着疲惫的身体带

着二老的尸体离开。她将二老的尸体埋葬，在他们坟前跪了很久，直至昏迷。当再次醒来时，她的头发已变得雪白。

摸着那令人感到恐惧的白发，她终于明白，她是一个灾星，是将灾难带给身旁之人的灾星。既然如此，善良还有何用？善良地对待别人，再看见别人以最痛苦的方式在自己面前死去，这究竟是善良还是残忍？

从此，那个善良的小医仙，便成了冷漠无情的天毒女！

望着小医仙脸上变幻不定的神色，萧炎知道，这些年，发生在她身上的事应该不少。而这些事，或许便是她改变的根源。

萧炎一声暗叹，心乱如麻。他清楚，既然身为厄难毒体，那就说明小医仙这辈子定然不会在安稳中度过。厄难毒体会不断地折磨她自己与身旁的人。

就在萧炎心中轻叹时，身后却突然传来吐血的声音。他转头一看，惊讶地瞧见美杜莎的脸色突然变得苍白起来。

"怎么了？"萧炎惊愕地问道。

"她的血有毒！"美杜莎的脸上闪过一抹痛苦之色，旋即她紧咬着牙，催动着体内斗气，试图将那些在体内四处乱窜的毒液驱逐出来。

闻言，萧炎的脸色一变，转头怒视小医仙。

"厄难毒体，谁碰谁倒霉，这是她咎由自取。"小医仙无视萧炎的目光，冷冷地望着美杜莎，道。

"一点儿毒液便想让本王屈服？本王定能在毒发前取你性命！"美杜莎的眼神陡然变冷，森然道。

"那便来试试！"小医仙那灰紫双眸也爆发出冷芒，丝毫不退让。

"够了！"见两人又要大打出手，萧炎顿时大怒。

萧炎的吼声令两人安静了一些。他抬头对着小医仙沉声道："当年在小山谷，我便与你说过，不管日后你是否走到那一步，我都是你的朋友，如今，我依然是那么想！"

"当年的那些事，我已经忘记了。"眼芒闪烁，小医仙冷声道。

"忘记了的话，你就对我出手。"萧炎冷笑道，然后竟然毫无防御地径直对着小医仙走去。

"小心！"美杜莎忙道。那女人浑身是剧毒，沾上了很麻烦。

萧炎摆了摆手，示意她不用担心。

见萧炎一步步地走来，小医仙的脸色微微一变，眼中闪烁挣扎之色。

停在小医仙面前，萧炎望着那灰紫双眸和苍白的脸，一声轻叹："你并没有忘记，厄难毒体并非无解之物，你根本用不着如此绝望。"

"说得轻巧！"小医仙的脸上流露出一抹凄楚之色。厄难毒体的恐怖，她比任何人都要清楚。

萧炎一皱眉头，伸出手，便欲摸向小医仙那苍白的脸，不过小医仙非常警惕，急忙后退几步，厉声喝道："你找死不成？"

"只是想让你知道，厄难毒体虽然诡异，但是并不是想杀谁就杀谁，所以你也不用如此自暴自弃。再有，你已经不是当年那个无知的女孩，我也不再是当年那个被一个小佣兵团追杀得狼狈逃窜的小小斗者。"萧炎一笑，脚步一滑，便出现在小医仙身旁，直接将她的手臂抓住。

小医仙一惊，急忙使劲挣脱，怒声道："你究竟要干什么？"

萧炎笑了笑，抬起手掌，此刻，这只手掌已经变得乌黑。他心头一动，琉璃莲心火顿时暴涌而出，只见乌黑之色迅速淡去，转瞬间，手掌便恢复如初。若非那种超级剧毒，大多数毒都会被琉璃莲心火净化。

萧炎冲着有些惊愕的小医仙晃了晃手，脸色也逐渐沉重，缓缓道："若你还当我是朋友，就不要再继续错下去。你这样只会加速厄难毒体的爆发，一旦等它彻底爆发那一刻，恐怕千里之内，将会人兽不存，而那时候，一切都晚了。"

"即便你能够阻截厄难毒体的剧毒，可要破解它，也绝不可能！"小医仙微微摇头，苦涩地说道。这些年她也查询了许多资料，却依然未曾得到一点儿能

够破解厄难毒体的消息。

"厄难毒体是天生的,要破解它,的确很难……"萧炎点了点头,望着那眼神瞬间便黯淡下去的小医仙,沉声道,"但是我能帮你彻底控制它!"

"控制?"小医仙一惊,旋即微蹙柳眉,目光在萧炎那副认真的神情上扫了扫。

"只要你能彻底控制厄难毒体,就不会再出现这种无意致人中毒而死的事情,反而你体内的剧毒将会任你随心所欲地使用。"萧炎沉声道。

听得萧炎所说,小医仙的眼神一动,有些迟疑地道:"你真能办到?"

"相信我。"萧炎重重地点了点头。若以他的阅历,自然是不可能有什么对付厄难毒体的办法。不过在翻阅药老所遗留的那些资料时,萧炎曾经发现过破解的方法。这种方法要求颇为苛刻,必备之物是三种异火!

这一点对常人来说或许是根本不可能之事,但对萧炎来说并没有什么难度,体内的陨落心炎、青莲地心火,还有药老的骨灵冷火,刚好凑齐这个数。

紧紧地盯着萧炎认真的脸色,小医仙那冷漠的眸子缓缓出现些许柔和。她轻轻点了点头,转向一旁紧咬牙忍着痛楚的美杜莎,纤手一招,几块诡异的灰紫色血斑顿时便从美杜莎体内飞出,最后被她吸入体内。

美杜莎的脸色迅速变得正常起来,她冷漠地道:"本王自己也能将之化解。"

小医仙不置可否,视线转回萧炎,迟疑地道:"帮我控制厄难毒体,我便遣散大军与三宗之人,如何?我此次发动战争,只是想要得到破解厄难毒体的方法而已。"

"这场大战,加玛帝国与蛇人族损失如此惨重,你难道就想这么不了了之?"美杜莎冷笑道。

"我若是一声令下,即便有你守护,加玛帝国与蛇人族也将会荡然无存。你并不是无知小孩,应该也知道弱肉强食的道理!"小医仙的灰紫双眸中寒芒闪动,声音淡漠地说道。

"那本王就来看看到底谁强谁弱！"美杜莎说着又要动手，却被萧炎一把拉住，低声在她耳边道："她若真是拼了命，蛇人族与加玛帝国的确会在三宗之力下，出现更大的损失，现在不要再意气用事了。"

"我知道你与她认识，不过本王会记住她对我蛇人族的所作所为，日后定然会讨回来！"美杜莎的脸色微微变幻，目光在那一望无际的黑压压大军之上扫过，只好咬着牙冷声道。

萧炎苦笑了一声，心中暗叹：经过这些年，经历了那些事，如今的小医仙已不再是当年那个善良天真的女孩，她的心性之狠辣，比起美杜莎有过之而无不及。此次休战，一是因为自己，二是自己所提出的那个控制厄难毒体的方法对她有着不小的吸引力。

"你说发动战争是因为灭掉加玛帝国后能够得到破解厄难毒体的办法？"转过头，萧炎突然间想到了什么，皱眉问道。

小医仙迟疑了片刻，方才脸色有些古怪地说道："曾经有一个神秘组织找到我，说如果我能攻破加玛帝国，并抓住炎盟盟主，便能给予我破解厄难毒体的办法，只是没想到，这炎盟之主……居然是你。"

听得这话，美杜莎与萧炎皆是一愣。没想到绕过来绕过去，竟然直接扯到了萧炎身上。

"本来这一年中直接灭掉加玛帝国的机会有很多，但是你一直都未出现，所以我并未真正下杀手。"小医仙神色古怪地在萧炎身上扫了扫，旋即道，"看来这几年你得罪了不少人啊，那个神秘组织似乎很强，并且他们也不惧我的厄难毒体。"

萧炎紧皱着眉头。对方的目标居然会是他？他这些年并未得罪过什么太过强横的势力，黑角域距离此处又如此遥远，难道……"是魂殿？"

"嗯，就是那个满大陆收集灵魂体的神秘组织，只是没想到他们竟然会打你的主意，看来也真如你说，如今的你可不再是当年那个小小斗者了。"小医仙并

未隐瞒什么，点了点头。或许是因为想起了当年萧炎被狼头佣兵团追杀的狼狈情景，小医仙冷漠的脸上流露出一抹难得一见的笑容，而从笑容中，萧炎还能隐隐看见当年那个善良女孩的影子。

"你笑起来跟当年一样好看。"萧炎也笑了笑，声音柔和地说道。

听得萧炎的话，小医仙轻咬着嘴唇，轻声道："有些事，总是会变的，当年那样并不适合我。"

"但我很喜欢。"萧炎笑道。

小医仙微微一怔，望着那张比当年少了几分稚嫩的脸，嫣然一笑。

"那魂殿的人，可还在出云帝国？"萧炎迟疑了一会儿，突然问道。他如今对魂殿依然知晓不多。虽然他当日晋阶斗皇时灵魂感知力曾经偶然闯入那庞大无比的魂殿，也见到了药老，但是对于魂殿所在的方位，他却没有半点头绪。

"不清楚，魂殿的人诡异得很，若非对他们很熟悉的人，很难主动找到他们。"小医仙摇了摇头，道。

闻言，萧炎只得失望地叹了一口气。他还打着一个主意，那就是能够活捉一个魂殿的人，从而得知一些关于魂殿、药老还有父亲的消息。

"既然如此，我今日就遣散大军，但厄难毒体的事，你也得尽快帮我解决。要是等到彻底爆发，一切就都晚了。"小医仙沉声道。

萧炎微微点头，道："能够感应到具体爆发的时间吗？"

"早则半年，多则两年。"小医仙苦笑道。

"这么紧迫吗？"闻言，萧炎的脸色微微一变，皱眉问道。

"若非时间紧迫，我也不会答应魂殿的人发动战争了。"小医仙也有些黯然。

"好吧，希望爆发能晚一点儿。只要凑齐材料，就能帮你将厄难毒体控制住。"萧炎沉吟了一会儿，咬了咬牙，沉声道。

"嗯，今夜我再来会你。"小医仙微微点头，深深地看了萧炎一眼，然后便转身掠空而去。

见到小医仙归来，那些半空中的三宗强者赶忙躬身相迎。

小医仙瞥了众人一眼，声音淡漠地说道："三军撤回出云帝国。"

听得这话，所有强者都愣住了。今日虽说两名斗宗强者连败，可三宗联合的声势依然无比强人，要突破加玛帝国的防线定然没有多大的问题，怎么就撤退了呢？

"宗主……"疑惑间，一些人赶忙出声询问。

"我说了，撤退！"然而这些人的问话还未说出口，小医仙那对灰紫色的眸子便缓缓扫来，声音冰冷地说道，"谁有意见？"

被那对灰紫眸子扫中，所有人皆浑身泛起一股寒意，赶紧吞下嘴中质疑的话语，一个个分散开去，将她的命令发布给大军的每一个人。

萧炎望着那在小医仙一句话下便拔营撤退的大军，终于忍不住叹了一口气。谁能知道，当年那个药坊的小药师，如今却成为出云帝国的真正掌控者？这般变化，当真是始料未及啊！

当要塞之上的海波东等人望见三大帝国联军突然间开始如潮水般退去时，也怔了好一会儿。他们面面相觑，谁都不清楚发生了什么事。

在他们愕然之时，要塞之上却爆发出了惊天的欢呼声。无数原本以为今日便将国破家亡的人，皆忍不住心中的激动之情，劫后余生的欢呼声直冲云霄。

"三国联军终于退了！"海波东长长地松了一口气，也如释重负。

"不知道萧炎是如何说服那毒宗宗主的，这个女人可不像是会讲理的人哪。"加刑天咂着嘴道。不过他的脸上依然有着难以掩饰的欣喜，他们都清楚，以三宗联盟那庞大的声势，即便今日有萧炎与美杜莎坐镇，真要打起来，他们这边也依然处于劣势。

"不管怎样，这场持续了一年的大战，总算是结束了，加玛帝国也得以保存。"萧鼎揉了揉额头，笑道。

"嘿嘿,不过今日过后,炎盟与加玛帝国的名声可算是传了出去,以一盟之力抗衡三大宗门,这般壮举,足以令我炎盟日后在参加西北地域的宗门大会时,让往年那些出言嘲讽的家伙刮目相看。"海波东笑着道。

要知道,以往即便是加玛帝国的云岚宗前去参加西北地域的宗门大会,也得遭受不少的白眼。在那些实力恐怖的势利眼眼中,一个连斗宗强者都没有的云岚宗,连与他们同坐一席的资格都没有。

加刑天与法玛闻言皆笑着点了点头。到那一天,加玛帝国一定会更加扬眉吐气。

萧炎听见要塞之上响起的惊天欢呼声,松了一口气,转过头来,冲着美杜莎笑道:"这一年,辛苦你了。"

"没想到你的老相识竟然这么多,哪里都能遇见。"美杜莎淡淡地说道,话语中似乎有着难以言明的酸味。

听得她这话,萧炎苦笑一声,道:"当年的朋友而已,只是没想到她竟然走到了今天这地步。"

"她应该便是我们当初在魔兽山脉所遇见的人吧?通过这段时间的交手,我隐隐有所察觉。"美杜莎瞟了他一眼,道。

"嗯。"萧炎笑着点了点头,旋即目光转向要塞方向,道,"走吧,大战结束,加玛帝国也终于可以喘口气了。"话落,他身形一动,率先向着要塞之上飞掠而去,美杜莎紧跟其后。

大战落幕,这喜庆的消息飞一般地传遍了整个加玛帝国。一时间,各地都一扫往日的绝望与灰暗。不用离开自己的国家,自然是很多人心中的愿望。颠沛流离的生活,没人愿意无缘无故地去"享受"一次。

萧炎与美杜莎之名再度传入每一个人的耳中。借助于此,炎盟的声势再度暴涨,众多原本便加入了炎盟的人或者小势力,皆有种自豪的感觉,与人说话时,也多了几分底气。

在外界洋溢着喜庆的气氛时，在黑山要塞的议事厅中，久经战斗的海波东等人也终于可以坐下来歇一口气，不用再担心三军联盟是否会在下一刻出现了。

大厅中的人并不多，都是炎盟的核心成员。

萧炎坐在那空了许久的首位上，环视全场，偏头对着海波东脸色凝重地问道："这一年，没有魂殿的人出现吧？"萧炎心中最为看重的自然便是魂殿。他创建炎盟，便是为了使之成为萧家的保护伞。

"嗯。"海波东点了点头，道，"不知为何，自从云岚宗解散之后，帝国内就再没有传出与魂殿有关的消息。"

萧炎闻言，这才松了一口气，旋即陷入了沉思。魂殿明显对萧家的那块陀舍古帝玉很感兴趣，应该不会就此放弃。但这都快一年时间了，为何还未有其他动静？难道是因为被其他什么事情耽误了，才没有工夫来理会这边吗？

萧炎沉思了片刻，可依然无果，只得摇了摇头。他抬起头来，目光在海波东身上扫了扫，不由得笑道："没想到海老也到了斗皇巅峰层次，想必再过不久，便能够到达斗宗阶别了吧？"

听得这话，海波东顿时无奈地摇了摇头，道："你小子！哪儿有那么容易，你没见加老头儿在这个阶别停留了这么多年，都未曾突破吗？"

萧炎笑了笑，目光转向一旁微笑的萧鼎，笑道："大哥，炎盟现在如何？"

"基本上已经深入帝国的大部分角落，如今帝国中几乎每一个大中等城市里，都驻扎有炎盟的势力，而且这一年炎盟也创立了无数产业，极为繁荣。"萧鼎笑吟吟地道，"现在的炎盟，真要说起来，可是比当年的云岚宗还要庞大，他们远没有我们这么多的分支。

"这一年经过召集，联盟内斗王强者有四十名左右，斗皇强者略少，只有不到十名。而且联盟也建立了一个名为炎脉的组织，能够进入这里修行的人，无一不是精挑细选的出类拔萃之人，日后，他们将会是我炎盟最为新鲜的血液。

"当然，盟内还设立了商堂，主要由米特尔等家族掌管。丹堂是由原来炼药师公会的众多炼药师组建，他们为炎盟提供了源源不断的丹药。呵呵，这次大战，能拖得这么久，可少不了他们的功劳。"

萧炎简略地听了一遍，终于明白了如今炎盟在加玛帝国的势力规模，当下忍不住咂了咂嘴。当初建立炎盟时，他虽然略有信心，但是依然没料到，大哥他们能在短短一年中，便将之发展到这般地步。炎盟如今的规模，已经远超黑角域的萧门。当然，萧门潜力也不小，因为它有内院磐门提供天赋不错的学员。

"萧家族人还好吧？"萧炎轻声问道。

"有你这么出色的族长，还能不好吗？"萧鼎笑道。如今的萧家，已经成为帝国之内名正言顺的最强大家族，因为萧家出了炎盟之主！

轻吐了一口气，萧炎轻声道："等有时间，就派人传消息去迦南学院，若是萧玉他们想回来，就回来吧，如今的萧家，已经有了自保的能力。"

"嗯。"萧鼎点了点头，道，"正好也将消息传给萧门，让二弟不用再赶来救援了。"

萧炎笑了笑，挥挥手道："大战完毕，那些后续之事便交给诸位了，这炎盟，交给你们我很放心。"说罢，萧炎便在一道道目光中，径直出了大厅。

"这家伙，又想当甩手掌柜。"大厅中，众人皆低声抱怨。

第十六章
准备反击

夜色下的黑山要塞,虽然庞大的身体使它看上去依然如同匍匐在地的凶兽,但是比起白日,却少了几分冲天煞气,多了几分宁静。

萧炎盘坐于距离要塞不远处的一座低矮山峰之上,微闭双眼。月光照射在他的身体上,淡淡的清凉感觉令他心如明镜。

在萧炎身后,美杜莎慵懒地斜靠着树干,那对泛着妖异的眸子,不断地在周围来回扫动,片刻后方才懒散地道:"这么晚了她还没来,看来你要白等了。"

萧炎无奈地摇了摇头,头也不回地道:"早说了你不用来,难道还怕她把我吃了不成?"

"谁知道她是真退还是假退,万一借今夜单独相约,直接把你干掉了,明日再卷土重来,那加玛帝国可真完了。"美杜莎撇嘴道。

"是吗?"萧炎笑了笑,旋即心头忽然一动,偏头望向远处天际。那里的空间传来道道波动,片刻后,只见一道白色身影踏着虚空,看似缓步而来,可几个眨眼间,便出现在这片山峰的半空。

　　今夜的小医仙，身着一套白色衣裙，白色长发在月光的照耀下反射着淡淡的光泽。那对灰紫双眸少了几分冷漠，多了一些柔和。此时的她，与萧炎当年在青山镇所见到的那位善良的女孩相差无几。

　　萧炎笑着站起身来，道："你总算来了。"

　　小医仙轻飘飘地落在山峰上，在月光的照射下略显妖异的灰紫双眸先是瞥了萧炎身后的美杜莎一眼，然后声音平淡地说道："三军撤退，麻烦事不少，撤军之后争议太大，所以耽搁了时间。"

　　"怎么？"萧炎闻言，眉头一皱，道，"三宗不愿意退？"

　　"出云帝国在毒宗的掌控之中，我是毒宗之主，出云帝国自然不会反对。不过金雁宗与慕兰谷却不是出云帝国的势力，而且不比毒宗弱，即便是我说要撤退，他们的反对也颇为激烈。他们老早就打着将加玛帝国吞并的念头，自然不想就这么轻易放弃这次机会。"小医仙缓缓地道。

　　"雁落天与虎头长老皆被我重伤，失去了这两人，他们还敢猖獗？"萧炎眼中掠过一抹冷意。

　　"我说过，金雁宗与慕兰谷实力皆不弱，此次大战，虽然他们派来了宗内实力最强的人，但是精锐力量还未曾动过。看这情况，即便我毒宗不参与这场战争，他们也执意要灭掉加玛帝国。"小医仙看了萧炎一眼，道，"雁落天与虎头长老的确受了重伤，但据我所知，他们宗内皆有等级不低的炼药师，只要等几日时间，宗内将一些珍藏的丹药送来，他们的伤势就应该能迅速痊愈，再加上两宗强者稍后会大批来到，到时候应该会再度进攻你们加玛帝国。"

　　萧炎的脸色略显阴沉。若是这样的话，炎盟与加玛帝国恐怕又会陷入一场苦战之中，这显然是他最不愿意见到的情况。

　　"金雁宗与慕兰谷最大的倚仗，便是雁落天和慕兰三老这两大斗宗强者。只要解决掉他们，两大宗门的力量就会锐减，他们也不敢再生进攻加玛帝国的念头。"一旁的美杜莎，突然淡漠地说道。

萧炎闻言，微微一怔，旋即微眯着眼，其内寒芒闪动。美杜莎这话的确不假，如今雁落天与慕兰三老皆有伤在身，正是彻底灭杀他们的最好机会，一旦等到他们身体恢复，将会非常棘手。对待敌人，可不能有丝毫的心慈手软。不然的话，日后待他们卷土重来，炎盟不知要付出多大的代价。

心中闪过这般念头，萧炎再次看向小医仙。想灭杀雁落天与慕兰三老，如果她要出面阻拦，那么他们的打算或许将很难实现。

望着萧炎的目光，小医仙微微一蹙柳眉，陷入沉思。

就在小医仙沉思间，美杜莎却身形一动，径直出现在了半空，刚好将小医仙的后路封锁。看这模样，似乎小医仙一旦开口拒绝，她就立马出手。

小医仙察觉冷笑一声："我若是想走，凭你还拦不住我。"

"那便试试看。"美杜莎目露寒芒，针锋相对。

瞧得这一碰面就充满火气的二女，萧炎大感头痛。他摆了摆手，望向小医仙，道："炎盟是我一手创建的，我不能看着它毁灭。雁落天与慕兰三老是最大的威胁，若是能除掉，自然最好。"

小医仙望着萧炎那明灿灿的目光，迟疑了一下，一咬牙，点了点头，道："反正那两个家伙对我也是心怀鬼胎，算不得什么真正盟友，你若是要动手，我可以不管。"

萧炎闻言，顿时在心中松了一口气，脸上带有一分难以掩饰的喜悦。小医仙能答应他，便说明她并未忘记两人之间的那份对她来说颇为难得的友情。即便如今所处阵营不同，此举也说明她一直暗中珍惜着这份友情。

见到小医仙点头，美杜莎眼中的寒芒方才逐渐淡去，缓缓地落下身来，淡淡地道："算你识相。"

对于美杜莎的话，小医仙则无动于衷。她的灰紫双眸转向萧炎，道："现在三军皆停留在出云帝国边境的一座城市中，雁落天与慕兰三老也在那里。不过其中两人身受重伤，所以周围防御极为森严，你们想要动手，也不容易。"

"嗯,交给我们便是。"萧炎沉吟了一会儿,笑着点了点头。

"你们动手时,我会遣散城市的外围防御,而我本人也会提前说要闭关。我所能做的,便只有这些了,动手之事,必须你们自己做,毕竟一旦泄露消息,有碍毒宗信誉。"小医仙缓缓道。

"多谢了。"

小医仙微微点头,将话题转到正事上,道:"现在说说你要如何帮我控制厄难毒体吧,这才是最重要的事。"

萧炎点了点头,屈指一弹,一卷颜色暗沉的灰色卷轴出现在掌心,然后抛向小医仙:"破解之法便在此处,你看看吧,不过里面所提及的那些材料,却极为难寻。"

小医仙一伸手,卷轴自动落入手中。她小心翼翼地将之缓缓摊开,眸中顿时闪过一抹激动之色。

"厄难毒体,一种颇显诡异的特殊体质,天生剧毒,触之者死,需靠服毒维持生命。然而服毒越多,体内毒素便越浓,待毒素凝聚到某一个程度,便会彻底爆发开来。爆发之际,千里之内,生机尽毁。此毒体异常少见,分先天与后天两种。先天便是与生俱来,后天则是人为制造。两者之间,自然是前者威力更大,而且无破解之法,但若机缘巧合,却能将毒体彻底控制,能随心所欲地操控毒力。

"此控制之法称毒丹之法,将体内淤积毒素尽数凝聚,最后在体内化为一枚毒丹,毒丹若成,方才彻底控制住厄难毒体。大陆之上,曾经出现过几次因为厄难毒体所造成的灾难,那些拥有厄难毒体之人皆未曾炼成毒丹。原因无他,便是这毒丹之法所需要的材料太过难寻。

"炼制毒丹,所需三物,一是三种异火,二是七阶天毒蝎龙兽的魔核,三是菩提化体涎。"

小医仙的目光缓缓地从卷轴之上扫过,眼中的激动之色逐渐黯淡。这上面所记载的那毒丹之法所需要的材料，实在太难寻找，难怪这么多年从未有过哪位厄难毒体的拥有者能成功炼制毒丹。

三种异火，光是这第一条便能让所有人望而却步。大陆之上，众所周知，寻常强者若是能够得到一种异火，战斗力必会大涨；若是让炼药师得到，炼制丹药时，成功率也定会得以提高，所以异火在斗气大陆那些强者心中有着极高的地位。但是异火非常稀少，能够寻找到一种，已是得天独厚，至于三种……

第二个条件，同样也令人无比棘手。天毒蝎龙兽本就是远古异兽，实力极强，七阶的天毒蝎龙兽更是有着化为人形的能力，战斗力极为恐怖，在同等级之中，几乎少有敌手，想要取其魔核，难上加难。

与第三个相比，前面两个似乎显得更容易一点儿。因为小医仙至少还听说过异火与天毒蝎龙兽，可是从来没有听过第三种菩提化体涎。

见小医仙神情沮丧，萧炎叹了口气，轻声道："三种异火你倒是不用担心，这一点我能帮忙，但那天毒蝎龙兽的魔核与菩提化体涎，则是要费一番精力了。"

"你有三种异火？"小医仙闻言一怔，目光愕然地在萧炎身上扫了扫。一个人怎么可能拥有三种异火？

萧炎一笑，屈指一弹，一缕碧绿火焰霍然涌现，最后迅速分裂成青色火焰与无形火焰，紧接着，又有一道森白色火焰从萧炎眉心处的火印中掠出。

望着那悬浮在萧炎面前的三道细小火焰，小医仙的脸上方才涌现一抹欣喜，说道："难怪你凭借斗皇实力便能与斗宗强者一争雌雄，原来是因为这个。但即便有三种异火，那天毒蝎龙兽的魔核与所谓的菩提化体涎，也极难弄到手啊！"

萧炎笑了笑，道："总比没有希望来得好吧，这些东西，我会尽力帮你。"

闻言，小医仙微微点头，这的确比没有希望来得好。

"好吧，等我回去后会大量搜寻这方面的情报，若是有消息，就通知你。"小医仙将卷轴递还给萧炎，轻声道，"既然如此，那我就先回去了。你什么时候

要动手,便捏碎这枚玉片,我会尽力配合。"说着,她将一枚灰色的玉片递给萧炎。萧炎点了点头,接过玉片,然后装进纳戒之中。

一切交代完毕,小医仙身形一动,便闪现在半空。就在她将欲离开时,突然一顿脚步,转头望着下方的黑袍青年,低声问道:"我现在变成这样了,你还当我是朋友?"

萧炎闻言一怔,旋即灿烂地笑道:"当年的话,依然算数。"

目送着小医仙的背影消失在夜色之中,萧炎也伸了个懒腰,转头冲着美杜莎笑道:"走吧,回去了。"

美杜莎微微皱眉,道:"她信得过吗?若是那天动手之时,我们闯进去,结果被他们反包围,那结局……如今的加玛帝国与蛇人族就靠你我二人,若我们出现一点儿意外,你应该能够预料到炎盟的结局。"

听得美杜莎这话,萧炎脸色凝重,片刻后点点头,沉声道:"我相信她。"

"希望你不会看错人。"美杜莎轻哼了一声,旋即目光略微闪烁,迟疑了一会儿,道,"你明日随我去一趟蛇人族,我们族内几位长老要见见你。"

"见我?"萧炎愕然道,"见我干吗?"

美杜莎的脸色有些不太自然,她将脸偏向一旁,说道:"族内长老有秘术,能够轻易探知别人身体,我……我并非处子之身的事,她们也已经知道。"

萧炎微微张嘴,顿时露出一脸尴尬之色,挠了挠头,一阵干笑,过了好久,方才小心翼翼地道:"那个……她们想怎么样?"

见到萧炎那副神色,美杜莎在心中窃笑,却依旧冷着脸,淡淡地道:"按照族规,你将会受万蛇噬体。"

萧炎狠狠打了个寒战,干笑道:"大家有话好好说嘛,不要动用这些东西。我现在是炎盟盟主,对我做那些事,肯定会让蛇人族跟加玛帝国再度闹僵,这样对谁都不好啊。"

"那你去和长老们说吧。"美杜莎轻抬眼睛,声音平淡地道。

萧炎捂着额头发出一声痛苦呻吟,心中暗道:麻烦事果然来了。

"明天我会来找你。"美杜莎却不理萧炎这副痛苦模样,转过身来对着山下缓缓行去,片刻后突然一顿,迟疑了一下,道,"那什么复魂丹的事,你便不要惦记了,吞天蟒的灵魂对我的影响已经越来越弱。"

"你要杀我了?"萧炎一怔,愕然地脱口道。

"如果本王要杀你,这一年,你不知道已经死过多少次了。"美杜莎冷哼道。

萧炎尴尬一笑,心中却松了一口气,这个身旁的不定时火药似乎对自己没有影响了。他终于不用再像以前那般整日提心吊胆,如今药老被抓,若美杜莎还抱着以前那种念头,恐怕他真会被她悄无声息地干掉了都不知道。

"记住,明天不要用其他事来推托,不然的话……"美杜莎撂下一句蕴含威胁的话,然后才身形一动,缓缓地消失在暗沉的夜色之中。

望着美杜莎消失的地方,萧炎张了张嘴,片刻后只得颓然一叹,旋即咬着牙道:"去就去,我就不信你们能把我给宰了。"说到最后,萧炎却突然感到一阵心虚,心中暗自道:不过为了保险起见,还是把海老、加老他们也叫上吧!

心中这般打定主意后,萧炎方才松了一口气,召唤出火翼,向着黑山要塞徐徐飞去。

虽说如今三军联盟已经撤退,但是黑山要塞依然守卫森严。毕竟谁也不知道,三军联盟是否会卷土重来。因此,尽管帝国内部举国欢腾,这里的气氛却依然紧张而凝重。

翌日,在黑山要塞的议事厅,当萧鼎等人在听得萧炎打算前往出云帝国边境暗杀慕兰三老和雁落天时,皆大惊。这种做法,可是相当冒险。

"如果这是他们设的一个圈套,恐怕你与美杜莎的处境将会极其不妙,而一旦你们二人出了差错,三军联盟绝对会再度攻来!"萧鼎脸色凝重地说道。一旁,海波东等人也点了点头,这样做太冒险了。

"不这样的话，一旦雁落天和慕兰三老伤势痊愈，再集结宗内精锐力量，也是一个极大的麻烦。斗宗强者的实力太强，如今梁子已经结下，日后万一他们想要报复，那我们可要付出不小的代价，所以如今是斩草除根的最好机会。"萧炎环视全场，笑着说，"干什么事没有风险？更何况还是这等大事。"

见萧炎坚持，萧鼎等人也只得叹息一声。不过他们也清楚，虽然风险大，但是一旦成功，那么炎盟和加玛帝国的危机就会彻底解除！

"那毒宗宗主，你认为真的信得过？"萧鼎的手指在桌面上轻轻点动，片刻后，他沉声道。

"嗯，信得过。本来这场战争便是一场误会，若我当初在炎盟，这场战争根本打不起来。"萧炎点点头，叹息道。

"既然你执意如此，那就依你吧。等你行动那日，炎盟强者也会埋伏在那座城市周围，一旦出现变故，就立刻救援。"闻言，萧鼎已知萧炎决心，当下只能点点头，道。

萧炎见状，瞧着气氛有些凝重的大厅，笑着道："诸位不用如此，等日后我炎盟发展起来，也就不会如此受制于人，现在还是得冒冒险。"

众人笑了笑，但心中那份担心依然未减弱多少。

当萧炎有些鬼鬼祟祟地从议事厅出来时，便听到从一旁传过来一个淡淡的声音："走吧，我等你很久了。"

听得这声音，萧炎的身体顿时僵硬。他艰难地转过身，见美杜莎正背靠石栏，慵懒而立，那对妖媚双眸淡淡地望着自己。

萧炎干咳了一声，脸上勉强露出一丝笑容，然后不情不愿地向着美杜莎行去。海波东与加刑天此时也正好从大厅行出，见状一愣，旋即笑着打了声招呼。

萧炎顿时大喜，刚欲开口说话，一旁的美杜莎却声音冰冷地道："我与萧炎有要事要办，你们不要跟来。"

海波东与加刑天愣了愣，不由得面面相觑，干笑了一声，然后冲着萧炎丢个自求多福的眼神，赶紧走开。

萧炎无语地望着这两个跑得比兔子还快的老家伙，只得认命地摇了摇头，转头对美杜莎道："走吧，我倒是要看看，你们那些长老能把我怎样。"

美杜莎见到萧炎这像是要上刑场的模样，嘴角浮现一抹淡笑，转过身去，不急不缓地在前面带路，萧炎则苦着脸跟在她身后。

这不怪萧炎如此拖拉。他与美杜莎那事，虽说是他自己不受控制，但不管怎样，侵犯了别人是事实。如今他去见族中长老，很有些见对方家长的感觉。

萧炎跟着美杜莎穿过几条宽阔的街道，十几分钟后，拐进一片有些阴暗的区域。这里刚好位于城墙边，高耸的城墙形成的阴影令此处光线略显暗淡，蛇人族的众多强者便居住在此。

在这片区域与外界交接的地方设有拦截线。蛇人族虽然如今和加玛帝国联盟，但是大多数蛇人还是抗拒人类。双方想要融洽相处，需要不短的磨合时间。

这片蛇人族居住区域的防御也颇为森严，手持武器的蛇人不断地来回巡逻。而见到美杜莎的身影时，这些守卫顿时目露狂热之色，蹲下身子，对着她行礼。

一路穿行而过，半晌，两人在一处庞大的院落之前停下脚步。美杜莎纤手一挥，打开院门，然后行进其中，萧炎迟疑了一下，跟了上去。

萧炎刚刚踏入院落，一道巨大的阴影猛然夹杂着凶悍劲风，狠狠向他怒砸而来！感受着突如其来的攻击，萧炎的脸色微变，一声冷哼，紧握拳头，碧绿火焰急速涌出，毫不客气地对着那偷袭之人砸了过去。

嘭！低沉的劲风在院落之中爆炸，将地面之上的灰尘震得如气浪般扩散。

一击交手，萧炎仅肩膀一颤，那偷袭之人却在半空翻滚几圈，才轰然落地。

萧炎缓缓抬头，目光有些冰寒地扫向了那偷袭之人。出现在萧炎面前的是一名身体颇为壮实的男性蛇人。他长相凶狠，手臂上有两条黑色巨蟒的文身，手臂扭动时，巨蟒看上去犹如活物，渗透着丝丝阴寒暴戾之气。男性蛇人此刻

　　正凶狠地望着萧炎，雄浑的斗气在身体表面翻腾不休，而其落地处的坚硬石板已经破裂开来，显然是因为卸去了刚才交锋的劲气。

　　"你是谁？"萧炎注视着这名凶悍的男性蛇人，能感觉到后者是一名斗王巅峰的强者。这对他来说，算不得什么难缠的对手，不过被人出手偷袭，让他有点儿生气。

　　"蛇人族统领，墨巴斯！"这名男性蛇人紧盯着萧炎，眼中的敌意分外明显，"你便是那个萧炎？"

　　见萧炎淡淡地点了点头，墨巴斯的眼中顿时闪过凶芒，拳头猛然一握，手臂之上强壮的肌肉蠕动着，那两条漆黑巨蟒文身犹如活了一般，释放着一股冲天煞气。

　　"若是再来，我不会再留情。"见到这家伙如此冥顽不化，萧炎的眼中闪过些许狠意，碧绿火焰在手掌之上当即再次升腾起来。

　　"那便让本统领来领教一下！"墨巴斯低声怒吼道，刚欲猛扑上去，一道冰冷的声音却传了过来，令他全身僵硬地停了下来。

　　"够了，给本王住手！"美杜莎偏过头，微蹙着黛眉望着墨巴斯，斥道，"你是越来越没规矩了，他是我蛇人族的客人，岂容你随意出手偷袭？"

　　被美杜莎一阵呵斥，那墨巴斯却没有丝毫不耐烦。他无奈地点了点头，看向美杜莎的眼神却充斥着颇为浓烈的爱慕与尊崇。

　　再次丢给萧炎一个阴沉的眼神，墨巴斯方才有些不甘地退到一旁。

　　见到那家伙退开，萧炎方才散去拳头之上的碧绿火焰。对于他为何会对自己如此不满，或许从他看向美杜莎的目光中便能够知道一点儿端倪。

　　目光在这院落中一扫，萧炎微微一皱眉头。这占地面积不小的院落中有不少蛇人的身影，看这些家伙的气息，明显都是蛇人族中的顶尖好手，而且那日被他救过一次的月媚也在其中。

　　这些蛇人族强者望向萧炎的眼神中皆充满了好奇，刚才他一拳将墨巴斯震退的举动显然引起了不少人的兴趣。当然，最让他们诧异的还是美杜莎对萧炎的态度。虽说美杜莎脸色依然冷漠，可话语间却明显对他颇为维护。这一点，放在以往对人类极为厌恶的美杜莎身上，的确是很不可思议的事情。

"跟着我。"美杜莎对站在门口的萧炎轻声说了一句，然后便率先转身向着院落深处行去。萧炎在迟疑了一下后，只得在周围那一道道虎视眈眈的目光的注视下跟了上去。

第十七章
拜访蛇人族

萧炎一路跟着美杜莎走过几条幽静的道路，半晌，两人终于在最深处的一幢隐藏在竹林中的竹房前停了下来。

美杜莎的脸颊隐现一抹凝重，抬手轻轻敲门。

"进来吧。"敲门声落下，竹房之中传来一个苍老的声音。

房门应声而开，美杜莎看了萧炎一眼，然后转身行入其中。

萧炎站在门口迟疑了一会儿，能够隐约感觉到，这竹房内有四道晦涩的气息，虽然并没有美杜莎那么强，但是也不可小觑。至少这四道气息比加刑天与海波东要强上一些。当然，这四人并未突破到斗宗，而是处于斗皇巅峰层次。

在感受到这四道气息的强横程度后，萧炎心中松了一口气。只要不是斗宗强者，那他就不会有太多的忌惮。凭他的本事，斗皇阶别之中，能把他留下的人应该不多。这般让心安定下来，萧炎身形一动，缓步走进竹房，身后房门自动紧闭。

进入竹房，淡淡的灯光突然亮起，四道苍老身影出现在萧炎的目光之中，

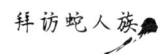

而美杜莎正安静地盘坐在一旁的蒲团上。

似是听到萧炎的脚步声,居中的一名老妪缓缓睁开双眼,那对菱形的瞳孔宛如毒蛇般锁定萧炎,令他全身泛起一阵寒意。随后其余三名老妪也睁开了双眼,四股阴寒的气息升腾而起,最后汇聚在一起,居然在半空凝聚成了一条漆黑色的巨蟒。巨蟒那毫无情感的眼瞳紧紧地盯着萧炎,一股无形的压迫感悄然而生,如千斤之力般,不断在萧炎身体之上聚集。

感受着那股强悍的气势压迫,萧炎的脸色也逐渐凝重。他猛地一声轻喝,碧绿火焰陡然升腾,将身体顷刻间尽数包裹。

碧绿火焰一出现,室内温度就陡然升高,那股因四位老妪而产生的阴寒顿时消散,而那条漆黑色巨蟒也变得虚幻了许多。

"果然是异火!"

望着萧炎身体之上缭绕的碧绿色火焰,居中那位老妪浑浊的老眼中掠过一抹惊异,头顶之上的漆黑巨蟒逐渐消散,缓缓道:"你便是炎盟的盟主,萧炎?"她的声音颇为难听,令人浑身上下都弥漫着一种不舒服的感觉。

萧炎冲着四位老妪客气地行了一礼,然后笑道:"晚辈萧炎,见过四位蛇人族老前辈。"

"没想到啊,阁下如此年纪便能够达到斗皇阶别,当真是天赋得天独厚之人。"居中那名老妪冲着萧炎露出一个难看甚至算得上森然的笑容,旋即道,"老妇是蛇人族的大长老,她们是二长老、三长老、四长老。"

目光随着大长老干枯手指所指之人,萧炎客气地一一行礼。不管怎样,礼数总是要有的。

"今日将萧盟主找来,主要是有一事相问。"介绍完毕之后,大长老那菱形眼瞳微微一动,声音嘶哑难听。

"大长老请说。"萧炎干笑道。

"此事,与本族族长美杜莎有关。"大长老的声音平缓,没有太大的起伏。

但就是如此,却让萧炎心中不敢有丝毫怠慢。

"本族族长,在能够化为人身之前,皆是处子之身。美杜莎如今的确是已化为人身,但是必须经过族内的祭坛洗礼,方才能够与人行房事。此次族长回来,却已非处子之身,听她所说,这与萧盟主有关?"话到最后,大长老的声音陡然变厉,四道冷厉目光暴射而来,将萧炎锁定。

萧炎变了脸色,不着痕迹地后退一步,苦笑着应道:"四位长老,这其实并非萧炎本意,其中之事颇为曲折……"

"萧盟主这是承认是你夺走美杜莎的处子之身了?"大长老声音低沉地道。

萧炎哑然,无奈地点了点头。

"按本族族规,萧盟主需要受那万蛇噬体之刑。"那坐于大长老身旁的二长老,突然语气森森地说道。

萧炎脸色微变,体内斗气缓缓流淌,沉声道:"四位长老,此事虽并非我自愿,可我的确也有责任。但你们的族规,似乎管不到本人身上来吧?若是真要强来,我可不会束手就擒!"

见到萧炎的脸色略显阴沉,美杜莎一皱黛眉。她并不想让萧炎与长老们闹得这么僵,而且四位长老也说过不会为难萧炎,为何又如此?

"嘿,果然是个硬骨头!"大长老瞧了萧炎一眼,扬了扬眉头,挥了挥手,道,"算了,不吓唬你这小子了。如今蛇人族与加玛帝国联盟,日后蛇人族说不定还需要你这炎盟盟主照料,我自然不会让你去受什么万蛇噬体之刑。"

萧炎闻言,心中一喜,连忙笑道:"这是自然。不知道长老们此次将我叫来,究竟所为何事?"

大长老与另外三名长老对视了一眼,迟疑了片刻,方才缓缓地说道:"此次给族长洗礼之时,我四人用秘法在族长腹中似乎探知到一道微弱的生命气息……像是怀孕的征兆。"

这话犹如晴天霹雳般在萧炎与美杜莎的耳边炸响,两人顿时目瞪口呆。

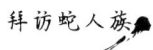

萧炎的嘴角一阵抽搐,忍不住有跳起来的冲动。哪儿有这么巧?

美杜莎的反应同样好不到哪里去,平日的杀伐果断已经尽数消失。她微微张了张红润小嘴,摇了摇头,可因为心中的天翻地覆而吐不出半句话来。她与人战斗甚至取人性命时都毫不眨眼,然而在这种事情上,却犹如一个惊慌失措的小女孩,不知道如何应对。

"那个……大长老是不是感应错了?那个……距上次地底之事,差不多已经一年多时间了,据我所知……怀孕似乎不需要这么长的时间吧?"半晌,萧炎方才逐渐回过神来,吞吞吐吐地道。

"蛇人族与人类不同,而且族长这次的进化体更是远古异兽吞天蟒,自然是异于常人,怀孕一年乃至几年,也并非稀罕事。"大长老摇了摇头,道。

听得这句话,萧炎额头上的冷汗顿时就流了下来。

"大长老,你们应该是感应错了吧,为什么这事连我都不知情?"美杜莎此刻也终于从呆滞的状态中回过神来,急忙问道。

"那道生命气息很微弱,若非我们使用秘法查探,也难以感应到,你未曾察觉也正常。"大长老解释道,"至于这道细微的生命气息究竟是不是怀孕的征兆,的确还有待查探。此事若是真的,那么我蛇人族又将会出现一名拥有美杜莎血脉的传人,这可是族中绝顶大事!"说到最后,大长老脸上涌现一抹红润,眼中也多出些许激动之色。

听得大长老还未确定此事,萧炎与美杜莎皆重重地松了一口气。

"不管此事是否属实,你都要记住,以后要格外小心。再等一段时间,便能够确定你体内是何缘故了。"瞧得美杜莎这模样,大长老一皱眉头,沉声道。

"这一段时间是多久?"萧炎干笑着问道。

"蛇人族与人类不同,特别还是美杜莎的血脉,若真是怀孕,时间必然不短,三五年也是正常之事。"大长老淡淡地说道。

萧炎闻言,心中再次松了一口气。还好,如果这一两月时间就可以确定的

话,那他真要从城墙上跳下去了,他现在可没有半点当爹的觉悟。

"不过此事是我蛇人族的绝顶大事,美杜莎的血脉异常强悍,所以婴儿尚在母体之时,便需要用无数灵丹妙药滋养,如此一来,日后婴儿出生,实力也将会越加强横,潜力也极为恐怖。"大长老瞥了萧炎一眼,道。

"按照族内秘法,美杜莎婴儿的滋养,分为上中下三等。用这三等秘法所培育出来的婴儿,潜力各自不同。用下等秘法滋养的婴儿,日后若是没有大机缘,就会止步于斗皇之阶;若是用中等秘法滋养,就足以达到斗宗阶别;而上等秘法,则更强。"

这等秘法倒是引起了萧炎的好奇,他问道:"美杜莎是哪等秘法?"

"中等。"大长老笑道,"不过这并非绝对,若是有机缘与天赋,也能走到更高的地步。当然,其中所需要付出的努力,也要比下等滋养的婴儿多出数倍。"

"她竟然才是中等?"闻言,萧炎一愣,有些愕然地道。美杜莎如今的实力,即便是放眼整个西北地域,也是不弱的强者,没想到这才是中等而已。

"秘法滋养所需要的条件极为苛刻,当初给她使用中等秘法,可是耗尽了蛇人族大部分所藏才请来一名高阶炼药师花费许久时日,方才完成滋养。"大长老无奈地摇了摇头,道,"下等秘法,只需要一些寻常富有能量的灵丹妙药便可。中等秘法,需要一味名为蛇髓蜕骨丹的六品丹药为主药引。而高等秘法,便需要一种极难炼制的天魂融血丹。此丹乃是七品丹药,能最大化地激发美杜莎婴儿的潜力,日后成就堪称恐怖。不过这种丹药太难炼制,而且因具备夺天之能,丹成之时还有丹劫相随,一个不慎,丹毁人亡是极为常见的。这么多年来,我蛇人族还从未出过一名由上等秘法滋养而出的美杜莎血脉。"说到最后,大长老语气中有些遗憾。

萧炎十分惊讶:没想到蛇人族竟然还有这等玄妙秘法,难怪历代美杜莎都是这般强横,原来是因为从还在母体之中时,便将药力融入了小小的身体。

萧炎在心中啧啧地赞叹了一声,随后干笑道:"不过这事怕也是一场误会,美杜莎曾经融合了吞天蟒的灵魂，说不定这微弱的生命气息是吞天蟒的呢。"

"这倒并非没有可能，不过此事关系到我蛇人族的沿袭，所以即便只有一点儿可能性，我们也必须从现在开始便使用秘法滋养，否则拖得太久，也就失去了最好的时机。"大长老点了点头，缓缓道。

萧炎脸上赔着笑，不着痕迹地看了美杜莎一眼。美杜莎此刻纤手正轻轻地抚着小腹，脸上的神色颇为古怪。恐怕她也想不到，这里会突然出现一道细微的生命气息。

大长老脸上露出一抹难看的笑容，嘿嘿一笑，道："此事也与萧盟主有着很大的关系，所以你也要负责任。"

萧炎一愣，旋即嘴角微微抽搐：这几个老家伙叫自己来，就是想要自己负责？"那个……大长老想怎么样？"

"如果美杜莎的确怀孕了，那么你就是这孩子的爹，所以你为她做些事，也是义不容辞的。"大长老笑眯眯地道，也不管因为她这话脸色突然通红的美杜莎。

"大长老的意思是……"片刻后，萧炎方才小心翼翼地问道。

"你与美杜莎之间的事，我们这些老家伙不会插手，但是这孩子，你却必须上心。蛇人族此次遭逢大难，族中所藏遗失了许多，所以这一次，那三等秘法，只能找到最低的一等。"说到此处，大长老颇为狡猾地冲着萧炎笑了笑，"不过以萧盟主的地位与实力，应该并不希望自己的血脉得到最差的待遇吧？"

听到这里，萧炎方才恍然大悟：原来这老家伙是想敲诈自己！

"既然萧盟主已经明白，那我就不废话了。据说你是一名六品炼药师？"大长老突然笑问道。在说到六品炼药师时，她的眼神顿时炽热。

"嗯。"萧炎瞥了美杜莎一眼，这应该是她将这些事告诉大长老的吧？

"既然如此，不知道能否请萧盟主帮我们这位未来的美杜莎血脉，炼制一枚蛇髓蜕骨丹？"大长老殷切地望着萧炎，笑着道。

即便心中已经有所猜测,萧炎也忍不住地翻了翻白眼:果然如此……

"大长老,此事尚未确定,便如此大费周章,是不是有点儿不太妥当?而且不就是一枚蛇髓蜕骨丹吗,以本王如今的实力,想要请六品炼药师出手帮忙也并非不可能。"美杜莎瞧得萧炎那神色,顿时冷哼了一声,开口道。

"未雨绸缪啊,不能大意。万一真是的话,一旦错过了最好时机,后果谁来负责?"大长老皱了皱眉,颇为严厉地道。

大长老说到此处,目光紧锁着萧炎,缓缓道:"不知道萧盟主意下如何?"

萧炎皱着眉头,沉吟片刻,却微微摇了摇头。

见到他这举动,四大长老和美杜莎的脸色都忍不住一沉,美杜莎更是紧咬着嘴唇,看向萧炎的目光不由得缓缓变冰冷。

"蛇髓蜕骨丹虽然是六品丹药,但是相比而言还是低级了点。我觉得,还是天魂融血丹吧,你们觉得如何?"萧炎摩挲着下巴,有些试探地说道。

话音落下,萧炎抬起头来,却见到几张惊愕的脸,不由得一愣,小心翼翼地道:"怎么了?不行吗?"

"不是不是,行,行,当然行!"闻言,大长老连忙应道,眼中涌现一抹难以掩饰的狂喜之色。她没想到萧炎居然肯花大力气炼制那最高等的天魂融血丹。作为蛇人族的长老,她自然最清楚炼制这种丹药的困难度和需要承担的风险。

那刚刚还目光阴寒地盯着萧炎的另外三位长老,此刻脸色也迅速缓和下来,都微微点了点头。

美杜莎眼中的冰冷之色也迅速消散,望向萧炎的目光中,出现了一抹以前从未有过的柔和。当然,这只持续了短短一瞬,便再度被她隐藏起来。

"呵呵,萧盟主,你要炼制天魂融血丹自然是没有问题,等会儿我便将此药方交予你。不过此丹是七品丹药,极难炼制,而且还伴随着雷劫,故而危险性不小。"大长老笑望着萧炎,说道。

萧炎沉吟了一会儿,缓缓地道:"以我此刻的炼丹水平,炼制天魂融血丹的确有着极高的失败率,但给我足够的时间,应该能够成功炼出。对了……"说到此处,萧炎的目光在美杜莎身上转了转,干笑道,"不知道这最合适的时机是什么时候?"

"现在族长体内那丝生命气息还极为微弱,明显只是才形成不久,若这真是怀孕的迹象,那么两年之内便必须进行秘法滋养。所以说,萧盟主需要在这两年内,炼制出一枚天魂融血丹。"大长老略微迟疑,旋即说道。

"两年之内……"萧炎点了点头,沉声道,"大长老放心,两年之内,萧炎必将天魂融血丹送来!"

正如大长老所说,不管美杜莎是否真的怀孕,都必须做好万全的准备。虽说萧炎如今根本就没有当爹的觉悟,可无论如何,那都是他萧家的血脉,他自然必须给予最好的东西。

听得萧炎的保证,那大长老顿时乐开了花,笑眯眯地点点头,道:"有萧盟主这番保证,老妇也就放心了,说不定日后我们蛇人族,将会出现一名前所未有的超级强者。"

萧炎干笑了一声。在这个时候,他除了赔笑,似乎已经干不了什么了。

将正事谈完,四位长老对待萧炎的态度明显变得温和了许多,与他笑谈了片刻,将那炼制天魂融血丹的药方交给他,才挥手让美杜莎把他送出去。

两人出了竹房,在幽静的小路上走了好长时间,萧炎方才偏过头,望着那目不斜视、脸上却噙着一抹淡淡红润的美杜莎,苦笑了一声,道:"这个……"

"放心,如果此事属实,你只要如长老所言,炼制出一枚天魂融血丹就行,其余的不用管。"似是知道萧炎的心情复杂,美杜莎瞥了他一眼,平淡地道。

萧炎苦恼地摇了摇头,一时间依然未曾从这般大震荡中回过神来。

"我知道你的一些事,所以不用担心本王会纠缠于你,我没那兴趣。等日后你将天魂融血丹炼制成功,你想去哪儿便去哪儿,无人阻你。如果这真是新一任美杜莎血脉,我与蛇人族自然会全力培养她。"美杜莎低头看了看自己那纤细

蛮腰，淡淡地说道。

萧炎闻言，皱了皱眉头，这话怎么说得自己像是薄情寡义之人？不过细细想来，他却只得苦笑着叹息了一声。他与美杜莎之间关系复杂，感情自然比不上与薰儿那般深厚。可经过地底之事后，他又不可能无视美杜莎，如今出了这档子事，更令他与美杜莎之间的关系变得微妙起来。

当然，他同样也清楚，或许美杜莎对他有些难以言明的情感。这种情感来源于地底之事，毕竟不管美杜莎再如何心狠手辣，终究是个女人。对于失身这种事，她也极为看重，起初若非因为吞天蟒的灵魂，恐怕早就把萧炎杀了。后来随着时间的推移，虽说吞天蟒灵魂的影响效果越来越弱，但相处得久了，她心中对萧炎的抗拒与杀心也逐渐减弱了许多。到如今，她心中或许早就很少再想起当初的那种念头了。

"就送你到此处吧，你什么时候打算去暗杀雁落天与慕兰三老，便派人通知我。"就在萧炎愁眉苦脸时，美杜莎却突然脚步一顿，淡淡道。

萧炎闻言一怔，刚欲说话，却见美杜莎已转身，当下只得无奈地摇了摇头，看来刚才自己那神情令她有些不快了。他苦笑一声，向着院落外行去。

"那个小子，站住！"

就在萧炎穿过外院欲离开时，一声大喝猛然响起，旋即几道身影闪掠在他面前。他抬起头来，微皱着眉头望着出现在面前的两个男性蛇人，其中一人便是先前对他出手偷袭的墨巴斯，至于另一个，观其气息，居然也是一名斗皇强者，不过应该只是在二三星左右。

"黑毒大哥，他便是萧炎，长老所说或许会成为族长丈夫的那个家伙。"墨巴斯恶狠狠地盯着萧炎，对着身旁的蛇人说道。

被称为黑毒的蛇人点了点头，三角形的瞳孔锁定萧炎，声音低沉地说道："我是蛇人族二统领黑毒，虽然我蛇人族已经答应与你们结盟，但是你最好还是离族长远一些，否则倒霉的只会是你，我蛇人族不会与外族有丝毫交往。"

对于这些人三番五次的挑衅，萧炎已经颇感不耐烦，因此眼中掠过淡淡寒芒。此刻的他本就有些心烦意乱，这些家伙再来火上浇油，他可不保证自己不会让他们躺在这里。

前院中有不少的蛇人族强者，当他们瞧着墨巴斯竟然找来黑毒当帮手，顿时大感兴趣地围拢过来。以他们在族中的地位，自然也知道萧炎与美杜莎的关系有些不同。

"让开。"感受到周围越来越多的注视，萧炎轻抬眼睛，淡淡地说道。

三角眼瞳中凶芒闪动，黑毒沉声道："希望下次不要在这里再看见你。"

萧炎轻挑眉头，终于失去了最后一丝耐心，轻移脚步，片刻后便来到黑毒与墨巴斯身前，轻飘飘地碰撞上去。

嘭！在周围一道道惊愕的目光中，黑毒与墨巴斯如遭重击般骤退。黑毒仅仅退后了几步便稳住了身形，而墨巴斯在连退了十几步后，居然直接一屁股坐在地上，脸色猛地涨红起来。

黑毒脸色变得异常凝重。他没想到，萧炎虽然实力看起来只是初入斗皇，但是竟然有如此恐怖的力量。

往日大战开始时，众多蛇人族强者皆被分散开来护卫其余城市，因此有一些人并不清楚当日黑山要塞所发生的惊天大战。而这位名叫黑毒的二统领，正是今日方才从外面归来，所以对于萧炎此人，他并不太熟悉，只是略感这个名字有些耳熟。

黑毒眼中凶芒闪过，陡然一喝，雄浑斗气猛然自其体内暴涌而出，强悍的气势弥漫，令围观的蛇人强者赶忙后退。

萧炎嘴角掀起一抹冷笑，碧绿色的火焰自体内缓缓升起。

刺！就在萧炎运转琉璃莲心火时，一道破风声陡然响起，旋即一道绿色影子闪电般地击中黑毒的胸膛。黑毒一声闷哼，弥漫的斗气迅速消散。

一击之后，绿色影子便缓缓落地，化为一截绿色树枝。蛇人族中能用树枝

将一名斗皇强者击退的，除了美杜莎还能有谁？

"墨巴斯、黑毒，你们最近倒是越来越不把本王放进眼中了！"

冰冷喝声迅速传来，黑毒与墨巴斯的脸色一变，赶忙单膝跪地。他们感觉到了美杜莎话语中的怒火。

"萧炎是我蛇人族的贵客，日后若是有人再无故刁难，休怪本王按族规伺候！"

听得美杜莎此话，在场的蛇人族强者面面相觑。谁都没想到，美杜莎女王竟然对萧炎如此维护，难道长老所说的确是真的？想到此处，不少男性蛇人皆对萧炎投去艳羡甚至嫉妒的目光。美杜莎是蛇人族众多人心中不可亵渎的女神，没想到今日居然会为了一个外人大发雷霆，这实在是令他们妒忌。

有美杜莎发话，自然也就没了蛇人敢再出来阻拦，因此萧炎在有些恍惚中一路无阻地出了蛇人族所在的区域。而当他走出那拦截线时，听得外界再度沸腾起来的人声，脑子中的混乱方才逐渐地淡了下来。

萧炎甩了甩脑袋，想起先前美杜莎有些生气的样子，甚至刚才都未曾现身，看来自己的那些举动的确令她生气了。

"唉，真是混账。"拍了拍脑袋，萧炎叹息一声，苦笑着骂道。遇见这种事，自己竟然比人家女方还要扭扭捏捏难以接受。而且此事毕竟是自己的责任，也难怪美杜莎会这么生气。

萧炎并非冷血之人，大长老请求他炼制丹药，他未曾多加犹豫便直接选择了对婴儿好处最大的高等秘法。毕竟那也是他的血脉，怎么可能会不给孩子最好的东西？只是这消息来得太突然，将萧炎以往的冷静尽数摧毁，不经意间所说之话确实有些伤人心。

下次见面，好生道个歉吧！

萧炎转头看了一眼这片区域，在心中喃喃了一声，然后才缓步离开。

第十八章
兵分两路

回到炎盟驻扎在黑山要塞的分部,萧炎与萧鼎、海波东等人商议之后,便决定明日采取行动。毕竟如今时间所剩不多,万一等到金雁宗与慕兰谷的精锐力量将一些珍稀丹药送达,那两名斗宗强者或许便能够迅速恢复力量,到时候想要再暗杀他们,可就有些麻烦了。

在将时日决定之后,萧炎略一沉吟,便寻了个密室,略做调息。至于美杜莎那事,他没和萧鼎说。他知道,以大哥的性子,若是知道美杜莎腹中可能怀有萧家血脉的事,恐怕会极度激动。但此事究竟是真是假还未能下定论,若只是一场误会,反而让人白白激动,所以他还是决定等有了定论之后,再向萧鼎等人说明。

密室之中,萧炎第一件事便是将蛇人族大长老给予他的天魂融血丹的药方拿了出来,然后小心翼翼地摊开。

这天魂融血丹很奇异,能够帮助那些尚未出生的婴儿,在母体之内便借助着精纯药力打通体内一些经脉。如此一来,婴儿出生之后,修炼起来自然有事

半功倍之效。这种丹药,对于一些实力极为强横的宗门或者家族来说,无疑最具价值。只要有了这个,他们就能够不断地培养出天赋绝佳的修炼天才。

类似天魂融血丹的药方,萧炎也在药老遗留下的那些药方中见过一两种。不过与前者比起来,却是少了几分霸道之味,也不知道这蛇人族是从何处弄来的这种药方,若是放出去,可当真会让不少强大势力眼红。毕竟有了这东西,便可以源源不断地提供优秀血脉,这对于任何一种势力来说,都有着难以抗拒的诱惑。也得亏美杜莎血脉本就有着一丝远古的稀薄血脉,倒是能够抵御住这种霸道的药力。

"七品……"轻轻把玩着手中的卷轴,萧炎微微皱眉。这种能改变人体质的奇丹,炼制起来难度极大,失败率也极高。而且最可怕的是,这种阶别的丹药在出炉之时,会引起天地能量波动,最后引发雷劫。这种雷劫,炼药界称之为丹劫,威力极大,一个不慎,便是丹毁人亡的下场。因此,即便是一些有能力炼制七品丹药的炼药师,也会尽量少炼制这种可以引发丹劫的丹药。由此也能猜测出,为什么这么多年来,蛇人族从来没有炼出一枚天魂融血丹了。

炼制这东西,可不是光找齐药材那么简单,还要找到一位有这能力并且还敢冒生命危险的高阶炼药师方才能够炼制成功。而凡是有实力炼制这种丹药的炼药师都是大师级别的人物,谁肯冒着被雷劈的危险来给你炼制这种丹药?他们的命可金贵着呢!

"所需药材也非常稀有,不过好在还有两年时间,可以慢慢来。"萧炎轻叹了一口气,将药方小心翼翼地收好,旋即沉吟了片刻,手掌一动,又从纳戒中取出了一卷血红色的卷轴。这卷轴一出现,顿时就弥漫出些许阴冷之意,赫然便是当年萧厉在黑角域深山中偶然得到的噬生丹药方。

如今炎盟虽然发展迅速,但是真要与毒宗、金雁宗这些势力相比,依然要弱一些。这不仅仅表现为巅峰强者的数量少,更多的还是中坚力量有些薄弱。然而想要在短时间内培养出一批能够独当一面的核心力量,又岂是易事?这种情况下，使用噬生丹将会是最厉害的捷径。

当然，噬生丹的副作用萧炎已经知晓，这事他也已经和萧鼎、海波东等几位炎盟元老商量过。他们一致决定，最好尽快真正培养出一批完全忠心于炎盟的死士。虽说这批死士只有三年的寿命，可只要挺过这三年，他们就有信心让炎盟成为这西北地域数一数二的强大势力。虽然这种办法有些血腥，但是炎盟牵扯太广。例如这一场战争，若非萧炎关键时刻赶来，恐怕整个加玛帝国都得被除掉，到时候为此而丧生的人，又不知将有多少。

想要守护更多的人，自然需要一小部分人的无私付出。

"等此事了了，便将药方交予大哥，然后秘密派遣炼药师将之炼制出来。至于死士，也只能让大哥他们去挑选。只要有一批斗王阶别的死士，炎盟就能够在加玛帝国屹立不倒。日后，炎盟称雄西北地域，也并非不可能。"萧炎喃喃自语道，而后郑重地将这卷药方放于身旁，长长地吐了一口气，手中印结缓缓一动，逐渐闭上眼，进入修炼状态。

自从突破到斗皇，出了小山谷之后，萧炎便未曾真正静心修炼过。前几日的大战令他时刻紧绷着神经，不敢有丝毫松懈，如今事情暂告一段落，他才有时间在密室中安静地调养身体。

随着萧炎进入修炼状态，密室之中的空间微微波动，一股股天地能量涌现，化为两条色彩略显斑驳的小蛇，钻进萧炎的鼻中。小蛇被体内两种异火迅速炼化，然后化为一丝丝精纯的斗气，流淌在经脉之中，最后融入身体每一处。

此次在一日内与两名斗宗强者相战，对于萧炎来说，也是极大的消耗。特别是他最后又施展了三色佛怒火莲这等恐怖招式，这不仅对斗气是一个极大的消耗，而且灵魂力量也因此衰弱了许多。好在萧炎灵魂强于常人，恢复速度快，因此短短几日内，消耗的灵魂力量便已自动恢复。

而施展这么多次佛怒火莲，萧炎隐隐间也察觉到自己的灵魂似乎在这种不断枯竭、恢复的循环之中，变得越加圆润与充满活力，甚至连带着灵魂感知力

都比以前敏锐了不少。

修炼，在枯燥之中悄然而过。当萧炎从修炼状态中退出来时，刺眼的阳光已经从密室的小窗射进来，在地面上留下道道光斑。

萧炎缓缓睁开双眸，吐出一口略微泛白并且有些炽热的气息。他也在瞬间变得神采奕奕，漆黑的眸中闪烁着炽热火芒，片刻后，方才逐渐淡去。

"战斗果然是等级提升最快的捷径啊……"

萧炎伸了一个懒腰。他能感觉到，经过与雁落天、慕兰三老的战斗，他的实力已略有精进，如今已经彻底地稳固在了一星斗皇的境界，而这距离他突破斗皇，不过方才一月时间而已。这般速度，不可谓不快。

"呼……今日，该动手了！"

手中一动，一枚灰色玉片出现在手中，萧炎的嘴角挂起一丝冷笑。

距离黑山要塞不远处的一座小山峰之上，人影错落，却无丝毫异响。所有人皆安静地盘坐在地上，雄浑的气息被压制得极低。萧炎、萧鼎、海波东等人并排而立，彼此间低声地交谈着。

"美杜莎还没来吗？"海波东微皱着眉头，望向黑山要塞所在的方向，问道。

"我已派人通知过她，想必她是在整顿蛇人族的强者吧。"萧炎笑了笑，说道。而就在其话语落下后不久，破风声突然从天际传来，只见大批身影急掠而来，几个呼吸后便出现在山峰半空，缓缓降下。来人自然便是蛇人族的强者，领头的正是美杜莎。

见到美杜莎露面，海波东等人也松了一口气。如果这场暗杀缺少了她，可就没有多少意义了。凭萧炎一个人的实力，闯进那三军联盟聚集之地，危险系数无疑将会升高许多。

落下地来，美杜莎淡淡的目光在萧炎身上停了一下，然后便转向海波东等人，开口道："若是准备齐全，那就动身吧。"

萧鼎微微点了点头，沉吟道："此次暗杀，先按照原本计划，由三弟与美杜莎女王潜入城中，寻找机会击杀雁落天与慕兰三老。若是行迹被发现，或者暗杀失败，那埋伏在外的海老等人，就会率人前来接应。若还有机会的话，最好能灭掉那几个家伙，实在不行，就都先行撤退吧！毕竟现在的我们，承受不起太大的损伤。"

"呵呵，既然如此，那我就在黑山要塞静待佳音了。"萧鼎笑了笑，旋即冲着众人拱手道。

萧炎笑着点了点头，然后目光扫向美杜莎，美杜莎却迅速扭过头不看他。瞧得她这模样，萧炎无奈一笑，背后火翼延伸而出，手掌一挥，率先冲天而起。

见到萧炎开始行动，那些地面之上的众多炎盟强者也迅速召唤出斗气之翼，然后赶忙跟上。

"我们也走吧。记住，待我进入城中后，你们全部都听海波东的命令，不可违抗，若是中途出了什么差错，可别怪本王族规伺候！"美杜莎偏过头，对蛇人族的众位强者淡淡地说道。

蛇人族众强者，领先一人便是与萧炎有过冲突的二统领黑毒，不过此刻他听得美杜莎的话，赶忙点头。在蛇人族中，美杜莎的威望可是无人敢挑衅的。

美杜莎这才微微点头，身形一动，不借助外力，身体已悬空而起，最后化为一道流光，跟上前面的萧炎等人。在她身后，蛇人族众强者也迅速跟上。

三大帝国的军队虽然在小医仙的命令下暂时退回，但是并没有彻底退兵，而是全部驻扎在出云帝国与加玛帝国交接处的一个边境城市之中，随时准备反扑，一举吞噬加玛帝国。

正如小医仙所说，她虽然在毒宗内拥有独裁的权力，整个出云帝国中也没有太多的人敢质疑她的决定，但是金雁宗与慕兰谷并非出云帝国的势力，而且这两宗的整体实力不比毒宗弱。起初两大宗门愿意出兵攻打加玛帝国，也是打的分割这块地盘的算盘。可事情到了这一步，小医仙却突然决定放弃进攻，自

然引起这两宗的强烈不满。

虽说雁落天与慕兰三老皆有伤在身，可只要两个宗门后续的精锐力量赶到，并且送来一些高阶疗伤丹药，他们自然就能够快速恢复实力。到时候，他们又将形成一股极强的力量，灭掉加玛帝国与炎盟并非不可能。

而有了这些希望，两宗自然不乐意现在退兵，三方因此也吵得不可开交，令小医仙颇为头疼。毕竟这退兵退得太突兀，不仅两宗反对，就是毒宗乃至出云帝国中也有一些反对的声音，只不过碍于她的声威，他们不敢发言便是。

所以说，即便是小医仙决定退兵，加玛帝国与炎盟的危机也没有就此解除。只要雁落天与慕兰三老尚在，那么金雁宗与慕兰谷就不会死心！

因此，必须除掉这两人，而此时是动手的最佳时机！

三国联军所停留的边境城市距离黑山要塞仅有一百多里，萧炎等人仅用了一个小时，便逐渐接近目的地。由于担心被城中强者发现如此大规模的气息，因此在距城市还有一段距离时，炎盟与蛇人族的强者便减慢了速度，悄悄进入森林，潜行至那处隐蔽的小山坳中。

到了目的地，众人并未立刻动手，而是在萧炎的安排下，安静调息，尽量将实力提升到最佳状态。

潜伏在小山坳的一处树丛中，萧炎刚好能够望见不远处的那座城市。只见城墙上站满了来回巡逻的士兵，而且偶尔还会有斗王阶别的强者呈交叉状地在半空飞掠而过。他们如鹰般锐利的目光不断地在周围来回扫视，任何一点儿异动，都将会被身处高空的他们率先察觉。

"这里的防御果然森严，看来对方也是有所防备……"望着那些来回巡逻的斗王强者，萧炎咂了咂嘴，略感棘手地说道。

"那小医仙不是给了你玉片吗？将它捏碎，她自然会将一些防御撤去。不过我看那些巡逻的强者明显并非只有毒宗强者，她即便能够撤去防御，也只是调走毒宗的强者，金雁宗与慕兰谷的强者依然会尽职守护。"淡淡的声音从身后传来，萧炎不用回头便知道是美杜莎在说话。

"嗯，不过也没办法，这种事本来就有些冒险，等到天黑时，我们再行动吧！以我们二人的实力，只要小心一些，即便有斗王强者巡逻，应该也难以被发现。"萧炎点了点头，轻声道。

身后传来嗯的一声，美杜莎并没有其他的意见。

萧炎闻言，迅速从纳戒中取出那块灰色玉片，然后将之捏碎。做完这些，萧炎拍了拍手，笑道："现在便等着天黑吧。"

说着，他转过头来，望着那张妖艳动人、给人冰冷之意的精致面孔，迟疑了一下，突然低声道："那个……昨天的事，对不起了……"

美杜莎闻言一怔，充斥着妖娆魅力的眸子扫向萧炎。自从认识这个家伙以来，她还是第一次听见萧炎对自己这么说话。

"你也会道歉吗?"微垂眼睑，美杜莎淡淡地说道。虽然嘴上这般说着，但是连她自己都未曾察觉，自己的脸色柔和了一点儿。萧炎的这番道歉显然还是有着不小的作用。

萧炎有些尴尬地笑了笑，搓了搓手，道："天魂融血丹，我现在短时间内炼制不出来，等我炼药水平提高一些，应该能够着手炼制。不过你放心，两年之内，定然会成功。"

美杜莎点点头，见萧炎能够将这事郑重地放在心中，不知为何，她感到很高兴。对于她这种有些喜怒无常的人来说，可是相当稀罕。

心中最后一丝怨气在萧炎此话中烟消云散，美杜莎刚欲说话，黛眉陡然一扬，纤手猛地一挥，一股吸力暴涌而出，旋即将一只漆黑蝙蝠抓进手中。目光一扫，却瞧见了蝙蝠爪心的小纸卷。取下纸卷，美杜莎屈指一弹，直接将蝙蝠丢进森林，然后缓缓摊开纸卷，轻声道："是小医仙传递过来的。这是城市的地图，标明了雁落天与慕兰三老各自所在的方位。"

萧炎闻言，心中大喜。有了这地图，也就免去了胡乱寻找的工夫，这对于此刻的他们来说，的确有着莫大的帮助。

"雁落天在城中北方，而慕兰三老在西方，看来我们得分头行动了。"美杜莎沉吟道，"雁落天虽然受了重伤，但毕竟还是斗宗强者，一旦反扑，也极难对付，所以把他交给我吧！慕兰三老损失一人，施展不开三兽蛮荒诀，只是寻常的斗皇巅峰强者，以你的实力，全力之下应该不会有太大的问题，如何？"

"嗯……那你小心点。"瞧得美杜莎将最危险的任务分配到她自己身上，萧炎有些感动，当下笑着点了点头。

"既然如此……"美杜莎嫣然一笑，昙花般的笑容令萧炎眼前一亮，"那就静待天黑吧。"

夜色，在萧炎等人的安静等待中悄然而至。而当那一轮弯月缓缓攀爬上天际时，隐藏在森林中的小山坳也传出了细微的动静。

"海老，若是此次暗杀顺利，你们就不用出现，若是其间出现了变故，就需要你们的接应。"与美杜莎准备完毕之后，萧炎转过头，望向海波东，沉声道。

海波东点了点头，神色凝重地说道："小心点，我会时刻注意城中的状况。"

萧炎笑了笑，偏过头来，对美杜莎低声道："走吧。"

已经换上一身黑衣的美杜莎闻言也点了点头，然后身形一动，出现在半空，远远望着那座在夜色笼罩下防御依然森严的城市。

由于担心造成的动静太大，萧炎并未使用斗气化翼，而是将许久未曾使用的紫云翼召唤出来。虽然单一的紫云翼速度比不上斗气双翼，但是在黑夜中不是那么显眼。此次是前去暗杀，并非堂而皇之地破城取寨。

振动着紫云翼，萧炎的身形也迅速腾空。他与美杜莎对视了一眼，两人便化为两道黑影，在夜色的掩护下，向着城市暴掠而去。

以两人的速度，几个呼吸间便出现在距离城墙不远的地方。他们目光一扫，皆悄悄松了一口气，那些原本在此巡逻的斗王强者，已经被撤去了大半。剩下的那些普通士兵，虽然人数众多，但是对萧炎二人没有丝毫威胁。

两人静悄悄地立于黑暗之中，待某一次两名斗王强者交叉而过时，两人的身形猛然化为一条黑线，快若闪电般地掠进城市，闪进一座房屋的阴影之中。

"就在这里分开吧！记住，得手之后便立刻离开，然后在黑山要塞集合。"萧炎瞥了一眼天空上那些时不时飞掠而过的人影，在美杜莎耳边轻声道。

美杜莎闻言有些迟疑。她要离开自然是没有多少问题，可如果萧炎陷入众多强者的围堵，想要逃跑却有着几分险情。

"呵呵，放心吧，虽然我不是斗宗，但是真要逃，斗皇中可没多少人能拦住我。"感受到黑暗中那眸子中的迟疑，萧炎微微一笑，低声道。

"嗯……那你小心点。"见到萧炎这般说，美杜莎微微点了点头，轻声吩咐道，而后美杜莎不再有丝毫拖沓，目光在半空中微微闪动，身形一动，便化为模糊黑影，暴掠而去。

目送着美杜莎的身影消失在黑暗之中，萧炎轻吐了一口气，在辨明方向之后，向着另外一边掠去。

位于城市中心的一座宽敞楼阁之中，小医仙盘坐于楼顶，突然缓缓睁开紧闭的灰紫双眸，目光在美杜莎与萧炎所在的方向扫了扫，随后眼睑微垂，低声自语道："我所能做的，已经全部做了。能否成功，便看你们自己了。"

慕兰谷的营地坐落在城中偏西的地带，与城中的其他黑暗部分相比，即便是深夜，此处也依旧灯火通明。全副武装的士兵来来往往地巡逻着，半空中，也不断有斗王强者飞过。在营地的一些高耸箭塔之上，也有眼力过人的强者守候。他们尖锐而毒辣的目光不断地在营地周围的黑暗中扫过，手中用来示警的弓弩随时待发。

营地之外的黑暗中，突然间有一道模糊人影闪过，旋即那由坚实木桩围成

的高耸木栏悄然熔化出一个不大不小的空洞，人影诡异地闪掠进入。

虽说此地防御森严，可缺少了真正斗宗强者的坐镇，对于萧炎来说，这番防御并没有太大的实质效果。虽说他只是斗皇阶别，可拥有着敏锐灵魂感知力的他，却能够先知先觉地令自己尽量减少暴露的次数。

灯火通明的营地之中，来回巡逻的士兵和半空中闪掠的人影，皆没有发现有一道黑影正在迅速地接近营地的中心地带。

在萧炎迅速潜进慕兰谷的营地之中时，美杜莎却已经出现在了金雁宗所在地域的最深处，那是一座占地极为辽阔，修建得极为奢华的大殿。

透过瓦片缝隙，美杜莎淡漠地看向里面，听得那从其中传来的阵阵女子呻吟声和男子淫笑声，眼中的冰冷之意越发浓郁。早就听说雁落天极为风流，没想到他在这种时候还在寻肉欲之欢。

屈指微弹，一缕细小却异常浓郁的七彩能量，缓缓在其指尖凝聚。但美杜莎并未立刻有所行动，她微闭着眸子，犹如进入修炼状态，身体纹丝不动，指尖处的能量却越来越凝实。

真正的杀招，一击便可，而暗杀也同样只需要一击，因此，她需要把握最好的机会。

第十九章
以寡敌众

　　慕兰谷营地的中心地带，一座比寻常帐篷更加庞大的帐篷耸立在此，而在帐篷的阴影处，一道黑影悄然浮现。

　　注视着帐篷，片刻后，空气中略微浮现一道炽热的气息，旋即宽大的帐篷之上露出了一个极小的孔洞，通过这个孔洞，可以清楚地看见帐篷之中的情形。

　　灯火明亮的帐篷之中，只有三道苍老人影盘膝而坐，自然便是那慕兰三老。三人此刻正围成三角形，紧闭双眼，鼻息间皆冒出一股血红能量。这股能量在三人之间徘徊，最后尽数进入那气息最为萎靡的老者体内。这位慕兰谷长老显然应该便是那日被萧炎重伤的虎头长老，而看这般情形，似乎是另外两人正在为他疗伤。

　　这三兽蛮荒诀果然玄妙，竟然能够彼此疗伤，而且效果还不错，不愧是慕兰谷最为高深的功法……隐藏在黑暗之中的萧炎望着帐篷中三人的模样，心中不由得闪过一抹诧异，对那三兽蛮荒诀更高看了许多。若是炎盟有强者修习了这门功法，那对提升实力，将有很大的助推作用！

萧炎轻轻地呼了一口气,逐渐凝定心神,体内斗气也悄然运转……

疗伤持续了约莫十分钟方才逐渐停止,三人缓缓睁开眼睛。

"怎么样了?"望着那道血色能量进入虎头长老体内,其余二人松了口气,开口问道。

"恢复了一些,不过伤势还是不轻,想要痊愈,恐怕只能等人将谷内那枚六品丹药送来,方才有可能了……"虎头长老沉着脸说道。

"没想到那小子竟然还有如此手段,真是小看了他。"长老之一皱眉说道。

"这次只是吃亏在措手不及而已,而且他对雁落天施展出火莲,自己应该也有极大的消耗,短时间内不可能再恢复。"虎头长老眼中闪过一抹怨毒之色,道,"等谷中精锐强者到来,再联合金雁宗。就算毒宗不再参与,也定然要将炎盟杀得血流成河!"

另外两名长老也阴沉着脸点了点头。此次联合进攻加玛帝国,若是无功而返,日后在这西北地域,他们慕兰谷还有何脸面立足?以后即便是参加宗门大会,定然也会被不少人嘲讽。

呜!就在两人点头的一刹那,一道尖锐的呜呜声,突然刺耳地在整个营地响起。听见这呜呜之声,慕兰三老的脸色瞬间大变,几乎没有丝毫停滞,身形一动,便将重伤的虎头长老护于身后。

帐篷一侧猛然破裂,旋即一道全身包裹在银色光芒之中的人影,夹杂着凌厉劲风暴掠而来。

"萧炎?!你果然来了!"

望着那道银色人影,慕兰三老微微一缩眼瞳,厉声大喝。与此同时,两位长老体内雄浑的斗气暴涌而出,对着光影狠狠砸去。

两道拳影夹杂着凶悍劲风,快若闪电,仅仅一个眨眼间,便重重地轰击在光影之上。光影浑身一阵剧烈颤抖,旋即便在慕兰三老惊骇的眼神中,缓缓消散。

残影?！两位长老已经有与萧炎交手的经验，心中电光闪过，顿时猛地骇然转身。只见一道黑影正如鬼魅般站在虎头长老身旁，如鹰爪般的手掌牢牢地抓着他的脖子。

见到两位长老望过来，那黑袍青年不由得冲他们微微一笑。在灯光的照射下，那白灿灿的牙齿令他们浑身泛起寒意："在同样的招数下吃亏两次，该说是你们愚蠢，还是我运气好？"

"萧炎，你究竟想要怎样?！"两位长老不敢有丝毫异动。此刻只要萧炎一用力，虎头长老就会当场毙命。投鼠忌器之下，两人只能厉声大喝。

"没什么，斩草除根而已。"萧炎微微笑了笑，平淡地说道。然而，就是如此平淡的话语，令慕兰三老的心猛地沉了下去。他们虽然有所防备，但是依然未曾预料到，萧炎居然敢冒这么大的险，潜入三军联盟之地偷袭他们。

"你若是杀了他，那就是与我慕兰谷彻底为敌，到时候，恐怕又是一场腥风血雨！"左边那位慕兰谷长老眼神阴森地望着萧炎，恐吓道。

"我炎盟也差点儿为你们所灭，现在说这种话，是不是有些晚了？"萧炎淡笑道，笑容中却同样透着些许森然。他猛地一握手掌，虎头长老的脸顿时涨得通红，张大嘴，不断地喘息着。

两位长老微微抽搐着脸，片刻后，其中一位方才深吸了一口气，压抑着心中的暴怒，说道："萧炎，只要你放过他，我发誓，慕兰谷日后绝不再找你加玛帝国与炎盟的麻烦，如何？"

"不如何。"萧炎微笑道。

两名长老背在身后的手掌突然不着痕迹地结动着手印，嘴中却是沉声道："你若还是不满足，我可以用我慕兰谷的三兽蛮荒诀来换取他的性命，这个怎么样？这可是地阶中级功法，威力如何，你也亲身体验过。"

"三兽蛮荒诀？"听得这话，萧炎眼神一动。

见到他这模样，两名长老的眼中顿时掠过一抹难以察觉的窃喜。然而还不

待他们说话，萧炎却笑了笑，道："我的确对这门功法很感兴趣，不过，他却必须死！"

话音一落，萧炎的眼神陡然变得阴寒，手掌之上，碧绿火焰猛然涌出，旋即中指狠狠一刺，顿时，在火芒的笼罩下，中指直接穿透了虎头长老的喉咙！

两名长老呆呆地望着那眼中生机迅速逝去，然后身体缓缓软瘫下来的虎头长老，顿时眼眶欲裂。只要再给他们一点点时间，他们就能够强行使用三兽蛮荒诀，只要将力量融合在虎头长老体内，突破萧炎的钳制就定然极为容易，但是……就差那么一点点……

"老夫今日定要将你挫骨扬灰！"愤怒狰狞的吼声陡然响起，旋即强悍斗气猛然自两名长老体内暴涌而出，斗气所造成的声势，直接将那巨大的帐篷吹翻，里面的情形顿时便暴露在了天空上那些来回巡逻的慕兰谷强者眼中。

萧炎也是脸色冰寒，手指上的血液已被火焰蒸发。凭借着敏锐的灵魂感知力，他自然清楚这两个老家伙在暗地里搞什么鬼，只不过想凭此拖住他，还真以为他是初出茅庐的毛头小子不成？

"给我抓住他！不论死活！"长老之一指着萧炎，怒吼声响彻营地。虎头长老的死亡，对于他们慕兰谷将会是一个极重的打击。失去了虎头长老，三兽蛮荒诀便不可能再施展；而失去了三兽蛮荒诀，他们慕兰谷便失去了足以震慑帝国内其他虎视眈眈的势力的实力。这对于慕兰谷来说，绝对是致命性的打击！

吼声刚刚落下，营地之中便立刻暴射出众多人影，迅速出现在中央地带，地面、天空、帐篷之顶，一道道森寒的目光死死地锁定萧炎，眼中充斥着阴冷杀意，誓要将萧炎碎尸万段。

望着出现的这么多强者，萧炎的脸色微微有所变化。凭借他的灵魂感知力，他能察觉到，光是斗皇强者便有三位，再加上慕兰二老……他们联手之下，就是自己也得暂避锋芒啊！

然而他避无可避。这些强者明显也是战斗经验极为丰富之人，一出来便将

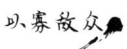

这片天际所有退路全部堵死。因此,他想要逃生,便只能硬闯!

心中闪过这般念头,萧炎猛然蹲下身,旋即在无数道略微惊愕的目光下,狠狠地掰断虎头长老的一根手指,然后将其手指上的纳戒取了下来,往怀里一塞,脚掌一跺地面,身形便猛然暴冲天际。

"拦住他!给我拦住他!不论死活!谁杀了他,直接晋升为外谷长老!"

慕兰二老因为萧炎的举动而出现了瞬间的愣神,待反应过来时,他们犹如被踩到了尾巴的猫,顿时跳起脚,嘶声怒吼道。

慕兰二老所许下的报酬,似乎在这些慕兰谷强者眼中,有着极大的诱惑力。当下天空上那些强者的眼睛顿时变得通红,一个个怒吼着,疯狂地对着萧炎暴冲而去。

萧炎背后火翼微微一振,避开一名斗皇强者的正面冲撞,然后脸色阴寒地直接对着身旁一名斗王强者的脑袋狠狠轰去。

萧炎一拳击杀一名斗王强者,脸上也沾上了些许血迹,漆黑的眸中逐渐涌现一抹嗜血的狰狞。他再度猛然前冲,对着营地之外拼命冲去。

嘭!被琉璃莲心火包裹的拳头,狠狠地与一名斗皇强者撞在一起。雄浑的能量劲风在两者接触间爆炸开来。萧炎肩膀微微一颤,而那名实力也在一星左右的斗皇强者却如遭重击般倒飞而出,在退后时,嘴中还连喷了两口鲜血。他惊骇地望着那全身布满鲜血的萧炎,没料到才一回合,自己便在看似同级别的萧炎手中败得如此凄惨。

萧炎虽然一拳将那名斗皇强者震伤,但是那人明显也将他稍稍阻拦了一瞬。而就在这一瞬间,那一直用怨毒目光盯着自己的慕兰二老猛然暴动,一前一后,嘴中发出疯狂怒吼,拳头之上血芒凝聚,最后化为狰狞的熊头与狮头!

"凶熊碎地拳!""狮寸劲!"

感受到那一前一后,几乎封锁了所有退路的凌厉血腥攻势,萧炎脸色略显凝重,手印一动,一圈极为凝实的碧绿色火环猛地以其身体为中心,冲着四面

八方席卷而出。

"火环爆!"

低喝落下,急速扩散的碧绿色火环,狠狠地与慕兰二老那凶悍一击撞击在一起,当下能量爆炸声便犹如惊雷般在这片天际响起。

狂暴的能量急速扩散,火环逐渐消失,萧炎却依然察觉到两股暗劲侵袭而来,狠狠地击在其前胸与后背之上,令他忍不住闷哼一声。

萧炎受创,那慕兰二老的拳头也同样被琉璃莲心火炸得鲜血淋漓。这次硬碰,双方显然都有所损伤。

暂时击退慕兰二老,萧炎还来不及缓口气,十几道雄浑劲气陡然又从四面八方暴射而来,直接将萧炎全身要害部位包裹了进去。显然,在吃过萧炎凌厉的攻击后,那些慕兰谷的强者开始避免近身战斗,而是选择凭借着雄浑斗气,来拖延住萧炎的行动。

若这些斗气一个个攻来,萧炎并不放在眼中,可眼下这么多齐齐袭来,他可不能任其这般直接击中自己,他迅速使用琉璃莲心火在身体表面形成一副碧绿色的火甲。

嘭!嘭!虽然一些斗气匹练被萧炎击散,但是依然有十来道砸在火甲之上,当下那剧烈爆炸开来的能量气浪,令萧炎体内斗气出现了不小的震动。

"这样下去,会被他们拖垮在这里!"这些斗气匹练虽然并未给萧炎造成太大的伤势,但是也令他的速度减缓了许多。他这一迟缓,那慕兰二老和其他几位斗皇强者已经乘机再次调息完毕,目露凶光地盯着萧炎,威力强横的斗技已经在迅速凝聚。

感受着周围所凝聚的众多强横斗技,萧炎的心头微微一沉。而就在他发狠准备再度施展佛怒火莲炸死这些对手时,一道流光猛然自远处天际暴掠而来,几个闪动,便一路横冲直撞地冲进了这片混乱天际,旋即曼妙娇躯一扭,出现在萧炎面前。来人纤手一探,那些从各处暴掠而来的斗气匹练,便被凭空震散。

黑影微微偏过头，露出平淡的精致容颜，赫然便是美杜莎！她的目光在满身是血的萧炎身上扫了扫，旋即感应到其有些紊乱的气息，那对充斥着妖异的狭长双眸中，顿时流露出阴寒杀意："接下来，就交给我吧，那两个老家伙，我会让他们付出代价的。"

萧炎松了一口气。对方强者太多，若他真是拼命闯的话，自然也能够离开，不过要在施展佛怒火莲炸死一堆人的前提下。可一旦施展佛怒火莲，自己就会虚弱很多。若是中途再出现其他状况，他可就没了自保之力。

"你那边已办妥了？"目光在四处扫了扫，萧炎急忙问道。

"嗯。"美杜莎淡淡地点了点头。对付雁落天并未费多大的力气，甚至顺利得出乎她的意料。不过能让那个家伙在最畅快的时候死去，也算对得起他那斗宗的实力了。

"你先走，我来断后，再拖延一会儿，恐怕金雁宗的强者也会杀过来了。"美杜莎偏过头，对着萧炎道。

萧炎略微迟疑，便一点头，也不再废话，身形一动，直接对着那包围圈之外暴冲而去。

美杜莎的出现，无疑令在场的这些慕兰谷强者的脸色难看了许多。将近一年的交手，他们自然极为清楚美杜莎的强横。若说以前，凭借三兽蛮荒诀，慕兰三老还能与之抗衡一二；可如今三人缺一，功法彻底失去了效果，想要凭借斗皇巅峰的实力与美杜莎交手，无疑是不可能的事。

美杜莎的美眸淡漠地在慕兰二老身上扫过，纤手一握，一柄七彩蛇剑便闪现而出。她的眼中掠过些许凶芒，身形一动，便宛如鬼魅般地对着两人掠去。

"拦住她！"慕兰二老顿时脸色大变，急声喝道。周围的慕兰谷强者在迟疑了一下后，只得狠狠一咬牙，然后对着美杜莎暴冲而去。慕兰二老体内的斗气也施展到了极致，在夜空中带起一道道撕裂空气的尖锐声响。

面对那些从四面八方暴掠而来的攻击，美杜莎的脸色没有丝毫变化，手印

一动,无数道七彩能量匹练顿时自体内暴涌而出,最后宛如无数条七彩巨蛇般,与那一道道攻击撞击在一起,带起响彻不休的惊雷爆炸声。

剧烈的能量爆炸气浪在半空扩散而出,一些实力稍差的慕兰谷强者吓得脸色苍白,急忙后退。

众多强者的围攻,依然未对美杜莎造成丝毫的阻碍。斗宗实力,果然非同一般。而与她相比,萧炎略显狼狈。不管萧炎拥有何等强悍的斗技,可毕竟本身实力只是一星斗皇,与真正的斗宗强者比起来,依然有着极大的差距。

慕兰谷众强者的联手攻击,并未令美杜莎停下身形。她几个闪掠,便直接出现在急速后退的慕兰二老身旁。妖艳精致的俏脸之上,流露出一抹森冷之色。

见到美杜莎如此迅速地闯过那么多强者的阻拦,慕兰二老的脸色大变。身形后退间,他们猛地怒吼一声,旋即两人双手互搭,浓郁的血色能量在拳头之上凝聚,瞬间带起一股暴虐的血红劲风,狠狠地对着美杜莎轰击而去。

美杜莎淡漠地望着垂死挣扎的两人,纤手一动,轻飘飘地与两人的拳头撞在一起,七彩能量铺天盖地地倾泻而出。

看似轻巧的对碰,那慕兰二老却浑身一阵剧颤,身体即刻如遭重击般擦着地面倒射,鲜血自嘴中狂喷而出。

"没有了三兽蛮荒诀,你们根本不是本王的对手!"望着那仅仅一击便如此狼狈的慕兰二老,美杜莎不由得冷笑了一声。

脚掌在地面擦出一道长长的痕迹,慕兰二老的脸上一片骇然。身体刚刚稳住,几乎是不约而同地,两人猛地分开逃窜。然而他们身形刚动,一道七彩寒芒便瞬间而至,夹杂着凌厉剑芒,径直从一人后心处穿透而出。

最后一名慕兰长老逃窜的速度不由得猛然加快。然而也就在下一刻,其身形陡然凝固,脸上的惊骇也停滞在这一刻。他有些艰难地缓缓低头,只见一截锋利的剑尖,正带着殷红血迹,从他的胸前穿出。他的身体,也终于在周围那无数道骇然的目光中,轰然倒下。

手中七彩蛇剑缓缓消散，美杜莎冷漠的目光缓缓扫动，周围那些慕兰谷强者皆满脸惊骇地急忙后退。在他们心中，美杜莎几乎犹如一尊凶神，这才短短几个回合，便直接将两名斗皇巅峰强者击杀。这等手段，实在是狠辣……

收回目光，美杜莎直接弯下身，当着无数人的面，扯下那名慕兰长老手指上的纳戒，然后再走回去，取下另外一名长老的纳戒。做完这些，她才缓缓腾空，身形化为一道流光向着营地之外掠去。

而在美杜莎极度嚣张的举动之下，那些慕兰谷强者，竟然无一人敢出手阻拦，因为他们知道，面对一名斗宗强者，他们根本就没有丝毫还手之力！

今夜，慕兰谷无疑损失惨重。整个营地，在萧炎与美杜莎的联手下，血流成河……

一路毫无阻碍地冲出营地，美杜莎一眼便看见了停留在半空的萧炎。萧炎见到她，明显也松了一口气，催促道："快走，金雁宗的强者快过来了。"

美杜莎闻言，瞟了瞟北面。那边，一道道充斥着怒吼声的流光，正在迅速冲掠而来。金雁宗的人显然发现了他们的宗主已经毙命。

美杜莎微微点了点头，身形一动，出现在萧炎身旁，旋即纤手一探，在萧炎那略感愕然的目光中，将其手臂抓住。两人犹如夜空中的流星，向着城市之外，闪电般地暴掠而去。

美杜莎那恐怖的气息弥漫开来，那些守护城墙的强者也极为愤怒，却同样不敢随意出手，只能眼睁睁地看着两人冲出城市，最后消失在遥远的夜空之中。

而就在萧炎与美杜莎刚刚出城之际，一股磅礴气息陡然从城中心毒宗所在的方位弥漫而出，但这股气息在发现追之不及后，也只能"不甘"地迅速撤回。

城市远处的夜空中，两道人影缓缓止住，见并无追兵追来，皆松了一口气。

萧炎脸上涌现一抹笑容。今夜真够刺激，主要战力毙命，足以令金雁宗与慕兰谷发狂，日后，他们没胆子再来攻打加玛帝国了。

"你没事吧?"萧炎偏过头,望着纤手正轻轻拂开散落在额前的一缕青丝的美杜莎,轻声问道,掩饰不住话语中的那份关切。

"只要那小医仙不出手,这城市中就无人能拦我。"听得萧炎的话,美杜莎微微摇了摇头。不知不觉间,美眸中的那份寒意正在悄然消散。

萧炎笑了笑,刚欲说话,却听得下方山林中传来一阵骚动,旋即大批人影悬空而起。萧炎一瞥,发现他们并非追兵,而是埋伏在此的海波东等人。

现身的海波东等人见到萧炎两人安然无恙,皆重重地松了一口气。海波东笑问道:"怎么样了?我们刚才听到城中乱了起来,想冲进去接应你们呢。"

"大事已成,最后的隐患,算是彻底拔除了。"萧炎笑着点了点头,道。

海波东等人闻言,脸上皆涌现一抹难以掩饰的喜悦。他们彼此对视,发出一道道低沉的欢呼声。

瞧得众人如此兴奋,萧炎也笑了笑,取出那枚塞进怀中的纳戒,略微把玩了一下,然后将灵魂力量侵入其中。片刻后,手掌一翻,一卷由森白兽骨制成的卷轴出现,兽骨之上,几个宛如鲜血凝聚的血字刺眼地闪现。

"三兽蛮荒诀!"望着这卷兽骨卷轴,萧炎忍不住舔了舔嘴唇。难怪那两个老家伙见到自己拿了纳戒会如此疯狂,原来是因为这个东西。

小心翼翼地将白骨卷轴摊开,萧炎的目光扫过,片刻后,眉头却微微皱了起来。

"怎么了?"一旁的美杜莎见到他这般模样,不由得开口问道。

"唉,按上面所说,三兽蛮荒诀分为三份,而这只是其中之一,即便得到了,也没有什么效果。"萧炎摇了摇头,颇为遗憾地叹道。

美杜莎闻言,略微迟疑了一下,然后从怀中取出两枚纳戒,递给萧炎,道:"这是另外两名慕兰长老的纳戒,你找找看,里面有没有剩余的两份。"

"你将那两个老家伙也一并解决了?"瞧得美杜莎手中的纳戒,萧炎颇为惊讶地问。

"嗯。"美杜莎轻描淡写地点了点头，那模样就犹如刚刚杀的并非两名斗皇巅峰的强者，而是两只无关轻重的鸡一般。

萧炎见状，不由得笑了一声，自己与她果然还是有差距啊……他伸手取过两枚纳戒，片刻后眼中陡然涌上一抹狂喜。他手掌一动，两卷白骨卷轴便出现在手中，而这两卷卷轴之上，都有五个相同的血红大字——三兽蛮荒诀！

萧炎小心翼翼地将这两卷白骨卷轴摊开，仔细研读，半晌，终于忍不住地大笑，他手一晃，便将三卷白骨卷轴收入纳戒。今日能够有这种收获，简直出乎他的意料。

美杜莎见萧炎这么高兴，脸上也露出一抹淡淡笑容，又从纳戒中取出一卷金黄色的卷轴，递给萧炎："这是从雁落天身上得来的，应该算得上是金雁宗的不传之秘，你若是修习成功，对你好处不小。"

萧炎有些惊讶地接过这卷金色卷轴，将之缓缓摊开，顿时几个金灿灿的大字映入眼中。

"天雁九行翼……飞行斗技？"萧炎愕然地念着。如今的他已经是斗皇阶别的强者，寻常的飞行斗技，根本就难以比得上斗气双翼的速度。

"这并非普通的飞行斗技。记得雁落天那种犹如实质般的巨翼吗？便是修习这个东西的缘故。金雁宗最擅长速度，若那个家伙真要逃走，连我都追不上，这全是天雁九行翼的缘故。"似是知道萧炎心中所想，美杜莎轻声解释道，"与其说这是飞行斗技，还不如说是一种飞行斗技的制作方法。"

"飞行斗技的制作方法？"听到此处，萧炎的眼中也闪过一抹惊异。飞行斗技在斗气大陆上颇为罕见，其制作方法也大多失传，没想到这金雁宗竟然还有所保存。不过如果真如美杜莎所说，这卷轴的价值定然不会低于三兽蛮荒诀。从等级上来看，天雁九行翼明显比自己的紫云翼要高许多；速度方面，自然也不是紫云翼可以相提并论的。

"这东西……对你也应该有不小的效果吧？"握着这卷卷轴，萧炎望着美杜

莎的脸颊，突然说道。既然连雁落天这等斗宗强者都在修炼，那么想必这天雁九行翼对其他的斗宗强者也有不小的作用。

美杜莎闻言，略微迟疑，旋即点头，道："这天雁九行翼若是使用一些高阶材料制作，那做出来的飞行翼，对我的确有一些好处；但若是寻常材料所制，效果则不大。"

萧炎笑了笑，这才将卷轴收入纳戒，笑道："既然如此，那我就先保管这东西，等凑齐了材料，就先帮你制作一对对你有用的飞行翼。"

美杜莎轻笑了笑，微微点了点头。

"既然事情都已解决，那么我们就回黑山要塞吧，想必大哥他们也等急了。"萧炎转过头，冲着身后不远处的海波东等人笑道。

海波东等人自然没有异议，而蛇人族的那帮家伙，虽然对萧炎能够受到美杜莎如此对待心里很不平衡，但是在美杜莎面前，依然不敢表露出丝毫不满。一些家伙在心里恨恨地嘀咕道：浑蛋小子，等大统领从塔戈尔大沙漠回来，看你还敢不敢跟在女王陛下身旁。

萧炎自然不知道这些家伙心中的想法，他手掌一挥，便率先展动身形，向着黑山要塞所在的地域飞掠而去。大批强者紧随其后。

第二十章

丹 塔

　　见萧炎等人顺利归来，萧鼎大松了一口气，特别是在听到此行目标皆毙命之后，他平静的脸上也露出些许难以掩饰的喜悦。拔除了这几个最令人头疼的家伙，炎盟便能够得到一段宝贵的休养生息的时间。

　　失去了雁落天、慕兰三老的金雁宗与慕兰谷，即便心中对炎盟再恨之入骨，也不敢再像先前那般兴师动众。而反观炎盟，不仅有萧炎这位能与斗宗一战的盟主，而且还有美杜莎这位货真价实的斗宗强者，在巅峰强者的层次中，已经超过了金雁宗、慕兰谷；若是中坚强者再多一些，便足以从各方面超越这两大宗门。

　　虽说放眼庞大的西北地域，金雁宗与慕兰谷皆算不得什么一流势力，可比起当年的云岚宗，仍强了许多。能够将这些往日连云岚宗都不敢随意招惹的势力弄得如此狼狈，足以证明炎盟今日的强大。

　　假以时日，萧炎有信心，定然会使炎盟成为这西北地域数一数二的强大势力。而到时候，即便是面对魂殿那种庞然大物，炎盟也必将有抵抗之力。

　　这场来得极为突兀的暗杀，彻底地将金雁宗与慕兰谷打傻了。据炎盟探子所报，就在暗杀成功之后的第三天，两宗的精锐强者便抵达此处。然而在他们发现宗内最为强横的战斗力早已被人拔除之后，顿时全都如遭雷击般地呆愣了下来。

　　失去了雁落天与慕兰三老，也正如萧炎等人所料，赶来的这些精锐强者，虽然怒火中烧，但是不敢再随意采取任何举动。一时间，几方僵持起来。而这种僵局，在毒宗突然宣布退出联盟时，终于被彻底打破。

　　金雁宗与慕兰谷对毒宗的这般举动自然是极度不满，可失去了雁落天与慕兰三老这样的斗宗强者，他们在整体实力上已经比不上毒宗。因此，即使所有人都窝着一肚子火，也只能极其不甘地带着人，各自狼狈地回归他们的帝国。至于在回去之后，他们的宗门会受到何种激烈的冲击，便是他们自己的事了。

　　而随着三宗的退去，此次危及整个加玛帝国的大动乱终于彻底消散。无数加玛帝国人在举国欢庆时，也将炎盟这个新兴的联盟，彻彻底底地印入了心中。此时的炎盟，已完完全全地取代了以往云岚宗的地位！

　　随着战乱的平息，加玛帝国边境也逐渐平稳。对于蛇人族，帝国也履行了承诺，将靠近魔兽山脉的一片阴凉区域划给了他们。在得到了一块繁衍之地后，蛇人族心中对加玛帝国人的那份戒备，也消减了许多。或许随着日后的磨合，蛇人族也将成为加玛帝国的一方强悍势力，而加玛帝国的实力也会因此而大增。再加上萧炎与美杜莎之间的关系，炎盟或许会从中得到难以估量的好处！

　　随着帝国安定下来，萧炎的生活也逐渐变得安静了许多。他在修炼之余，有空时便在炎盟之内的丹堂中，当着众多炼药师的面动手炼制丹药。在博得满堂喝彩之时，也令那些心高气傲的炼药师真正地认可了他这个盟主。

　　虽说在这场战争中，对于萧炎的战斗力，丹堂之中的炼药师已经颇为了解，但炼药师最看重的还是炼药术，萧炎想要令他们折服，自然必须拿出杰出的炼药术方才可能。当然，萧炎如今可以炼制六品丹药，在加玛帝国之中，除了丹王古河，恐怕也就法犸能够勉强与之匹敌了。

这段时间内，小医仙没有再发来消息。不过萧炎知道，如今的她，定然已经派出了无数人手，四处搜寻那控制厄难毒体的材料，一旦她有情报，就必然会通知萧炎。到时候，恐怕又要麻烦不少。

因为蛇人族改换繁衍之地的大事，美杜莎身为族长，自然要亲自前去掌舵。在回到加玛帝国之后不久，她便暂时与萧炎告别，带着众多的蛇人，大举迁移，最后停留在了靠近魔兽山脉的那一大片区域，开始建造新的繁衍之地。

美杜莎没时间再跟在萧炎身旁，反倒让萧炎感到有些不自在起来。似乎从迦南学院的内院出来之后，美杜莎便一直跟随在萧炎身旁。虽然起初她是抱着杀心而来，但是随着时间的推移，萧炎能够感觉到，她心中的那份杀意已日渐减弱。待到现在，杀意恐怕早已不复存在。

平日美杜莎总是伴随在身旁，他倒是未曾察觉。如今她一走，萧炎顿时感觉少了一点儿什么东西，心头有种空荡荡的感觉。而在发现了自己这一情绪之后，他颇为懊恼。因为他想起了不知去向的薰儿，那个平日温柔动人的少女，犹如春水般，不知不觉地渗透人心，最后深深地印刻在内心深处。

而一想到那个略带着一丝神秘的清雅少女，萧炎就会忍不住停下手中动作沆然四顾，却不知道究竟在找什么。一时间，他只能黯然一叹，低声喃喃道："薰儿，等着我，我会尽快达到斗宗阶别，然后去找你！不论你的家族究竟有多么可怕，我都从未胆怯！"

云雾缭绕的陡峭山峰，窈窕倩影在雾气之中若隐若现，腰肢纤细如柳，三千青丝随意用一截淡紫缎带束着，轻风吹来，青丝飘飘，令少女有种脱俗的清雅气质。少女微闭着眼，片刻后，缓缓睁开。周遭雾气顿时自动散去，旋即这

片山顶变得清澈可见。

"凌老，回来了吗？"少女并未回头，微张红润小嘴，一道空灵的银铃般清脆的声音，便在山顶之上回荡。

随着她声音落下，一处山石之下的阴影顿时诡异地蠕动了起来，旋即化为一道苍老的身影，赫然便是凌影！他冲着少女恭敬躬身："小姐。"

"怎么样？有他的消息了吗？"少女从石台上坐起，转过身来，露出那张透着一种脱俗气质的脸。此刻，那平日始终难以有多少波动的声音中，居然多了一分迫不及待。

这名少女，除了那让萧炎朝思暮想的薰儿，还能是谁？

与萧炎分开的这几年，薰儿明显成熟了不少。如今的她，比起当年的少女模样，少了一分青涩，多了一分源自灵魂深处的淡然如水。

无论她如何变化，有一点依然和以前一样，那便是在听见与那个名字有关的消息时，古井无波的心境会荡漾出一圈圈涟漪。

清楚地听出了薰儿语气中的那分急切，凌影心中一叹：几年了，她还是只有在听到萧少爷的事时，才会如同寻常少女一般激动。平日里那不动如山的平静，如同那些修炼了好多年的老妖怪般，高深莫测倒是达到了，却少了少女该有的几分活泼。不过他也明白，她根本就不可能与寻常女孩一样。她的身份注定了她不会平凡，而能够配上她的男子，定然也将是大陆最为优秀之人，就是不知道……萧炎，能否走到这一步。

心中闪过这些念头，凌影的脸上满是溺爱之色。他微笑着点了点头，将他这段时间费尽心机才请人打听到的一些关于萧炎的消息说了出来。

薰儿微微抿着小嘴，那对会说话的清澈眸子轻轻闪动着："没想到短短几年，萧炎哥哥已达到了斗皇阶别，真是令人意外……炎盟倒真是个好名字，没想到萧炎哥哥真能将云岚宗取而代之。"

在凌影报告完毕之后，薰儿那精致的脸蛋儿上露出一抹清雅微笑，玉指捋开额头前飘落的青丝，淡淡地道："没想到魂殿还是动手了。那位药尘药老先生当年与我族有过接触，或许他也知道我的身份，就是不知是否告诉过萧炎哥哥。"

"应该不会，他该清楚，让萧少爷太早知道您的身份，对少爷并不好。"凌影沉吟道。

"凌老，派人搜寻一下魂殿的消息。看来当年萧叔叔的事，也是他们动的手脚。"薰儿偏过头，声音略显清冷。

凌影闻言，略微迟疑了一下，道："好吧，此事我会暗中进行，尽快搜寻。不过那魂殿诡异得很，除了少数人知道总部所在，连我们族中也是鲜有人知，即便我们与他们也大大小小战了无数次。"

薰儿微微点头，微垂眼帘，那清澈的眸子中陡然掠过一抹冷意，在心中缓缓地说道："魂殿……虽然知道你们极想得到萧家的那块陀舍古帝玉，但是千万不要伤害他，否则的话……无论如何，我都会让你们付出难以承受的代价！"

话到最后，薰儿的眼睛猛然涌现金色火焰，其身旁的一块巨大岩石，顿时在一道诡异的波动中，悄无声息地化为一片虚无！

凌影心中一凛。以他对薰儿的了解，自然知道，只有心中真的泛起杀意或者愤怒时，那深藏在其灵魂深处的东西方才会破体而出！

凌影没想到，多年未见，薰儿不仅对萧炎未曾有丝毫遗忘，那份情感在时间的流逝中，反而越发深邃与醇厚。

唉，那小子都不知道自己沾了多大的福气，能让小姐如此记挂在心。若是传了出去，恐怕你那炎盟连带着加玛帝国，便会顷刻覆灭。所以啊，为了小姐，努力修炼吧，现在的你，虽已至斗皇，可资格依然还不够啊……

"对了……"凌影突然间想起了什么，脸色微微变了变，盯着薰儿，小心翼翼地说道，"据我所知，因为小姐并未从萧家带回那把'钥匙'，此次族中经过几次争论，终于决定派人再次赶往萧家。"

　　轰！凌影的话音刚刚落下，一股恐怖气势陡然自面前暴涌而出，而其身形也被震得后退了几步。他抬起头来，不由得一脸惊骇。

　　此刻的薰儿，脚掌离地三尺高，脸色冰寒，璀璨的金色火焰犹如液体般在其周身流转。而在那金色火焰的流动间，周围的山石竟然诡异地逐渐虚化，那模样，就犹如被什么无形巨兽一口吞噬了一般。

　　薰儿的脸色如冰雪般寒冷，她瞥了凌影一眼，也不说话，纤腰一扭，便猛然向着山下暴掠而去。

　　望着薰儿迅速消失的身影，凌影张了张嘴，旋即苦笑摇头，遥遥望向西边天际，道："小子，能让小姐做到这一步，你可真是老夫见到的第一人……"

　　作为帝国最强大的势力，炎盟如今的规模自然远超一年之前。庞大的帝国中心，几乎有三分之一的区域尽数是炎盟的各个部门，他们分工明确，为炎盟提供越发强横的力量。如今的炎盟，已经算彻底地深入了帝国。而加玛帝国的人，也开始了解与熟悉这个新兴的庞然大物，一些原本还在观望的势力，此刻纷纷投靠过来。

　　如今的丹堂，已经成为炼药师的最大交易场所，各种各样的珍稀药材乃至稀奇药方，都会随时出现。毕竟在偌大的加玛帝国，就算是人迹罕至的深山中也藏了不少好东西，一些人偶然得到，发现不适合自己用，自然想拿出来换取其他有用的物品。

　　凭借这场与三大帝国的战争，加玛帝国与炎盟的名声开始在西北地域扩散。再加上加玛帝国不断推出新政，越来越多的其他帝国之人好奇地赶往这个以前有些封闭的帝国，一时间，加玛帝国的繁荣程度远超往年。而如今丹堂的繁华程度，也远超它的前身——炼药师公会。

　　与丹堂喧哗的交易厅不同，在它的深处有一连片幽静的炼药室，是专门配备给炎盟炼药师炼制丹药的地方。每一间炼药室都配有一男一女两名随从，炼药师若是有什么需要,这些随从会把事情办得妥妥帖帖。

在这片炼药室的中心地带,有一些使用极稀有的紫岩所铸的炼药室。紫岩有防止温度外泄的特效,用来建造炼药室最为合适。不过由于产量十分稀少,很少有炼药师能够单独建立这样的炼药室。如今炎盟财大气粗,建造几间高级炼药室,自然是没有多少问题。而这些高级炼药室,只有等级达到四品及以上的炼药师才有资格使用。寻常炼药师只能使用外围的那些寻常炼药室。这种划分虽然刚开始引起了一些炼药师的小小不满,但是随着时间的推移,待他们适应过来后,却像有了一个目标般,平日勤奋修炼炼药术,以盼自己也能早日进入其中,感受一下高级炼药室的种种好处。

在这片高级炼药室的中央,有一间深紫色的炼药室。这里,只有萧炎、法犸和一些达到五品的高级炼药师才有资格进入,严禁普通炼药师靠近。

在这间防守格外森严的炼药室之中,浓郁的丹香缭绕,化为一片片色泽不同的雾气四处飘散。在中央位置,有一座石台,石台之上摆放着好几尊硕大的药鼎。药鼎之内燃烧着熊熊火焰,炽热的温度不断地扩散而出,将这炼药室熏得犹如烤炉一般。

在石台周围,几道人影伫立着,目光略显凝重地注视着药鼎之内。而随着他们手中印结的变动,药鼎之内的火焰听话地涌动着。火焰翻腾间,露出其中正在被炼化的各种材料。

"呵呵,盟主这分工炼制之法,还真是有不小的作用。这噬生丹原本凭他们这些五品炼药师,颇难炼制成功,然而如今联手炼制,成功率倒是提升了不少。等他们以后配合得更加默契,想必成功率会再次上升的。到时候,这噬生丹的炼制速度也能提升不少。"法犸笑眯眯地望着那几个药鼎之中翻腾的药材,微微点了点头,冲着一旁的萧炎笑着说道。

萧炎紧盯着几个药鼎,也笑了笑。炼制这噬生丹,以他们这些五品炼药师的实力,若是顺利的话,大概五天时间能够炼制出一枚。这还是排除掉失败的

情况，若是将这也算进去，恐怕至少也要半个月才能炼出一枚。

以五品炼药师的实力炼制噬生丹，消耗实在太大，难以一次性炼制成功。所以在这炼药室之中，有两批一共六名五品炼药师随时待命，轮流炼制，如此一来，他们也能够坚持下去。不过，这种接手之间的转换，自然需要彼此间极为默契的配合。而为了达到这份默契，不知道有多少药材损毁在这些家伙手中。

"如今噬生丹成功炼制了两枚，暂时交予海老保管。死士的培养，也要开始着手进行。"萧炎偏过头，冲着一旁负手而立的海波东笑着道。

"死士挑选自然没有问题，只要噬生丹的数量能够跟上，半年之内，我炎盟应该就会多出十名斗王强者。"海老捋着胡须，微笑道。

"我们会尽量提升炼制速度，我与法老若是有空闲，也会出手炼制。不过我在炎盟不会留太久，或许再等一段时间便会离开，到时候，一切就只能依靠法老了。"萧炎沉吟道。小医仙那边若是传来消息，他定然要赶过去，加玛帝国的事便只能交给大哥和海老、法老等人了。

萧炎不会一直窝在加玛帝国。斗气大陆如此之大，强者无数，与创建势力相比，萧炎更喜欢的是游历大陆，在游历中提升自己的实力。若非因为萧家需要保护，他也不会如此大费周折地筹建炎盟。再者，如今的加玛帝国，对于他实力的提升，已经没有了太大的效果，只有外面那辽阔的斗气大陆，才能让他迅速地提升自己的实力。而解救药老、父亲，乃至前去寻找薰儿，皆需要强大的实力作为底气，所以现在的萧炎对于实力有着莫名的渴望。如今，他只能尽快将炎盟一些大事安排妥当，然后安心离开。对于那强者林立的斗气大陆，萧炎心中一直有着无比的期待……

"老夫自然会竭尽所能，不过，在加玛帝国中，还有一人比我更合适，若是由他来主持炼制这噬生丹，恐怕效率将会提高一倍之多。"法犸笑了笑，旋即道。

"哦？是谁？"萧炎闻言一怔，略感诧异地说道。

"丹王古河。"法犸迟疑了一下，缓缓道。

听得这个名字，萧炎微微皱眉，旋即点了点头，道："丹王古河的炼药术的确不容置疑，但以我和他的关系，想要他来帮我，不太可能吧？"

"呵呵，虽然盟主与古河有一点儿过节儿，但你们都并非小肚鸡肠之人，算不上什么敌人。古河脾气有些傲，但要让他加入丹堂帮忙，也并非不可能。"法犸笑着道。

"法老有办法？"萧炎惊讶地说道。丹王古河是一个在炼药术上极有天赋的人，想要将之收入麾下，肯定极为困难。这种人，可不像那种会甘心居于人下的。若真有机会邀古河加入丹堂，萧炎也能够放心地离开。

"盟主可知道，斗气大陆之上，有一个被无数炼药师推崇、名为丹塔的自由组织？"法犸笑着道。

"丹塔？"萧炎微皱眉头。不知为何，他对这个名字略感熟悉，却想不起细致内容。

"丹塔，是一个由大陆炼药师自由组织的势力。这个势力很久之前便存在，甚至连炼药师的等级系统，都是由他们所创造。虽然这个组织略显松散，但是声望很高，整个斗气大陆，恐怕没有几个势力乐意招惹它。

"不过丹塔虽然外部松散，但是有一众核心的精锐。而这些人，无一不是在斗气大陆上声名赫赫的炼药宗师，而古河的愿望，便是能够进入丹塔修行。"法犸轻笑道，"但是想要进入丹塔，便需要一方有足够分量的炼药师组织的联名推荐。当年，古河便因此来找过我们炼药师公会，但我们公会的实力虽然在加玛帝国还能拿出手，但是放眼大陆，却根本没多少人理会，因为不具备推荐资格，所以我当初只能拒绝他。

"如今的丹堂，潜力明显比炼药师公会更强。我相信，不久之后，丹堂能够具备推荐资格。若是盟主以此为筹码前去与古河相谈，我想他应该会答应加入

丹堂。"

听了法玛的话,萧炎摩挲着下巴,目光在那些大汗淋漓的五品炼药师身上扫过,片刻后,微微点了点头:"嗯,可以试试。"